À rebrousse-temps

PHILIP K. DICK	*ŒUVRES*
LOTERIE SOLAIRE	*J'ai Lu* 547**
Dr BLOODMONEY	*J'ai Lu* 563***
LE MAÎTRE DU HAUT CHÂTEAU	*J'ai Lu* 567****
À REBROUSSE-TEMPS	*J'ai Lu* 613***
UBIK	*J'ai Lu* 633***
SIMULACRES	*J'ai Lu* 594***
EN ATTENDANT L'ANNÉE DERNIÈRE	
AU BOUT DU LABYRINTHE	*J'ai Lu* 774**
LE VOYAGEUR DE L'INCONNU	
BRÈCHE DANS L'ESPACE	
LA VÉRITÉ AVANT-DERNIÈRE	*J'ai Lu* 910***
MANQUE DE POT	
LE BAL DES SCHIZOS	
LES CLANS DE LA LUNE ALPHANE	*J'ai Lu* 879**
LES CHAÎNES DE L'AVENIR	
L'HOMME VARIABLE	
LE PRISME DU NÉANT	
LES DÉLIRES DIVERGENTS DE PHILIP K. DICK	
SIVA	
DEDALUS MAN	
LES MARTEAUX DE VULCAIN	
L'ŒIL DANS LE CIEL	*J'ai Lu* 1209***
LE DÉTOURNEUR	
LE TEMPS DÉSARTICULÉ	
CONFESSION D'UN BARJO	
DEUS IRAE (en collaboration avec Roger Zelazny)	
SUBSTANCE MORT	
LES MACHINES À ILLUSIONS (en collaboration avec Ray Nelson)	*J'ai Lu* 1067**
LE GUÉRISSEUR DE CATHÉDRALES	
GLISSEMENT DE TEMPS SUR MARS	
L'HOMME DORÉ	*J'ai Lu* 1291***
LE DIEU VENU DU CENTAURE	*J'ai Lu* 1379***
MESSAGE DE FROLIX 8	*J'ai Lu* 1708***
BLADE RUNNER	*J'ai Lu* 1768***

PHILIP K. DICK

À rebrousse-temps

TRADUIT DE L'AMÉRICAIN
PAR MICHEL DEUTSCH

ÉDITIONS J'AI LU

Ce roman a paru sous le titre original :

COUNTER-CLOCK WORLD

1

De lieu, il n'en est point. Nous allons d'avant en arrière et il n'est pas de lieu.

saint Augustin

Comme l'aéroglisseur de patrouille survolait le minuscule cimetière périphérique délabré, cette nuit-là, l'agent Joseph Tinbane perçut le son triste et familier d'une voix. Aussitôt il dirigea son véhicule vers les grilles de l'enceinte, se posa à terre et tendit l'oreille.

— Je m'appelle Mrs Tilly M. Benton, disait la voix, frêle et étouffée. Je veux sortir. Est-ce que quelqu'un m'entend?

L'agent Tinbane alluma sa torche électrique. La voix montait du sol tapissé d'herbe. C'était bien ce qu'il pensait : Mrs Tilly M. Benton était ensevelie.

Tinbane enclencha sa radio de bord :

— Je suis au cimetière de Forest Knolls — je crois que c'est bien le nom — et j'ai un réveil. Envoyez une ambulance et une équipe de sape. D'après la voix, il y a urgence.

— D'accord, fit son correspondant. L'équipe sera sur place dans la matinée. Pouvez-vous installer un conduit provisoire pour lui donner suffisamment d'air? Jusqu'à ce que les hommes arrivent... disons vers 9 ou 10 heures?

— Je ferai de mon mieux.

Tinbane soupira. Autrement dit, il lui faudrait veiller toute la nuit. Avec cette voix lointaine et grêle qui montait de la terre, cette voix sénile le suppliant de faire vite, cette voix acharnée qui ne cessait de l'implorer.

C'était ce qu'il aimait le moins dans son travail : les cris des morts. Il détestait ces appels qu'il avait si souvent entendus. En général, c'étaient des voix de vieillards, hommes et femmes, mais parfois les morts n'étaient pas tellement vieux. Il arrivait qu'il y eût des voix d'enfants. Et l'équipe de sape mettait toujours un temps interminable à se rendre sur les lieux.

A nouveau, l'agent Tinbane appuya sur le bouton de son émetteur.

— J'en ai par-dessus la tête. Je voudrais être muté. Je parle sérieusement. C'est une demande officielle.

La voix sourde et débile s'éleva à nouveau du sol.

— Je vous en prie... Je veux sortir. M'entendez-vous? Je sais qu'il y a quelqu'un là-haut. Je vous entends parler.

Tinbane pencha la tête par la fenêtre de l'aéroglisseur et cria :

— On va vous dégager d'un moment à l'autre, madame. Essayez d'être patiente.

— En quelle année sommes-nous? s'enquit la voix sénile. Combien de temps s'est-il écoulé? Sommes-nous toujours en 1974? Il faut que je le sache. Répondez-moi, je vous en supplie, monsieur.

— Nous sommes en 1998.

— Oh! mon Dieu! fit la voix avec effroi. Enfin... je pense qu'il faut que je me fasse à cette idée.

— C'est aussi mon avis.

Tinbane prit un mégot dans le cendrier, l'alluma et réfléchit. Une fois de plus, il appuya sur le bouton de la radio.

— Je demande la permission de prendre contact avec un vitarium privé.

— Permission refusée. Il est trop tard.

Il insista :

— Mais il y en aura peut-être un d'ouvert. Quelques-uns, les plus importants, ont des ambulances qui font la navette toute la nuit.

Il avait un vitarium particulier en tête. Petit et démodé mais dont les méthodes commerciales étaient correctes.

— A cette heure-ci, il n'est guère probable...

— J'en connais un qui ne demandera pas mieux. (Tinbane décrocha le vidéophone portatif.) Je veux parler à Mr Sebastian Hermes, dit-il au standard. Trouvez-le. J'attendrai. Commencez par son lieu de travail, le vitarium Hermes. Il doit avoir une ligne branchée en permanence sur son domicile personnel. (A condition que le pauvre type ait les moyens de s'en payer une!) Rappelez-moi dès que vous l'aurez localisé.

Tinbane raccrocha et attendit en fumant sa cigarette.

Le vitarium Hermes était essentiellement constitué de Sebastian Hermes lui-même, qu'assistait une maigre équipe composée de cinq employés. L'établissement n'embauchait personne et ne congédiait personne. Ses cinq collaborateurs constituaient en quelque sorte la famille de Sebastian. Il n'avait pas d'autres proches : c'était un homme âgé, lourdement charpenté, qui ne péchait pas par excès d'amabilité. A peine dix ans plus tôt, un autre vitarium l'avait déterré et, aux heures les plus lugubres de la nuit, il sentait encore en lui le froid du tombeau. Peut-être était-ce pour cette raison qu'il compatissait à la triste situation des ancien-nés.

La société occupait une petite bâtisse de bois en location qui avait survécu à la troisième guerre mondiale et même à certains épisodes de la quatrième. Mais, pour l'instant, Sebastian Hermes était chez lui, endormi dans les bras de sa femme, Lotta. Des bras qui avaient un merveilleux attrait, toujours nus, toujours juvéniles. Lotta était bien plus jeune que lui : vingt-deux ans selon la chronologie non hobartienne qu'elle appliquait — car, contrairement à Sebastian, de beaucoup son aîné, elle n'était pas morte et ressuscitée.

Le vidéophone sonna. Mû par un réflexe professionnel, Sebastian Hermes tendit le bras pour répondre.

— L'agent Tinbane en ligne, Mr Hermes, annonça la préposée sur un ton enjoué.

— Passez-le-moi.

Sebastian avait les yeux fixés sur la grisaille du petit écran qui trouait l'obscurité.

Un visage apparut, une physionomie grave qu'il connaissait bien.

— Mr Hermes, j'ai quelqu'un qui s'est réveillé dans un affreux cimetière de troisième ordre appelé Forest Knolls. Elle supplie qu'on vienne la déterrer. Pouvez-vous faire un saut ici tout de suite ou dois-je commencer à creuser un conduit d'aération? J'ai naturellement le matériel nécessaire dans le glisseur.

— Je convoque mon équipe et j'arrive. Accordez-moi une demi-heure. Pourra-t-elle tenir jusque-là? (Hermes alluma la lampe de chevet, tâtonna à la recherche d'une plume et d'un papier. Forest Knolls... Avait-il déjà entendu parler de cet endroit?) Quel nom?

— Mrs Tilly M. Benton, d'après ce qu'elle dit.

— C'est noté.

Sebastian raccrocha. Lotta s'étira et demanda d'une voix assoupie :

— C'est pour affaire?

— Oui, répondit son mari tout en composant sur le cadran le numéro de Bob Lindy, l'ingénieur.

— Veux-tu un peu de sogum?

Lotta s'était déjà levée. Encore à moitié endormie, elle se dirigeait vers la cuisine d'une démarche mal assurée.

— Bonne idée.

L'écran s'illumina et le visage morose et maigre du seul technicien de la firme se matérialisa.

— Venez me retrouver à un endroit qui s'appelle Forest Knolls, dit Sebastian. Le plus vite possible. Je vous demanderai de passer à l'atelier chercher le matériel ou...

— J'ai tout ce qu'il faut dans la voiture, grommela Lindy avec irritation.

Avec un hochement de tête, l'ingénieur coupa la communication.

— J'ai préparé le sogum, fit Lotta en sortant de la cuisine. Est-ce que je peux t'accompagner? (Elle prit sa brosse et entreprit de coiffer sa lourde chevelure sombre qui lui arrivait presque à la taille et dont la couleur intense était assortie à ses yeux noirs.) J'adore les déterrements. C'est tellement miraculeux! Je n'ai jamais assisté à un spectacle aussi merveilleux. Il me semble que c'est l'accomplissement des paroles de saint Paul : *Mort, où est ta victoire?*

Elle attendit avec espoir puis, ayant fini de se coiffer, fouilla les tiroirs de la commode à la recherche du chandail de ski bleu et blanc qu'elle portait toujours.

— Nous verrons, murmura Sebastian. Si je ne réussis pas à toucher tout le monde, nous serons obligés de renoncer. Il faudra laisser la police agir ou attendre le matin en faisant des vœux pour arriver les premiers.

Et il forma le numéro du Dr Sign.

— Ici la résidence du Dr Sign, fit une voix féminine un peu pâteuse. Oh! c'est Mr Hermes... Une nouvelle vacation? Déjà? Vous ne pouvez pas attendre le matin?

— Si on attend, l'affaire nous passera sous le nez, répliqua Sebastian. Je suis navré de devoir tirer le docteur du lit mais nous avons besoin de travail.

Il indiqua à la matrone le nom du cimetière et l'identité de la femme ancien-née.

— Voici ton sogum, fit Lotta, émergeant de la cuisine avec un récipient de céramique et un tube d'ingestion ornementé.

Elle avait passé son gros chandail par-dessus son pyjama.

Sebastian n'avait plus qu'à appeler le pasteur attaché à la société, le père Jeremy Faine. Assis de façon précaire sur le bord du lit, il composa le numéro d'une main, se servant de l'autre pour tenir en place le récipient de sogum.

— Je suis d'accord pour que tu m'accompagnes, Lotta. La présence d'une femme rendra les choses plus faciles pour cette vieille dame... Enfin je présume qu'elle est vieille.

L'écran s'anima. Le père Faine cligna des yeux à la manière d'un hibou, comme s'il était surpris en train de se livrer à des débauches nocturnes. C'était un homme âgé et chétif.

— Bonjour, Sebastian, lança-t-il du ton alerte qui lui était habituel. (Des cinq collaborateurs d'Hermes, il était le seul à donner l'impression d'être toujours prêt à répondre au premier appel.) Savez-vous quelle est la confession de cet ancien-né ?

— Le policier ne me l'a pas précisé.

En ce qui concernait Sebastian, la chose n'avait guère d'importance : le pasteur de la société était suffisant pour toutes les religions, y compris pour le judaïsme et l'Udi, encore que les udites ne partageassent pas ce point de vue. N'importe comment, ils avaient droit au père Faine, que cela leur plût ou non.

— Alors, c'est réglé? demanda Lotta. On y va?

— Oui. Tout le personnel nécessaire est prêt.

Bob Lindy pour forer le puits d'aération et mettre en marche le matériel d'excavation, le Dr Sign pour pratiquer rapidement les soins indispensables, le père

Faine pour officier et apporter à l'ex-défunt le sacrement de la Renaissance Miraculeuse. Et le lendemain, après l'ouverture des bureaux, Cheryl Vale pour s'atteler à la paperasserie — tâche compliquée! — et R.C. Buckley, le vendeur, pour se mettre en quête d'un acheteur.

L'aspect commercial de l'entreprise était ce qui plaisait le moins à Sebastian Hermes. Il y songeait justement tout en enfilant l'ample vêtement qu'il portait par les nuits froides quand il fallait répondre à un appel. Buckley, cependant, paraissait adorer son métier. Il avait une philosophie de l'« établissement » comme il disait, expression emphatique signifiant qu'il se débrouillait comme il pouvait pour trouver quelqu'un à qui placer les ancien-nés. Il proclamait qu'il les « insérait dans des milieux sélectionnés et particulièrement viables présentant toutes garanties ». En fait, il les cédait à qui voulait les prendre pour autant que le prix offert fût suffisant pour justifier ses 5 % de commission.

Lotta, qui suivait son mari pas à pas tandis qu'il se dirigeait vers la garde-robe pour y prendre sa houppelande, demanda :

— As-tu lu ce verset de l'Epître aux Corinthiens dans la traduction nouvelle? Je sais qu'on la considère comme un peu démodée mais je l'ai toujours aimée.

— Tu devrais finir de t'habiller, murmura Sebastian.

— Bien sûr. (Elle secoua le menton d'un air pénétré et s'empressa d'aller chercher son pantalon de travail et les hautes bottes de cuir souple qu'elle affectionnait.) Je suis en train de l'apprendre par cœur car, somme toute, je suis ta femme et ce passage s'applique de façon tellement directe au travail que nous... je veux dire que tu fais. Ecoute. Je crois que cela commence ainsi : *Entendez-moi. Je vous dévoilerai un mystère : nous ne mourrons pas tous mais nous serons changés, en un éclair, au dernier appel de la trompette.*

— Une trompette qui a sonné un jour du mois de juin de l'année 1986, dit Sebastian d'une voix pensive tout en attendant patiemment que Lotta fût prête. (A la surprise de chaque individu. Sauf, bien entendu, d'Alex Hobart qui avait prédit l'effet rétrotemporel qui portait maintenant son nom.)

— Je suis prête, annonça fièrement Lotta.

Elle était bottée, vêtue d'un bleu de travail et de son chandail, le tout recouvrant son pyjama. Sebastian Hermes sourit : c'était pour gagner du temps, pour ne pas le retarder qu'elle s'était ainsi affublée.

Ensemble, ils quittèrent leur conapt et s'engouffrèrent dans l'ascenseur express pour gagner la terrasse où était parqué l'aéroglisseur.

— Pour ma part, fit Sebastian en essuyant les glaces du véhicule qu'embuait la rosée nocturne, je préfère la vieille version du roi Jacques.

— Je ne la connais pas, répondit Lotta avec, dans la voix, une naïveté enfantine comme si elle voulait dire : « Mais je la lirai, je te le promets. »

— Pour autant que je m'en souvienne, le texte donne à peu près ceci : *Voyez! Je vous dis un mystère. Nous ne dormirons pas tous. Nous serons changés...* etc. Oui... Quelque chose comme ça. Je me rappelle le *Voyez*. Je trouve que c'est mieux que *Entendez-moi.*

Il mit le moteur en marche et l'aéroglisseur s'éleva dans la nuit.

— Tu as peut-être raison, approuva Lotta, toujours consentante, toujours prête à considérer que les propos de son époux faisaient autorité — après tout, il était tellement plus âgé qu'elle!

Et cette attitude était pour Sebastian une joie toujours renouvelée. D'ailleurs Lotta, elle aussi, paraissait en éprouver de la satisfaction. Pris d'un soudain élan de tendresse, il lui caressa le genou. Comme à l'accoutumée, elle lui rendit aussitôt sa caresse.

L'amour passait d'elle à lui, et inversement, sans résistance, sans difficulté. Comme un courant alternatif.

L'agent Tinbane, jeune et plein de zèle, les accueillit à l'intérieur du cimetière délabré que clôturaient des grilles acérées.

— Bonsoir, monsieur, dit-il à l'adresse de Sebastian en le saluant. (A ses yeux, tous les actes qu'il accomplissait en uniforme avaient un cachet officiel et, cela va sans dire, impersonnel.) Votre ingénieur est arrivé il y a deux minutes. Il est en train de creuser une sape d'aération provisoire. C'est de la chance que je sois passé par là. (Se rendant compte de la présence de Lotta, il ajouta :) Bonsoir, Mrs Hermes. Dommage qu'il fasse si froid. Voulez-vous vous asseoir dans la voiture de patrouille? Le chauffage est mis.

— Je n'ai pas froid, répondit la jeune femme. (Elle tendit le cou pour essayer de voir Bob Lindy au travail.) Parle-t-elle toujours?

— Elle n'arrête pas de bavarder. (Tinbane braqua sa torche sur Bob Lindy qui s'activait.) Tout à l'heure, c'était avec moi; maintenant c'est avec votre ingénieur.

Lindy, à quatre pattes, examinait les cadrans de son trépan; il ne leva pas la tête, il ne fit pas un signe bien qu'il fût manifestement conscient de la présence des Hermes. Pour Lindy, le travail passait d'abord : le protocole occupait la dernière place dans sa hiérarchie des valeurs.

Tinbane se tourna vers Sebastian.

— Elle jure ses grands dieux qu'elle a de la famille. Tenez... J'ai noté les noms et les adresses. Ces gens-là habitent Pasadena. Mais elle est atteinte de sénilité et ses idées sont confuses. (Il jeta un coup d'œil à la ronde.) Vous êtes sûr que votre médecin va arriver? On aura besoin de lui, c'est certain. Mrs Benton a fait allusion à la maladie de Bright. C'est sûrement de ça qu'elle est morte. Il faudra que le docteur lui greffe un rein artificiel.

Un aéroglisseur se posa, ses feux d'atterrissage allumés, et le Dr Sign en descendit, vêtu d'une élégante combinaison de plastique à rétention thermique dernier cri.

— Alors, vous avez trouvé un nouveau vivant? » lança-t-il à l'agent Tinbane. (Il s'agenouilla sur la tombe de Mrs Tilly Benton, tendit l'oreille et appela :) Mrs Benton? M'entendez-vous? Est-ce que vous pouvez respirer?

Lindy s'arrêta un instant de creuser et la voix frêle, indistincte et chevrotante, s'éleva :

— J'étouffe. Et il fait noir. J'ai vraiment très peur. J'aimerais être dégagée et reconduite chez moi le plus vite possible. Allez-vous me sauver?

Les mains en cornet devant sa bouche, le Dr Sign répondit en hurlant :

— Nous sommes en train de forer, Mrs Benton. Tenez bon et ne vous faites aucun souci. Cela ne demandera que quelques minutes. (Le médecin dévisagea Lindy.) Vous n'avez donc pas pris contact avec elle?

— J'ai mon travail, grommela l'ingénieur. La discussion, c'est vous autres et le père Faine que cela regarde.

Il se remit à la tâche. Sebastian nota que l'ingénieur était presque arrivé au bout et il s'éloigna du groupe, l'oreille aux aguets, sondant le cimetière de tous ses sens en éveil, attentif à la présence des morts gisant sous les pierres tombales — les corruptibles, comme les appelait saint Paul, qui, un jour, à l'instar de Mrs Benton, parviendraient à l'incorruptibilité.

Il errait à travers le cimetière en s'éclairant de sa torche pour ne pas trébucher sur les tombes. Il avançait très lentement, écoutant — non avec ses oreilles, non pas au sens propre, mais avec une sorte de sens intime — les obscurs frémissements souterrains. Et il se disait : « Bientôt, d'autres deviendront à leur tour des ancien-nés. Leur chair et leurs éléments organiques refluent et se rassemblent déjà, s'efforcent de retrouver leur structure d'antan. » Il était conscient de ce flux éternel, de cette activité sans fin, et il frissonnait d'enthousiasme, en proie à une violente excitation. Rien n'était aussi profondément optimiste, rien n'était plus exaltant que cette reconstitution des corps qui, après être entrés en corruption, émergeaient maintenant, grâce à l'Effet Hobart, de la corruption.

Saint Paul avait vu juste. Sa seule erreur avait été de croire que cette métamorphose aurait lieu de son vivant.

Ceux qui devenaient en ce moment des ancien-nés étaient les morts les plus récents : les défunts d'avant juin 1986. Mais, selon Alex Hobart, l'inversion du temps continuerait de se développer et de s'amplifier sans trêve. Des morts de plus en plus éloignés seraient entraînés à leur tour dans le courant réversif — et, dans deux mille ans, saint Paul lui-même cesserait de « dormir » pour employer sa formule.

Mais, à ce moment-là, et depuis longtemps, Sebastian Hermes et les vivants d'aujourd'hui auraient réintégré la matrice qui les attendait, et les mères qui les auraient accueillis seraient rentrées elles aussi dans le néant matriciel, et ainsi de suite. A condition, naturellement, qu'Hobart eût raison. A condition que l'Effet soit non pas un phénomène passager et de courte durée, mais un immense cycle sidéral s'inversant tous les quelques milliards d'années.

Un dernier aéroglisseur poussif se posa, d'où émergea le père Faine, petit et court sur pattes, ses livres du culte dans sa serviette. Il adressa un signe de tête amical à l'agent Tinbane.

— Je vous félicite de l'avoir entendue. J'espère que vous n'aurez plus à piétiner longtemps dans le froid. (L'ecclésiastique vérifia que Lindy était au travail et le

Dr Sign à son poste, sa trousse noire à la main. Et, bien sûr, qu'Hermes était présent.) Nous pouvons nous charger du reste, dit-il à Tinbane. Merci.

— Bonne nuit, mon père, fit Tinbane. Bonne nuit, Mr Hermes. Bonne nuit, Mrs Hermes. Et bonne nuit à vous, docteur.

Le policier considéra Bob Lindy, maussade et taciturne, et s'abstint de le saluer. Il fit demi-tour, s'engouffra dans l'aéroglisseur et décolla rapidement pour reprendre sa ronde.

Sebastian s'approcha du père Faine.

— Vous ne savez pas? Je... j'en entends un autre. Un qui est prêt à renaître. Une question de jours, peut-être même d'heures.

En son for intérieur, il ajouta : l'émanation que je perçois est d'une puissance extraordinaire. Elle doit correspondre à une personne possédant une vitalité unique. Et qui se trouve tout près.

— Ça y est... L'air arrive, annonça Lindy en arrêtant son trépan. A vous de jouer, Sign. (Il tapota le casque d'écoute dont il était coiffé — c'était le meilleur moyen d'entendre les inhumés.) Très mal en point, celle-là. Affection chronique et aiguë.

Il enclencha les fouilleuses autonomes qui entrèrent immédiatement en action. Un geyser de poussière jaillit du dispositif d'évacuation.

Tandis que Sebastian, le Dr Sign et Bob Lindy exhumaient le cercueil, le père Faine lisait à haute voix les prières avec l'intonation autoritaire et claire qui s'imposait pour que la personne enfermée dans la bière l'entendît. *Le Seigneur m'a récompensé pour la pureté de mes actes. Pour la blancheur de mes mains, Il m'a récompensé. Parce que j'ai suivi les voies du Seigneur et n'ai point renié mon Dieu comme l'ont fait les pécheurs...*

Le travail avançait. Tous, même Bob Lindy, connaissaient ce psaume par cœur. C'était celui que le prêtre préférait dans ces occasions. Il lui arrivait parfois de lui en substituer un autre, le psaume 9, par exemple, mais il revenait toujours à sa lecture de prédilection.

Bob Lindy dévissa en quelques gestes rapides les boulons du cercueil; c'était une bière en sapin, bon marché et légère, et le couvercle céda sans difficulté. Le Dr Sign s'avança et, le stéthoscope à l'oreille, il se pencha pour ausculter la vieille dame tout en lui parlant à voix basse. Lindy mit en marche la soufflerie à air chaud pour que Mrs Tilly Benton fût baignée d'une chaleur constante. Ce transfert thermique était d'une importance capitale : les ancien-nés avaient toujours affreusement froid. D'ailleurs, et c'était le cas de Sebastian, ils éprouvaient à l'égard du froid une véritable phobie qui se prolongeait souvent plusieurs années après la résurrection.

N'ayant pour le moment plus rien de spécial à faire, Sebastian se remit à déambuler parmi les tombes, l'oreille tendue. Cette fois, Lotta le suivit — et elle était d'humeur bavarde.

— C'est mystique ne trouves-tu pas? fit-elle d'une voix étranglée, une voix de petite fille émerveillée. Je voudrais peindre cela. Je voudrais pouvoir capter leur expression au moment du premier regard, à l'instant où le couvercle est arraché. Cet air qu'ils ont! Ce n'est pas de la joie, pas du soulagement. Cela ne traduit pas une émotion particulière mais quelque chose de plus profond, de plus...

— Ecoute!

— Que veux-tu que j'écoute?

Docile, elle écouta, mais il était manifeste qu'elle n'entendait rien. Elle ne ressentait pas ce que Sebastian ressentait : cette présence gigantesque, toute proche.

— Il va falloir surveiller ce bizarre petit cimetière, dit Sebastian. Je veux la liste complète et intégrale de tous ceux qui y sont enterrés. (En certaines occasions, quand il étudiait un inventaire, son intuition jouait.

Il possédait un véritable don paranormal, une faculté lui permettant de prévoir le retour à l'existence d'un ancien-né.) Lotta, rappelle-moi de m'informer auprès des autorités locales de l'identité exacte de leurs assujettis.

Une tombe — une seule — était surmontée d'un monument sculpté. Sebastian braqua sa torche sur la stèle et lut l'inscription funéraire :

THOMAS PEAK
1921 - 1971
Sic igitur magni quoque circum
moenia mundi expugnata dabunt
labem putresque ruinas.

Ses connaissances en latin étaient trop médiocres pour qu'il pût traduire l'épitaphe. Il en pressentait seulement le sens : il était question des choses grandioses d'ici-bas, qui sont toutes vouées à la corruption et à l'anéantissement. Eh bien, songea-t-il, ce n'est plus vrai. Quelque chose me dit que ce Thomas Peak — et, à en juger par les dimensions du mausolée et la qualité de la pierre, ce n'était pas n'importe qui — est la personne dont je sens qu'elle va renaître à la vie, celle que nous devons surveiller.

— Peak, dit-il à haute voix à l'adresse de Lotta.

— J'ai lu quelque chose sur lui quand je suivais un cours de philosophie orientale. Sais-tu qui c'est... qui c'était?

— Etait-il apparenté à l'Anarque du même nom?

— L'Udi, répondit laconiquement Lotta.

— Ce culte nègre qui a envahi la Libre Municipalité Noire? Cette secte dirigée par ce démagogue de Raymond Roberts : les udites? C'est ce Peak-là qui est enterré ici?

Lotta examina les dates et fit un signe d'assentiment.

— Mais mon professeur disait que, en ce temps-là,

ce n'était pas de la fumisterie. Je crois que l'expérience Udi est une réalité. C'est en tout cas ce que l'on nous enseignait à l'université de San José. Tout le monde se fond avec tout le monde, il n'y a plus de personnalité distincte...

— Je sais ce qu'est l'Udi, fit Sebastian sur un ton acerbe. Diable! Maintenant que je connais son identité, je ne suis plus sûr d'avoir tellement envie de l'aider à revenir!

— Mais quand l'Anarque Peak ressuscitera, il reprendra son rang à la tête des udites, et cela cessera d'être une escroquerie.

La voix de Bob Lindy s'éleva derrière eux :

— Vous feriez sans doute fortune si vous vous arrangiez pour ne pas le rendre à un monde qui ne veut pas de lui et qui ne l'attend pas. (Et il ajouta :) Eh bien, en ce qui me concerne, mission remplie. Sign est en train de lui fixer une paire de reins électriques. Il va la placer sur une civière et la mettre dans son glisseur. (Il ralluma son mégot et resta un moment immobile à fumer en grelottant, songeur.) Vous pensez que ce type, ce Peak, ne va pas tarder à renaître, Seb?

— En effet. Vous connaissez mes intuitions.

Si l'entreprise réalise des bénéfices, songeait-il, c'est bien grâce à elles. Mes prémonitions nous permettent de couper l'herbe sous le pied aux grosses boîtes. Elles nous permettent... de fonctionner, tout simplement. De faire des affaires. Sans cela, nous n'aurions que les miettes que nous abandonnerait la police.

— Attendez que Buckley soit au courant, dit Lindy d'un air sombre. Pour celui-là, il va jeter feu et flammes. D'ailleurs, je vous conseille de l'appeler tout de suite. Plus tôt il sera averti et plus tôt il pourra lancer une de ses campagnes de promotion à tout casser dont il a le secret.

Il eut un rire sec.

— Je vais placer un enregistreur sur la tombe de

Peak, murmura Sebastian après quelques instants de méditation. Un engin capable de détecter toute activité cardiaque et de nous prévenir à l'aide d'un signal codé.

Lindy s'agita nerveusement.

— Vous croyez? C'est illégal. Si la police municipale s'en aperçoit, elle pourra vous retirer votre licence. (Sa méfiance innée de Suédois se révélait au grand jour; Lindy ne croyait guère aux prémonitions de Sebastian.) Vous allez finir par être aussi épouvantable que Lotta, continua-t-il. (Sans penser à mal, il tapota gentiment l'épaule de la jeune femme.) Je le répète souvent : je refuse de me laisser impressionner par l'atmosphère qui règne dans les lieux de ce genre. Notre tâche est purement technique : faire une localisation précise, fournir une ventilation correcte, creuser avec précision pour ne pas couper le cercueil en deux, l'exhumer et passer le relais au Dr Sign pour remettre en état ce qui est défectueux. (Il se tourna vers Lotta.) Vous introduisez trop de métaphysique là-dedans. Il ne faut pas.

— Je suis mariée à un homme qui gisait autrefois à six pieds sous terre, répondit-elle. Quand je suis née, Sebastian était mort. J'avais douze ans quand il est revenu à la vie.

Elle parlait d'une voix ferme, contrairement à son habitude.

— Et alors? demanda Lindy.

— Cette technique m'a donné le seul homme sur Terre, sur Mars ou sur Vénus que je puisse aimer. C'est la grande force qui me soutient.

Elle entoura Sebastian de ses bras et le serra contre elle.

— Je voudrais que tu ailles demain à la Bibliothèque d'Actualités Populaires, Lotta, dit Hermes. A la section B. Pour me rapporter tous les renseignements que tu pourras réunir sur l'Anarque Thomas Peak. La plupart des données ont sans doute passé à l'oblit à l'heure qu'il est, mais ils possèdent peut-être encore quelques manuscrits dactylographiés terminaux.

— Avait-il donc tant d'importance? dit Bob Lindy.

— Oui, murmura Lotta. Mais... (Elle hésita.) La Bibliothèque me fait peur, Seb. C'est vrai. Tu sais comme je suis. C'est tellement... enfin! Tant pis. J'irai. (Son ton était morne.)

— Je suis bien d'accord avec vous, s'écria Bob Lindy. Je n'aime pas du tout cet endroit. Et je n'y ai été qu'une seule fois en tout et pour tout.

— C'est l'Effet Hobart, laissa tomber Sebastian. La même force qui opère ici y est à l'œuvre. (A nouveau, il se tourna vers Lotta.) Evite de t'adresser à Mavis McGuire, la conservatrice. (Il avait eu l'occasion de rencontrer celle-ci à plusieurs reprises et avait chaque fois éprouvé un sentiment de répulsion. Elle lui faisait l'effet d'être une femme agressive et hostile.) Tu n'auras qu'à te rendre directement à la section B.

Que Dieu ait pitié de Lotta si jamais elle s'égare et tombe sur cette affreuse bonne femme! Peut-être devrais-je y aller moi-même? Non... Lotta n'aura qu'à s'adresser à quelqu'un d'autre et tout se passera très bien. C'est un risque qu'il faut prendre, c'est tout.

2

L'homme, et c'est là sa définition la plus juste, peut être considéré comme un certain concept intellectuel éternellement créé dans l'esprit divin.

Erigène

Le soleil dans le ciel. Une voix mécanique, insistante, retentit :

— C'est l'heure de se lever, Appleford, pour leur montrer qui vous êtes et de quoi vous êtes capable. Un grand bonhomme, ce Douglas Appleford. Tout le monde est d'accord là-dessus. Je les entends parler. Un garçon remarquable, beaucoup de talent, il fait du bon travail. Le public l'admire. (La voix s'interrompit.) Alors, vous êtes réveillé?

— Oui, répondit Appleford du fond de son lit. (Il se dressa sur son séant et, d'un coup de poing, réduisit au silence le réveille-matin au timbre strident.) Bonjour, dit-il à l'appartement silencieux. J'ai bien dormi. Toi aussi, j'espère?

Il se leva en ronchonnant et se dirigea avec nonchalance vers la penderie pour enfiler le linge sale qui convenait. Les pensées se bousculaient dans son esprit en désordre. Il lui fallait coincer Ludwig Eng. Lui révéler qu'il ne restait plus au monde qu'un seul et unique exemplaire du best-seller qu'était son œuvre et que l'heure allait bientôt sonner pour lui de passer à l'action, de se consacrer au seul travail qui lui restait à faire. Comment Eng prendrait-il la chose? Il arrivait parfois que des inventeurs refusent de se mettre à la tâche. Bah! Ce n'était pas le problème d'Appleford : c'était celui du Conseil des Oblits. Il s'empara d'une chemise rouge, maculée et chiffonnée, et se dépouilla de sa veste de pyjama pour l'endosser. Le pantalon fut plus malaisé à trouver : Appleford dut fouiller dans le panier à linge sale.

Maintenant, le paquet de poils de barbe. Il gagna la salle de bains d'un pas traînant et se trempa la figure dans le lavabo; puis il pulvérisa de l'adhésif sur son visage et, ouvrant le paquet, appliqua avec dextérité, procédant par petites touches, des touffes de poils bien régulières sur son menton, ses joues et son cou. Bien... Me voilà prêt, se dit-il après s'être inspecté dans le miroir. Dès que j'aurai absorbé ma ration de sogum, tout au moins.

Il enclencha le tube distributeur de sogum ultramoderne, ingurgita une solide ration bien consistante et poussa un soupir de satisfaction, en jetant un coup d'œil sur la page sportive du *Times* de Los Angeles. Puis il passa dans la cuisine où il entreprit de mettre le couvert sale. Peu de temps après, il avait devant lui un bol de potage, des côtelettes d'agneau, des petits pois, des mousses bleues martiennes nappées d'une sauce à l'œuf et une tasse de café brûlant. Il ramassa le tout — après s'être assuré, naturellement, que personne ne pouvait le voir par la fenêtre — et plaça prestement les denrées dans leurs récipients respectifs qu'il rangea ensuite, les uns dans le placard, les autres dans le réfrigérateur. Il était 8 h 30. Encore un quart d'heure avant de se rendre au travail. Inutile de rajeunir en se hâtant. La section B de la Bibliothèque d'Actualités Populaires serait à sa place quand il arriverait.

Il lui avait fallu des années pour accéder à la section B et, en guise de récompense, il devait maintenant avoir affaire à une foule d'inventeurs hargneux qui s'efforçaient de se soustraire à la tâche impérative que leur assignait le Conseil des Oblits, à savoir l'oblitération définitive du dernier manuscrit dactylographié de telle ou telle œuvre associée à leur nom, pour des motifs qu'aucun de ces inventeurs ne comprenait parfaitement. Selon toute probabilité, le Conseil savait pourquoi un inventeur donné était affecté à une tâche donnée et pas à une autre. Exemple : Eng et son COMMENT J'AI FABRIQUÉ UN STRUBILE AVEC DES ARTICLES MÉNAGERS DANS MA CAVE A DES MOMENTS PERDUS. Appleford méditait tout en feuilletant son homéojournal. Il méditait sur la responsabilité qui était la leur. Quand Eng aurait fini, il n'y aurait plus un seul strubile sur la Terre à moins que ces gredins de la L.M.N. n'en aient illégalement mis une paire de côté. En fait, bien que l'exminal — l'exemplaire terminal — du livre d'Eng existât encore, Appleford éprouvait déjà une certaine difficulté à se rappeler à quoi servait un strubile et à quoi cet appareil ressemblait. Etait-ce carré et petit? Ou rond et gigantesque? Hum... Il reposa son homéo et se frotta le front, s'efforçant de fouiller ses souvenirs, de faire naître dans son esprit l'image mentale de l'objet pendant que c'était encore théoriquement possible. Car, dès que Ludwig Eng aurait métamorphosé son exminal en un ruban de soie encré et intact, en une ramette de papier machine empaqueté et en une liasse de carbones vierges, plus personne ne pourrait se rappeler l'ouvrage ni l'appareil — si utile jusque-là — que celui-ci décrivait.

Ce travail, cependant, occuperait sans doute Eng le reste de l'année. L'effacement de l'exminal se faisait ligne par ligne, mot par mot. C'était beaucoup plus difficile que d'oblitérer en série les exemplaires imprimés mais Eng recevrait pour sa peine un énorme salaire, ainsi que...

Le récepteur du vidéophone posé à côté d'Appleford sauta de lui-même sur la table et une petite voix aiguë et lointaine lança :

— Au revoir, Doug.

C'était une voix de femme. Appleford approcha le récepteur de son oreille.

— Au revoir.

— Je t'aime, Doug, haleta Charise McFadden sur un ton débordant d'émotion. Est-ce que tu m'aimes?

— Oui, moi aussi, je t'aime. Quand nous sommes-nous vus pour la dernière fois? J'espère que ce ne sera pas long? Dis-moi que ce ne sera pas long!

— Ce soir, sûrement, répondit Charise. Après le travail. Je voudrais te faire rencontrer quelqu'un, un inventeur pratiquement inconnu qui brûle d'envie de faire officiellement oblitérer sa thèse sur... euh... les origines psychogéniques de la mort due aux chutes de météores. Je t'en parle parce que tu es à la section B...

— Dis-lui d'oblitérer sa thèse lui-même, à ses frais.

— Il n'en découle aucun prestige. (Sur l'écran du vidéophone, Charise paraissait grave.) C'est vraiment une théorie épouvantable, Doug, insista-t-elle, implorante. Quelque chose d'absolument cinglé. Cet imbécile de Lance Arbuthnot...

— C'est son nom?

Cela convainquait presque Appleford. Presque mais pas tout à fait. Chaque jour, une multitude de requêtes du même genre lui étaient soumises, toutes, sans exception, ayant trait à quelque découverte présentée comme socialement dangereuse faite par un inventeur cinglé au nom loufoque. Il y avait trop longtemps que Douglas était à la section B pour se laisser prendre au piège. Pourtant, il fallait qu'il s'informe : ses principes moraux et le sens qu'il avait de sa responsabilité envers la société l'exigeaient. Il soupira.

— Je t'entends grogner, fit joyeusement Charise.

— Enfin... dans la mesure où ton bonhomme ne vient pas de la L.M.N....

— Euh... C'est que, justement, il en vient. (Elle le regardait d'un air coupable et sa voix était mal assurée.) Mais je crois qu'ils l'ont chassé. C'est pour cela qu'il est à Los Angeles.

Douglas Appleford se leva et laissa tomber sur un ton guindé :

— Bonjour, Charise. A présent, il faut que je parte. Je ne veux ni ne peux discuter davantage de cette futile question.

Voilà qui mettait un point final en ce qui le concernait. Du moins l'espérait-il.

Quand, sa ronde terminée, l'agent Tinbane regagna son conapt, il trouva sa femme à table. Gêné, il détourna les yeux jusqu'à ce que, ayant remarqué sa présence, elle se fût empressée d'achever sa tasse de café noir brûlant.

— C'est dégoûtant, reprocha Bethel. Tu aurais pu frapper avant d'entrer dans la cuisine. (Avec une dignité hautaine, elle rangea soigneusement la bouteille de jus d'orange dans le réfrigérateur et plaça la boîte de flocons d'avoine, maintenant presque pleine, dans le placard.) Encore une minute et je te laisse tranquille. Mon envie de dévictualisation est presque terminée.

Néanmoins, elle prit son temps.

— Je suis fatigué, dit Joe Tinbane quand, enfin, il put s'asseoir.

Bethel posa devant lui des assiettes vides, un verre, une tasse et un plat de service.

— Devine ce que dit l'homéo de ce matin, fit-elle en se retirant discrètement dans le living pour que son mari pût dégorger à son tour. Ce bandit fanatique, Raymond Roberts en personne, doit venir ici, aux Etats-Unis de l'Ouest. En pèlerinage.

— Hmm, grommela Tinbane, savourant l'odeur chaude du café qui remontait dans sa bouche sèche.

— Le chef de la police de Los Angeles estime que quatre millions de gens se déplaceront pour le voir. Il doit accomplir le sacrement de l'Unification Divine au stade des Dodgers. Naturellement, la cérémonie sera intégralement diffusée par la télévision jusqu'à ce que la lumière frappe notre esprit. Ça durera toute la journée, d'après le journal. Je n'invente rien.

— Quatre millions, répéta Tinbane qui, en professionnel, évaluait le nombre d'officiers de paix nécessaires pour contrôler une foule aussi nombreuse. Tous les effectifs de la police municipale seraient mobilisés, y compris la patrouille aérienne et les supplétifs. Quel travail! Il soupira intérieurement.

— Ils emploient cette fameuse drogue pour réaliser l'unification, reprit Bethel. Il y a un long article là-dessus. C'est un dérivé du DNT. C'est illégal ici mais, pour cette fois, on laissera Roberts et les autres s'en servir pour le sacrement. Parce que la loi de l'Etat de Californie stipule...

— Je sais ce qu'elle stipule. Qu'on a le droit d'user de drogues psychédéliques lors d'une cérémonie religieuse authentique.

Combien de fois ses supérieurs ne le lui avaient-ils pas seriné?

— J'ai presque envie d'y aller, enchaîna Bethel. Et de participer. C'est une occasion unique, à moins que... euh... nous ne rejoignions la I.M.N. et, en toute sincérité, cela ne me tente guère.

— Eh bien, vas-y, fit Tinbane en dégurgitant avec délice des céréales, des quartiers de pêches, du lait et du sucre — dans l'ordre.

— Veux-tu m'accompagner? Ce sera passionnant. Tu te rends compte? Des milliers de gens unifiés ne faisant plus qu'une seule entité. C'est l'Udi — l'Unification Divine — comme ils l'appellent. C'est-à-dire être tout le monde et personne, posséder un savoir absolu car il n'y a plus de points de vue individuels et limités. (Les yeux fermés, elle avança jusqu'à la porte de la cuisine.) Alors?

— Non, merci, répondit Tinbane la bouche pleine, ce qui était embarrassant. Et ne me regarde pas. Tu sais que je ne peux pas supporter que quelqu'un soit près de moi pendant que je dévictualise, même si on ne peut pas me voir. On risque de m'entendre... mâcher.

Il devinait qu'elle était mécontente.

— Tu ne m'emmènes jamais nulle part, fit-elle.

— C'est vrai, je ne t'emmène jamais nulle part. Mais si je te sortais, ce ne serait pas pour te conduire à une cérémonie religieuse.

Comme s'il n'y avait pas déjà assez de fous religieux à Los Angeles! songea-t-il. Je me demande pourquoi Roberts a attendu si longtemps pour organiser un pèlerinage ici. Pourquoi le fait-il maintenant, précisément?

— Crois-tu que c'est un fumiste? lui demanda-t-elle d'une voix excitée. Crois-tu que l'état d'Udi n'existe pas?

Joe haussa les épaules.

— Le DNT est une drogue puissante. (Peut-être était-ce vrai. N'importe comment, cela n'avait pas d'importance. Pas d'importance pour lui, en tout cas.) Il y a encore eu une résurrection inattendue : une vieille dame. A Forest Knolls, naturellement. Ils ne surveillent jamais ces petits cimetières secondaires. Ils savent que nous pouvons nous débrouiller avec le matériel municipal.

Toujours est-il que si Tilly M. Benton était saine et sauve à l'hôpital de Los Angeles où elle recevait les soins que nécessitait son état, c'était grâce à Sebastian Hermes. D'ici à une semaine, elle dégorgerait comme tout le monde.

— Fantastique, murmura Bethel, toujours debout dans l'encadrement de la porte.

— Qu'en sais-tu? Tu n'as jamais assisté à un déterrement.

— Ah! toi et ton fichu travail! Ce n'est pas parce qu'il te déplaît que tu dois t'en prendre à moi. Si c'est tellement pénible, démissionne.

— Je peux fort bien m'en tirer. D'ailleurs, j'ai demandé à être muté. « Ce qui est dur, ce n'est pas ce travail : c'est toi. » Voudrais-tu me laisser dégurgiter en paix? s'exclama-t-il avec colère. Va donc lire ton homéo ailleurs!

— Seras-tu affecté à la garde de Ray Roberts quand il sera là?

— C'est peu probable.

Après tout, il avait une ronde régulière. Cela, rien ne pouvait le changer.

— Tu ne seras pas chargé de le protéger l'arme au poing?

— Le protéger? Je le descendrais, oui!

— Seigneur! fit Bethel railleuse. Quelle ambition! Après ça, tu serais sûr d'entrer dans l'Histoire.

— J'y entrerai n'importe comment.

— Pourquoi? Qu'as-tu fait? Et qu'as-tu l'intention de faire dans l'avenir? Continuer à déterrer les vieilles dames du cimetière de Forest Knolls? (Son ton était cinglant comme un fouet.) Ou est-ce parce que tu es marié avec moi que tu penses avoir droit à une place dans l'Histoire?

— Tout juste! Parce que je suis marié avec toi.

Sa voix était aussi venimeuse que celle de Bethel. C'était là quelque chose qu'il avait appris au cours des longs mois morts de leur prétendu mariage.

Elle regagna le living-room. Enfin seul, Joe put continuer de dégurgiter en paix. Il appréciait sa tranquillité retrouvée.

En tout cas, se dit-il tristement, Tilly M. Benton, de Pasadena, m'aime bien.

3

L'éternité est une sorte de mesure. Mais il n'appartient pas à Dieu d'être mesuré. Donc, il ne lui appartient pas d'être éternel.

saint Thomas d'Aquin

L'agent Tinbane avait toujours eu de la difficulté à déterminer avec précision le rang que George Gore occupait dans la hiérarchie de la force de police de Los Angeles. Gore portait une banale cape civile, de coquettes chaussures italiennes à la pointe relevée, une chemise à la mode — un peu criarde. Il était grand et relativement mince. Tinbane lui donnait dans les quarante-cinq ans. Les deux hommes étaient face à face dans le bureau de Gore. Celui-ci entra tout de suite dans le vif du sujet.

— A l'annonce de la venue de Ray Roberts dans notre ville, le gouverneur nous a demandé de lui affecter un garde du corps personnel... Ce que nous avions, d'ailleurs, décidé de faire. Quatre hommes, peut-être cinq. Comme vous avez posé une demande de mutation, vous êtes désigné pour cette mission. (Gore feuilleta les documents étalés sur son bureau; Tinbane vit qu'ils le concernaient.) Vous êtes d'accord?

— Puisque vous l'avez décidé, répondit Tinbane, renfrogné. (Et en même temps étonné.) Il ne s'agit pas de service d'ordre? C'est du plein temps? Vingt-quatre heures sur vingt-quatre?

« Et à proximité, en plus! Garde du corps personnel, cela voulait dire... personnel. »

— Vous serez avec lui à table — excusez-moi, je ne voulais pas être grossier — et vous dormirez avec lui. Dans la même pièce. Normalement, il n'a pas de garde du corps mais beaucoup de gens sont loin de porter les udites dans leur cœur. Que cela lui plaise ou non, il sera protégé en permanence tout le temps qu'il restera sous notre juridiction.

Gore s'exprimait sur un ton sec de bureaucrate.

— J'imagine qu'il n'y aura pas de relève?

— Vous serez quatre et vous prendrez alternativement votre tour de sommeil. Mais vous serez tout le temps à ses côtés. Cela ne durera que quarante-huit ou soixante-douze heures, le choix lui appartient et il n'a pas encore arrêté sa décision. Mais vous le savez probablement : vous lisez les homéos.

— Cet individu ne me plaît pas.

— Vous m'en voyez navré mais je ne crois pas que cela affectera beaucoup Roberts. Je doute fort qu'il s'en soucie. Il a une foule de partisans chez nous et il suscitera la curiosité des foules. Je pense que votre opinion ne l'empêchera pas de survivre. D'ailleurs, que savez-vous de lui? Vous ne l'avez jamais rencontré.

— Ma femme a de la sympathie pour lui.

Gore sourit.

— Eh bien, j'imagine qu'il pourra aussi le supporter! Cela dit, je comprends votre sentiment. Le fait est que les femmes représentent la grosse majorité de ses adeptes. C'est ce qui se passe généralement. J'ai fait préparer le dossier que nous avons sur lui. Vous devriez l'étudier avant son arrivée, pendant vos loisirs. Ça vous intéressera, vous verrez. Il y a là-dedans des choses bizarres, des choses qu'il a dites ou faites — les dogmes de l'Udi. Comme vous le savez, nous autorisons cette expérience collective de la drogue, même si c'est illégal. En fait, il s'agit d'une drogue orgiaque, ni plus ni moins. Tout l'aspect religieux de l'affaire est pure invention, c'est une couverture. Cet homme est un être étrange et violent — selon notre optique, tout au moins. Je suppose que ses partisans le voient autrement. Mais peut-être sont-ils du même avis et aiment-ils ça! (Gore tapota sur une boîte de métal vert, fermée à clé, qui était posée au bord de son bureau.) Vous comprendrez quand vous aurez lu ce qu'il y a là-dedans. Tous les crimes qu'il a autorisé ses hommes de main, les Fils de la Puissance, à commettre. (Il poussa la boîte vers Tinbane.) Quand vous aurez fini, je voudrais que vous vous rendiez à la Bibliothèque d'Actualités pour y chercher des renseignements complémentaires.

Tinbane prit la boîte.

— Donnez-moi la clé et je jetterai un coup d'œil là-dessus.

Gore la lui tendit.

— Encore une chose, Tinbane. Ne gobez pas les histoires stéréotypées sur le compte de Ray Roberts dont sont remplis les homéojournaux. On a raconté énormément de choses mais presque tout ce qui a été publié est un tissu de mensonges et on a fait le silence sur ce qui était vrai. C'est là-dedans que se trouve la vérité; quand vous aurez parcouru ce dossier, vous comprendrez ce que je veux dire. C'est en particulier à la violence que je pense. (Il se pencha vers son interlocuteur.) Réflexion faite, je vous laisse le choix. Lorsque vous aurez pris connaissance du dossier Roberts, revenez me voir. C'est alors que vous prendrez votre décision. A franchement parler, je pense que vous accepterez cette mission. C'est une promotion officielle, un pas en avant dans la hiérarchie.

Tinbane se leva. Ce n'est pas mon avis, songea-t-il. Mais il dit :

— C'est d'accord, Mr Gore. Combien de temps me donnez-vous.

— Passez à 5 heures, répondit Gore en souriant de son sourire acide et entendu.

A la section B de la Bibliothèque d'Actualités, Tinbane attendait, l'air méfiant, devant le bureau de la conservatrice. Le climat du bâtiment l'intimidait — il ne savait ni pourquoi ni comment.

Il y avait plusieurs personnes devant lui. Il patientait, s'agitant avec agacement en jetant des coups d'œils furtifs à la ronde. Comme toujours, il songeait à son mariage avec Bethel, à sa carrière dans la police. Puis ses pensées divaguèrent. Il se mit à ruminer sur le but de la vie, sa signification — si elle en avait une — sur le sort des ancien-nés qui gisaient dans la terre. Il se demanda finalement ce qu'il éprouverait un jour à régresser pour entrer finalement dans la matrice la plus proche.

Soudain, quelqu'un arriva à sa hauteur. Une personne de sa connaissance : une femme de petite taille vêtue d'un long manteau; une épaisse chevelure d'un noir profond flottait sur ses épaules. Jolie mais mariée. C'était Lotta Hermes.

— Au revoir, fit-il, tout heureux de cette rencontre.

Lotta, pâle comme un linge, murmura :

— Je... je ne peux pas supporter cet endroit. Mais Seb m'a chargée de recueillir des informations.

Son malaise était presque tangible. Tout son corps était tendu, rigide, et son inquiétude lui donnait un maintien gauche, brouillait ses traits et les déformait.

— Allons... Remettez-vous, fit Tinbane, étonné qu'elle éprouvât une telle appréhension.

Il eut brusquement envie de la réconforter et, la prenant par le bras, il l'entraîna à travers l'immense salle sonore jusqu'au corridor où l'atmosphère était relativement moins pesante.

— Mon Dieu! soupira Lotta d'un air pitoyable. Je ne peux pas! Je ne peux pas affronter cette terrible Mrs McGuire. Seb m'a dit de demander quelqu'un d'autre mais je ne connais personne. Et quand je suis effrayée je suis incapable de réfléchir.

Elle leva les yeux vers Tinbane, le regard lourd de détresse et d'imploration.

— Vous êtes loin d'être seule à trouver ce lieu déprimant.

La prenant par la taille, il la guida vers la sortie. Mais, rétive, elle s'écria :

— Je ne peux pas partir. Seb veut que je lui ramène toute la documentation existante sur l'Anarque Peak.

— Oh?

Pourquoi cela? Sebastian s'attendait-il à ce que l'Anarque ressuscite dans un avenir proche?

Voilà qui jetait une lumière nouvelle sur le pèlerinage de Ray Roberts. Une lumière tout à fait nouvelle, en vérité : cela expliquerait pourquoi cette réunion avait lieu maintenant. Et pourquoi c'était précisément à Los Angeles qu'elle se tenait.

— Il faut que vous voyiez Douglas Appleford. (Tinbane le connaissait. C'était un homme gonflé de suffisance, formaliste mais relativement serviable. Il était plus facile de discuter avec lui qu'avec Mavis McGuire.) Je vais vous conduire à son bureau et vous présenter à lui, poursuivit-il. En fait, c'est également pour recueillir de la documentation que je suis venu. J'ai besoin de renseignements sur Ray Roberts. J'ai besoin d'aide, moi aussi, voyez-vous!

— Vous connaissez tout le monde! s'écria Lotta avec gratitude.

Elle avait repris son assurance. Maintenant qu'elle redressait les épaules, elle était séduisante et paraissait déborder de dynamisme. En l'admirant silencieusement, Tinbane la pilota vers le bureau de Douglas Appleford.

Quand, ce matin-là, Douglas Appleford prit son service à la section B, Miss Tomsen, sa secrétaire, était en train d'essayer de se débarrasser — et de débarrasser son patron par la même occasion — d'un homme de couleur, habillé avec négligence, qui serrait une serviette sous son bras.

— Ah! Mr Appleford! fit le Noir d'une voix sèche et caverneuse à la vue d'Appleford qu'il avait manifestement reconnu. (Il s'avança la main tendue.) Quel plaisir de faire votre connaissance, monsieur! Au revoir, au revoir... comme l'Effet Hobart nous a appris à le dire.

Un sourire-éclair, aussitôt évanoui, illumina son visage. Appleford ne le lui rendit pas.

— Je suis très occupé, fit-il sans s'arrêter. Si vous voulez être reçu, prenez rendez-vous. Bonjour.

Et il ouvrit la porte de son bureau personnel.

— Ma visite a pour motif l'Anarque Peak, répliqua le Noir. Et j'ai de bonnes raisons de croire que vous vous intéressez à lui.

Appleford s'immobilisa.

— Pourquoi dites-vous cela? demanda-t-il avec irritation. Je ne me rappelle pas avoir jamais manifesté la moindre curiosité à l'égard d'un fanatique religieux qui est heureusement dans sa tombe depuis vingt ans. (Pris d'un doute, il ajouta avec répugnance :) La résurrection de Peak n'est pas imminente, non?

A nouveau, le Noir lui dédia un sourire mécanique. Et « mécanique » était bien le mot qui convenait : Appleford discernait maintenant le mince ruban jaune vif cousu sur la manche du visiteur. C'était un robot qui, ainsi que la loi l'exigeait, arborait cette marque d'identification distinctive. A cette vue, l'irritation de Douglas grandit encore. Il avait un préjugé sectaire et profondément enraciné contre les robs. Un préjugé dont il ne pouvait se défaire. Dont, en réalité, il ne voulait pas se défaire.

— Entrez, fit-il en maintenant ouverte la porte de son bureau d'une irréprochable netteté.

Ce rob était le mandataire d'un humain, il n'était pas venu ici de sa propre autorité : c'eût été illégal. Appleford se demandait qui l'avait envoyé. Quelque fonctionnaire d'un quelconque syndicat européen? Possible. En tout cas, le mieux était de le laisser parler et de le congédier ensuite.

— Voici ma carte, fit le rob en la tendant à Appleford qui, le sourcil froncé, lut :

Carl Gantrix
Avocat au Barreau

» C'est mon commettant, enchaîna le robot. Maintenant, vous connaissez mon nom. Appelez-moi donc Carl Junior. Ce sera plus satisfaisant.

A présent que la porte s'était refermée sur Miss Tomsen, la voix du robot était brusquement devenue autoritaire.

Appleford, surpris par ce changement de ton, dit avec prudence :

— J'accorde rarement audience aux robots. C'est peut-être un faux-fuyant mais chacun sait que je suis fidèle à ce principe.

— Vous ferez une exception pour moi. (Le rob récupéra la carte qu'il rangea dans son portefeuille avec des mouvements économes, puis il s'assit et ouvrit sa serviette.) En tant que responsable de la section B, vous êtes naturellement un spécialiste de l'Effet Hobart. C'est en tout cas l'opinion de Mr Gantrix. Est-ce exact?

Le regard du rob était perçant.

— C'est-à-dire que j'ai constamment affaire à ses conséquences.

Appleford employait ostensiblement un ton neutre et désinvolte. Il était toujours préférable d'afficher une attitude supérieure quand on était en rapport avec un rob. Il fallait en toute occasion leur rappeler quelle était leur place et il existait d'innombrables façons de le faire.

— Mr Gantrix en est tout à fait conscient. Si profondément qu'il en a tiré la conclusion que, au cours des années, vous êtes devenu une autorité et que vous connaissez à la perfection les utilisations comme les nombreux inconvénients du champ rétrotemporel d'Hobart. Vrai? Faux? Choisissez une réponse.

Appleford réfléchit.

— Je choisis la première. Cela dit, il vous faut tenir compte que mon savoir est pragmatique et non théorique. Cependant, je suis en mesure de faire, judicieusement et sans effroi, face aux caprices de l'Effet Hobart. Pourtant, Junior, les choses qui en découlent sont effrayantes. Les trépassés, par exemple. Cela ne me plaît guère. A mon avis, il s'agit là d'un des plus grands inconvénients. Le reste est supportable.

— Bien sûr, fit le rob en secouant sa tête de thermoplastique à la physionomie tout à fait humanoïde. Parfait, Mr Appleford. Maintenant, parlons affaires. Sa Puissance le Très Honorable Ray Roberts s'apprête à venir aux Etats-Unis de l'Ouest, comme vous l'avez peut-être lu dans les homéos du matin. Ce sera naturellement un grand événement populaire, cela va sans dire. Sa Puissance, qui est responsable des activités de Mr Gantrix, m'a demandé de me rendre à la section B de la Bibliothèque afin de mettre sous séquestre, si vous acceptez de coopérer, tous les manuscrits concernant l'Anarque Peak qui existent encore. Etes-vous d'accord pour m'apporter votre collaboration? En échange, Mr Gantrix fera volontiers à votre Bibliothèque une importante donation qui l'aidera à se développer au cours des années à venir.

— Voilà une nouvelle bien agréable mais il me faudrait d'abord savoir pour quelle raison votre mandant souhaite la mise sous séquestre des documents relatifs à l'Anarque.

Appleford était tendu. Il y avait quelque chose dans ce rob qui mettait en état d'alerte ses défenses psychologiques.

Le rob se leva et posa une épaisse liasse de documents sur le bureau.

— En réponse à cette requête, j'insiste respectueusement pour que vous examiniez ces pièces.

Grâce au circuit vidéo incorporé dont était muni le rob, Carl Gantrix savourait tout à loisir la scène qui se déroulait dans le bureau du bibliothécaire adjoint. Douglas Appleford était plongé dans l'étude fastidieuse de la masse de pseudo-documents délibérément obscurs que le rob lui avait remis.

Le bureaucrate qui sommeillait dans le cœur du fonctionnaire avait mordu à l'appât. Appleford, toute son attention concentrée sur sa lecture, avait oublié son visiteur. Aussi le rob fit-il adroitement basculer sa chaise en arrière et à gauche pour se rapprocher d'une armoire de classement d'une taille impressionnante. Etendant le bras droit, il agrippa à l'aide de ses digitoïdes la poignée du compartiment le plus proche. Appleford ne se rendit compte de rien. Le rob continua de faire ce qu'il avait à faire. Il introduisit un nid de robs embryonnaires miniaturisés pas plus gros que des têtes d'épingles dans le tiroir et glissa un minuscule émetteur à circuit chercheur derrière une fiche. Enfin, il plaça un puissant détonateur à retardement réglé sur soixante-douze heures dans le meuble.

Gantrix, qui surveillait la manœuvre, sourit. Le rob avait encore un engin dans sa serviette. Après avoir jeté un regard en coulisse du côté d'Appleford, il allongea à nouveau son extenseur vers l'armoire pour y dissimuler cet ultime accessoire hautement complexe.

— Purp, fit Appleford sans lever les yeux.

Ce signal codé que capta la chambre acoustique de l'armoire déclencha le relais d'alerte. Le meuble se referma comme une huître et l'armoire de classement s'enfonça dans les profondeurs du mur où elle disparut. Ce faisant, elle éjecta les corps étrangers que le rob y avait cachés et ceux-ci, projetés avec une précision tout électronique, décrivirent une trajectoire s'achevant devant les pieds de métal de Carl Junior.

— Dieu du Ciel! s'exclama involontairement le rob abasourdi.

— Quittez immédiatement mon bureau, lui intima Appleford en levant la tête. (Son expression était glaciale. Commme le rob faisait mine de récupérer les appareils qu'avait recrachés l'armoire, il ajouta :) Ne touchez pas à ça. Je tiens à ce que ces objets soient analysés pour savoir leur destination et leur origine.

Il plongea la main dans le tiroir supérieur de son bureau. Quand il l'en ressortit, elle étreignait une arme.

La voix du rob bourdonna dans l'écouteur inséré à l'intérieur de l'oreille de Carl Gantrix.

— Que dois-je faire, monsieur?

— Disparaissez le plus vite possible.

Gantrix ne s'amusait plus du tout. Le bibliothécaire méticuleux était un adversaire coriace; il s'était montré l'égal du rob sondeur. Il avait même neutralisé l'offensive. Il fallait prendre contact avec lui à découvert. Etant parvenu à cette conclusion, Gantrix décrocha à contrecœur le vidéophone le plus proche et appela la Bibliothèque.

Quelques instants plus tard, par le truchement de la caméra du robot, il vit Douglas Appleford s'emparer du récepteur de son propre vidéophone.

— Nous avons un problème, commença Gantrix. Le même problème, vous et moi. Aussi, pourquoi ne travaillerions-nous pas ensemble?

— Je ne vois pas à quel problème vous faites allusion, répondit Appleford avec un calme imperturbable. (La tentative du rob en vue de piéger son bureau ne l'avait pas ému.) Si vous voulez que nous travaillions ensemble, vous avez pris un mauvais départ.

— Je le reconnais. Mais nous avons eu par le passé des difficultés avec vous autres, les bibliothécaires. (A cause de la supériorité de votre position, de la protection que vous assure le Conseil des Oblits et tout le reste. Mais il s'abstint de formuler sa pensée.) Dans l'abondant matériel, parfois précis et parfois inexact, que nous détenons, il manque un seul renseignement que nous sommes tout particulièrement désireux d'obtenir. Le reste... (Après une hésitation, Gantrix décida de jouer le tout pour le tout :) Je vais vous dire de quoi il s'agit et peut-être vous sera-t-il possible de nous indiquer auprès de quelle source nous informer. Où l'Anarque Peak est-il enterré?

— Dieu seul le sait, répondit Appleford.

— Mais quelque part dans vos livres, dans vos articles, dans vos brochures religieuses, dans les archives municipales...

— La Bibliothèque n'a pas pour tâche d'étudier et d'apprendre par cœur des faits : son rôle consiste au contraire à les effacer.

Il y eut un silence.

— Eh bien, reprit Gantrix, vous avez défini votre position avec clarté et avec un admirable laconisme. Nous devons donc admettre que la donnée en question, à savoir le lieu d'inhumation de l'Anarque, a été expurgée. En tant que fait, elle n'existe plus.

— Elle a sans aucun doute été désécrite. En tout cas, c'est là une hypothèse raisonnable et conforme à la politique de la Bibliothèque.

— Et vous ne voulez pas vérifier? Vous ne voulez pas faire de recherches, même contre une importante donation?

C'était bien la bureaucratie! Gantrix était en rage. C'était délirant!

— Bonjour, Mr Gantrix, dit le bibliothécaire.

Et il raccrocha. Gantrix resta pendant un instant parfaitement immobile, s'efforçant de dominer ses émotions. Enfin, il prit à nouveau son vidéophone et composa le numéro de la Libre Municipalité Noire.

— Je voudrais parler au Très Honorable Ray Roberts, dit-il à la standardiste de Chicago.

— Cette personne ne peut être touchée que par...

— J'ai le code nécessaire.

Gantrix le donna. Il éprouvait une grande lassitude, la fatigue du vaincu... et il se demandait avec épouvante quelle serait la réaction de Ray Roberts. « Mais nous ne pouvons pas abandonner, se dit-il. Nous savions dès le début que ce gratte-papier d'Appleford ne ferait pas les recherches que nous désirions. Nous savions que nous serions obligés de pénétrer par la force dans la Bibliothèque et d'agir par nous-mêmes.

» Cette information existe quelque part dans la Bibliothèque. C'est probablement le seul endroit où nous pouvons la trouver. Notre seule source. »

Et il ne restait plus beaucoup de temps selon les calculs d'arcanes auxquels s'était livré Ray Roberts. Désormais, l'Anarque Peak pouvait d'un jour à l'autre renaître à la vie.

C'était là une situation extrêmement dangereuse.

4

Donc, si Dieu existait, le mal ne se manifesterait pas. Or le mal est présent dans le monde. Par conséquent, Dieu n'existe pas.

saint Thomas d'Aquin

Dès que le rob Carl Gantrix Junior eut vidé les lieux, Appleford entra par interphone en communication avec son supérieur hiérarchique, la bibliothécaire en chef Mavis McGuire.

— Vous ne savez pas ce qui vient d'arriver? Quelqu'un représentant le culte udi a envoyé un robot pour piéger mon bureau. Le rob est reparti. (Il ajouta :) J'aurais pu évidemment faire appel à la police municipale. Ce serait encore techniquement possible. La scène a été enregistrée et nous aurons toutes les preuves nécessaires si nous décidons de porter plainte.

Mavis McGuire affichait l'expression sinistre et d'un calme de mort qui annonçait en général chez elle une tirade. C'était surtout au début de la matinée qu'elle était le plus irritable.

Au fil des ans, Appleford avait peu à peu appris à vivre avec elle, si l'on peut dire. En tant qu'administrateur, elle était remarquable : énergique, précise, elle assumait en dernier ressort — et à juste raison — l'autorité suprême. Il se demandait comment elle s'arrangeait pour dissimuler les pots-de-vin que d'aucuns lui proposaient... comme on venait de lui en proposer un à lui. Jamais, même dans ses rêves les plus délirants, Appleford n'avait songé à l'évincer. Il savait, car son cerveau était rationnel, qu'il n'avait pas les talents de Mavis McGuire. Il en possédait suffisamment pour être le subordonné de la conservatrice — et pour travailler de façon satisfaisante — mais cela n'allait pas plus loin. Il éprouvait pour elle un respect mélangé de frayeur, combinaison fatale aux ambitions qu'il eût pu nourrir s'il avait commis l'erreur de viser à s'élever d'un cran dans la hiérarchie de la Bibliothèque. Mavis McGuire était le patron et c'était très bien ainsi. Et, pour l'heure, Appleford en était d'autant plus heureux qu'il pouvait se décharger sur elle de sa responsabilité en cette affaire.

Un rictus tordit la bouche de la conservatrice.

— L'Udi... Cette abomination. Oui... Sachant que Ray Roberts organise un pèlerinage ici, je me doutais bien que ses hommes viendraient fourrer leur nez chez nous. Je présume que vous vous êtes débarrassé de ces engins hostiles?

— Parfaitement.

Les objets qu'avait rejetés l'armoire de classement étaient encore sur le tapis de son bureau.

— Que cherchaient exactement ces gens? demanda Mavis de sa voix basse qui n'était guère plus qu'un soupir.

— Le lieu où a été inhumé l'Anarque Peak.

— Détenons-nous cette information?

— Je n'ai pas pris la peine de m'en assurer.

— Je vais interroger le Conseil des Oblits et je découvrirai s'ils veulent qu'elle soit rendue publique. J'examinerai la politique du Conseil en la matière.

Mais, pour le moment, vous m'excuserez : j'ai autre chose à faire.

Elle raccrocha. Le timbre de l'interphone grelotta et la voix de Miss Tomsen s'éleva :

— Une certaine Mrs Hermes et un officier de police du nom de Tinbane demandent à vous voir, monsieur. Ils n'ont pas de rendez-vous.

— Tinbane, répéta Appleford.

Il avait toujours éprouvé de la sympathie pour le jeune policier dont l'honnêteté et la conscience professionnelle étaient égales aux siennes : ils avaient tous les deux quelque chose de commun. Quant à cette Mrs Hermes, il ne la connaissait pas. Peut-être s'agissait-il d'une personne qui se refusait à restituer un livre. Tinbane avait à maintes reprises traqué des gens coupables de ce genre de cupidité.

— Faites-les entrer. (Oui, si cela se trouvait, cette Mrs Hermes faisait partie de ces thésauriseurs qui s'obstinaient à garder par-devers eux des livres après que l'heure eut sonné de les remettre.)

Tinbane entra. Il était en tenue. Une jeune femme ravissante aux cheveux noirs d'une extraordinaire longueur l'accompagnait. Elle paraissait mal à l'aise et donnait l'impression de se blottir sous l'aile du policier.

— Au revoir, fit aimablement Appleford en se levant pour présenter une chaise à Mrs Hermes. Asseyez-vous, je vous en prie.

— Mrs Hermes cherche à se documenter sur l'Anarque Peak, déclara Tinbane. Posséderiez-vous encore des données non oblitérées qui pourraient lui rendre service?

— Probablement. (Décidément, c'était le jour! Mais, contrairement à Carl Gantrix, ces deux visiteurs n'étaient selon toute apparence pas liés à Roberts et cela modifia l'attitude d'Appleford.) Que voulez-vous savoir en particulier? demanda-t-il à la jeune femme d'une voix aimable dans son désir de la rassurer. (Il semblait qu'un rien l'effarouchait.)

— Mon mari m'a simplement dit de rassembler tous les renseignements que je pourrais trouver, répondit-elle à mi-voix.

— Si je peux me permettre de vous donner un conseil, au lieu de fouiller dans les manuscrits et les livres, vous auriez intérêt à consulter un spécialiste de l'histoire religieuse contemporaine. (Quelqu'un qui, en outre, apprécierait la présence d'une femme séduisante. Ce qui était le cas d'Appleford. Jouant avec son stylo à bille pour souligner ses mots et les dramatiser, il poursuivit :) Il se trouve que je suis personnellement fort bien informé sur le défunt Anarque.

Il se laissa aller contre le dossier de son fauteuil à pivot, croisa les mains et s'abîma dans la contemplation du plafond niellé.

— Je vous serai infiniment reconnaissante de tout ce que vous pourrez m'apprendre, fit timidement Mrs Hermes.

Appleford sourit et, heureux de cet encouragement, commença une harangue que Mrs Hermes et l'agent Tinbane écoutèrent avec une attention avide qui, elle aussi, était douce à son cœur.

L'Anarque était mort à cinquante ans après avoir mené une existence passionnante et hors du commun. Il avait fait des études brillantes à Cambridge. Boursier de la fondation Cecil Rhodes, il s'était spécialisé dans les langues classiques : l'hébreu, le sanscrit, le grec attique et le latin. A vingt-deux ans, il avait brusquement abandonné sa carrière universitaire et s'était expatrié : il s'était rendu aux Etats-Unis pour étudier le jazz avec un célèbre musicien de l'époque, Herbie Mann. Un peu plus tard, il avait constitué sa propre formation. Lui-même jouait de la flûte.

Il s'était établi sur la côte ouest, à San Francisco. A ce moment (c'était à la fin des années 1960), l'évêque épiscopalien du diocèse de Californie, James Pike, organisait des services avec le concours d'orchestres de jazz en la cathédrale de la Grâce et il avait fait, entre autres, appel à l'ensemble de Thomas Peak. Du coup, celui-ci était devenu compositeur. Il avait écrit une messe jazz qui avait connu le succès. Mgr Pike était, lui aussi, un personnage intéressant. Ancien avocat, ayant milité au sein de l'Union Américaine pour la Protection des Libertés Civiles, c'était un des prélats libéraux parmi les plus brillants de son temps et il s'était lancé dans ce que l'on appelait l'« action sociale ». C'était alors la grande vogue. Il avait notamment combattu pour les droits des Noirs. Ainsi avait-il participé à la marche de Selma avec le pasteur Martin Luther King. Thomas Peak était à bonne école et il avait suivi les traces de l'évêque, sur une échelle naturellement beaucoup plus modeste. Sur les conseils de Mgr Pike, il était entré au séminaire et avait été ordonné prêtre. Comme son supérieur, il était d'un libéralisme audacieux pour l'époque, bien que les thèses qu'il défendait alors eussent été par la suite plus ou moins acceptées. C'était un homme en avance sur son temps. En fait, convaincu d'hérésie, Peak avait été chassé de l'Eglise épiscopalienne. Il avait alors fondé sa propre Eglise. Quand la Libre Municipalité Noire était née, il l'avait ralliée et avait fait de la capitale de la L.M.N. le berceau de son culte.

Il n'y avait guère de ressemblance entre la nouvelle religion instaurée par Peak et l'épiscopalisme qu'il avait quitté. Son sacrement capital — pour ne pas dire unique — était l'Udi, la fusion des esprits, et c'était pour en faire l'expérience que les fidèles s'assemblaient. Le sacrement ne pouvait pas exister sans drogues hallucinogènes : aussi la liberté du marché de la drogue, sans parler de sa légalité, était la condition *sine qua non* de l'existence du culte. En conséquence, de curieux liens entre l'Eglise de Peak et les pouvoirs publics, dont la bonne volonté était nécessaire, se nouèrent-ils par la force des choses. En ce qui concernait l'expérience udi elle-même, des rapports significatifs, fondés sur des témoignages directs provenant d'agents infiltrés, affirmaient de façon catégorique que cette communion spirituelle collective était réelle et non point imaginaire.

— Et, chose plus importante encore... poursuivit Appleford sur sa lancée.

Mais il fut interrompu par Mrs Hermes qui lui demanda avec un mélange d'hésitation et de résolution :

— Pensez-vous que la résurrection de l'Anarque profiterait à Ray Roberts?

Le bibliothécaire réfléchit. C'était une bonne question qui montrait que, en dépit de sa réticence et de sa timidité, Mrs Hermes avait du jugement.

— En raison de l'Effet Hobart, laissa-t-il enfin tomber, le sens de l'Histoire est en faveur de l'Anarque et joue contre Roberts. Thomas Peak avait la cinquantaine quand il est mort. Il aura le même âge quand il renaîtra et il gagnera progressivement en vitalité et en créativité pendant au moins trente ans. Ray Roberts n'a que vingt-six ans. L'effet Hobart l'entraîne vers l'adolescence. Lorsque l'Anarque sera dans la fleur de l'âge, Roberts aura régressé et ne sera plus qu'un enfant en quête d'une matrice pour y disparaître. Peak n'a qu'à attendre. Non, sa résurrection ne profiterait aucunement à Roberts.

Ce que Carl Gantrix avait amplement démontré par la curiosité dont il avait fait preuve touchant le lieu d'inhumation de l'Anarque.

— Mon mari, reprit Mrs Hermes de sa voix mélodieuse et grave, possède un vitarium.

Elle jeta un coup d'œil à Tinbane comme pour lui demander si elle devait poursuivre. Le policier s'éclaircit la voix et dit :

— J'ai cru comprendre que le vitarium Hermes prévoit que l'Anarque va ressusciter à bref délai. Normalement, le vitarium qui procéderait à l'exhumation serait dans l'obligation de proposer Peak aux udites. Mais, d'après votre réponse à la question posée par

Mrs Hermes, nous pouvons douter — et à juste raison — que ce serait conforme aux intérêts bien compris de l'Anarque.

— Si je comprends bien la manière dont fonctionne les vitariums, ces entreprises établissent la liste des ressuscités dont elles disposent et c'est le plus offrant qui emporte l'adjudication? Est-ce bien le cas, Mrs Hermes?

Lotta acquiesça en silence.

— Il n'appartient ni à vous ni à votre mari de faire de la morale, enchaîna Appleford. Vous menez une affaire commerciale. Vous détectez les défunts qui sont prêts à renaître et vous mettez le produit sur le marché selon la loi de l'offre et de la demande. Si l'on commence à s'interroger pour déterminer à quel client il vaudrait mieux céder le ressuscité pour des motifs d'ordre moral...

— Notre vendeur, R.C. Buckley, fait toujours entrer en ligne de compte l'aspect moral de la transaction, s'exclama Mrs Hermes sur le ton de la sincérité.

— C'est du moins ce qu'il prétend, murmura Tinbane.

— Je vous affirme catégoriquement que c'est la vérité. Il passe un temps fou à étudier les antécédents et le milieu de nos clients. Je vous le garantis.

Appleford laissa s'écouler un moment de silence ainsi qu'il convenait avant de reprendre la parole.

— Vous ne voulez pas savoir où repose le corps de l'Anarque, Mrs Hermes? Ce n'est pas...

— Oh! nous le savons, fit-elle de sa petite voix douce et grave.

Tinbane sursauta et se rembrunit.

— Mrs Hermes, dit Appleford, je crois qu'il serait préférable que vous ne racontiez à personne que vous le savez.

Elle rougit.

— Oh! je suis navrée!

— Un représentant des udites était justement dans

ce bureau avant que vous entriez. Il cherchait à obtenir ce renseignement. Si jamais quelqu'un prend contact avec vous... (Il se pencha vers Lotta et parla lentement afin de l'impressionner davantage) ne lui dites pas où repose l'Anarque. Ne me le dites même pas à moi.

— A moi non plus, renchérit Tinbane.

— Je suis navrée, répéta Lotta d'une voix entrecoupée. (Elle était au bord des larmes.) Vraiment, je sabote tout. J'ai toujours été comme ça.

Le policier se tourna vers elle.

— En avez-vous parlé à quelqu'un d'autre, Lotta?

Elle secoua la tête.

— Parfait. (Tinbane et Appleford échangèrent un signe de connivence.) Il n'y a probablement pas à s'inquiéter. Mais ces gens-là ne vont pas s'avouer vaincus. Sans doute vont-ils faire la tournée des vitariums. Vous devriez poser le problème à Seb. Vous comprenez, Lotta?

A nouveau, Lotta fit signe que oui. Des larmes refoulées scintillaient dans ses grands yeux sombres.

5

L'amour est la fin silencieuse du mouvement naturel de toutes choses animées. Au-delà, le mouvement ne se perpétue pas.

Erigène

L'agent Tinbane se présenta à 15 heures devant son supérieur, George Gore.

Celui-ci se carra dans son fauteuil et se mit à se curer les dents en étudiant son visiteur d'un œil scrutateur.

— Alors? Avez-vous appris beaucoup de choses sur Ray Roberts?

— Je n'ai rien trouvé qui puisse me faire changer d'opinion. C'est un fanatique, capable de n'importe quoi pour conserver son pouvoir. Et c'est un meurtrier en puissance.

Il pensait à l'Anarque Peak mais il n'en souffla mot : c'était là une affaire qui ne regardait que Lotta Hermes et lui... A son avis. Toujours est-il qu'il s'agissait là d'un problème complexe. Il faudrait qu'il se fie à son inspiration.

— Un Malcolm X moderne, dit Gore. Vous avez entendu parler de Malcom X? Il semait la violence et il a récolté la violence. Comme dans la Bible. (Il examinait toujours son interlocuteur avec attention.) Voulez-vous que je vous expose ma théorie? J'ai recherché la date de la mort de l'Anarque Peak : il ne va pas tarder à renaître. Je crois que c'est pour cette raison que Ray Roberts vient à Los Angeles. Le retour de Peak sonnerait le glas de sa carrière politique et je suis persuadé qu'il le tuerait avec joie — s'il parvenait à le trouver à temps. S'il attend... (Gore fendit l'air du tranchant de sa main.) Il sera trop tard. Une fois Peak réinstallé, ce sera fini pour Roberts. Ce Peak était d'ailleurs un type roublard, lui aussi, mais ce n'était pas un apôtre de la violence. La période critique sera les huit ou dix jours qui s'écouleront entre l'exhumation de l'Anarque et sa sortie de l'hôpital. Il était très malade au terme de sa vie. D'après ce que je crois savoir, il était atteint de toxémie. Il faudra qu'il reste hospitalisé quelque temps avant de pouvoir reprendre le contrôle effectif de l'Udi.

— Serait-il avantageux pour lui qu'une équipe de la police parvienne à localiser sa tombe?

— Et comment! Si nous pouvions le déterrer, nous assurerions sa protection. Mais si c'est un vitarium qui le dégage... une entreprise privée sera incapable d'empêcher son assassinat. Pour une raison toute simple : les firmes privées ne sont pas équipées pour cela. Par exemple, les vitariums s'adressent tout bonnement aux hôpitaux municipaux alors que, bien entendu, nous, nous avons le nôtre. Ce n'est pas la première fois qu'une situation de ce genre se présente, pas la première fois que quelqu'un a intérêt à ce qu'un ancien-né reste mort. La seule différence, c'est que l'affaire de l'Anarque se joue sur une plus grande échelle.

— D'un autre côté, fit pensivement Tinbane, le fait de disposer de l'Anarque Peak, de pouvoir le mettre en adjudication, constituerait un atout financier pour un vitarium. En choisissant bien le client, on pourrait retirer une petite fortune.

Tinbane s'efforçait d'imaginer ce qu'une telle opération représenterait pour une entreprise modeste comme le vitarium Hermes. De quoi lui assurer son équilibre financier pour une période pratiquement indéfinie! Si la police confisquait l'Anarque, ce serait une catastrophe pour Sebastian Hermes. Jamais une occasion pareille n'avait été offerte à son entreprise depuis qu'elle existait.

Puis-je lui enlever cette chance? se demandait Tinbane. Non! Ce serait honteux d'utiliser froidement à des fins professionnelles l'aveu maladroitement fait par Lotta dans le bureau d'Appleford.

Certes, ce dernier avait la possibilité de vendre le renseignement à Ray Roberts, mais Tinbane doutait que le bibliothécaire fût homme à agir de cette façon.

Toutefois, dans l'intérêt même de l'Anarque...

Mais si la police s'emparait de Peak, Sebastian comprendrait comment elle avait réussi à le localiser. Il n'aurait guère de difficulté à remonter jusqu'à Lotta. Quel que soit le plan que j'adopterai en ce qui concerne Mrs Hermes, c'est un élément dont je dois tenir compte, songea-t-il. En fonction de mes relations — disons de mes relations en puissance — avec elle.

Qui est-ce que je cherche exactement à aider? Sebastian? Lotta? Ou... moi-même?

Pourquoi ne la ferais-je pas chanter?

Cette idée qui avait soudainement surgi dans son esprit l'horrifia. Pourtant, elle était bien là, claire et nette. Je n'aurais qu'à lui dire, si j'arrive à la prendre à part pendant quelques minutes, que... qu'elle a le choix. Elle peut...

Non! C'est atroce! La faire chanter pour qu'elle devienne ma maîtresse! Mais quel genre de type suis-je pour avoir de telles idées?

Il est vrai que ce ne sont pas les idées qui comptent, ce sont les actes.

Il faudrait que je parle de cela avec un prêtre.

Quelqu'un qui ait l'habitude des problèmes moraux.

Le père Faine... Je pourrais parler au père Faine.

Dès qu'il eut pris congé de George Gore, Tinbane sauta dans l'aéroglisseur de patrouille et mit le cap sur le vitarium Hermes.

Le vieil édifice de bois tout branlant l'avait toujours amusé; il paraissait perpétuellement sur le point de s'écrouler mais il tenait bon. Combien de commerces divers et variés avait abrité au cours des ans ce bâtiment défraîchi? Sebastian avait dit à Tinbane que, avant que le vitarium s'y fût installé, il y avait eu là une petite fromagerie qui employait neuf ouvrières. Et, autrefois, Hermes supposait qu'un atelier de réparation de téléviseurs y avait élu domicile.

Tinbane posa son appareil et se dirigea à pied vers l'entrée. Derrière le comptoir, face à sa machine à écrire, trônait l'aimable Cheryl Vale (la trentaine) qui cumulait les emplois de réceptionniste et de comptable. Pour le moment, elle était au téléphone et le policier passa directement dans l'arrière-boutique. Il ne trouva que Buckley, plongé dans un numéro écorné de *Playboy,* de tous temps lecture favorite et obsession des V.R.P.

— Salut, s'exclama Buckley en souriant de toutes ses dents. Alors, on fait la pêche aux contredanses?

Et il éclata d'un gros rire de voyageur de commerce.

— Le père Faine est-il là?

— Non, il est parti avec le reste de l'équipe. Ils ont repéré un autre ressuscité au cimetière de Cedar Halls, à San Fernando. Ils devraient être de retour d'ici une demi-heure. Un peu de sogum?

Du doigt, il désigna un réservoir presque plein : s'imbiber de sogum était le passe-temps des employés du vitarium lorsqu'ils n'avaient rien d'autre à faire.

Joe Tinbane s'assit sur l'un des grands tabourets alignés devant l'établi de Bob Lindy et demanda à Buckley :

— A votre avis, les idées qu'on ressasse sans les transformer en actes... est-ce qu'elles comptent, elles aussi?

Buckley plissa le front.

— Je ne saisis pas très bien.

— Prenons les choses autrement. (Tinbane fit un grand geste.) Vous êtes marié, n'est-ce pas?

— Dame!

— Bon. Moi aussi. Supposons que vous aimiez votre femme. Je pars de l'hypothèse que vous l'aimez. J'aime la mienne. Maintenant, admettons que vous rêviez que vous faites l'amour avec une autre femme.

— Laquelle?

— N'importe laquelle. Alors... est-ce que c'est un péché?

— Peut-être, si on y prend plaisir quand on se réveille et qu'on repense à son rêve.

— Bien. Maintenant, supposez qu'il vous vienne à l'idée que vous avez le moyen de nuire à quelqu'un, que vous avez barre sur une personne. Vous n'en profitez pas parce qu'il s'agit d'un ami. Mais le fait que vous en ayez eu l'idée, n'est-ce pas un péché?

— Ce n'est pas à moi qu'il faut vous adresser. Attendez que le père Faine revienne.

— Oui, mais c'est vous qui êtes là, pas lui.

— Tout le monde éprouve à un moment ou à un autre des sentiments agressifs à l'égard de quelqu'un, fit Buckley. Tenez, moi, j'ai parfois envie de flanquer un coup de poing à Seb ou, plus souvent encore, à Lindy. Celui-là, il me met les nerfs en pelote! Je vous dirai même que, des fois... (Il baissa la voix.) Vous connaissez Lotta, la femme de Seb? Elle vient tout le temps traîner par ici. Elle est bien gentille mais, bon

Dieu, il y a des moments où elle me rend fou! Elle peut être une véritable peste.

— Elle est charmante, protesta Tinbane.

— Bien sûr qu'elle est charmante! Pourtant, j'ai envie de lui lancer un cendrier à la figure tellement sa soumission à Seb m'exaspère. Elle passe son temps à s'accrocher à ses basques alors qu'il est beaucoup plus vieux qu'elle. Avec cette histoire d'inversion du temps, elle rajeunit de jour en jour. Bientôt, elle sera une adolescente, et puis ce sera l'école communale, et quand Sebastian sera dans la force de l'âge, comme moi aujourd'hui, elle sera un bébé. Un bébé!

Il dévisagea Tinbane.

— Le fait est, reconnut le policier.

— Evidemment, au moment de leur mariage, elle était plus âgée. En pleine maturité. Vous ne l'avez pas connue à cette époque : vous n'étiez pas dans le secteur. C'était une adulte, une vraie femme. Ah! oui alors! Une vraie femme! Mais, à présent... (Il haussa les épaules.) Voilà le résultat de l'Effet Hobart.

— En êtes-vous vraiment sûr ? Je croyais que, pour rajeunir, il fallait mourir et ressusciter?

— Mais vous n'avez donc rien compris à la rétrotemporalité? Ecoutez-moi. Quand j'ai connu Lotta, elle était plus âgée que maintenant. Moi aussi. Nous étions tous plus vieux. Je pense... vous voulez savoir ce que je pense? Que vous avez une inhibition mentale qui vous empêche de regarder les choses en face parce que vous êtes jeune. Trop jeune, en fait. Vous non plus, vous ne pouvez accepter de rajeunir davantage. Si vous rajeunissez encore, vous ne pourrez plus être flic.

— Vous êtes abruti! s'exclama grossièrement Tinbane en proie à un brusque mouvement de colère. Peut-être que l'inversion du temps vous affecte un peu si vous n'êtes pas passé par la mort. Peut-être qu'elle vous stabilise plus ou moins. Mais ce n'est pas comme pour les ressuscités. Ce n'est pas comme pour

Seb. D'accord, je reconnais que je rajeunis. Mais pas Lotta. Je la connais depuis... (Il se livra à un petit calcul mental.) Depuis près d'un an. Et elle a gagné en maturité.

Un aéroglisseur se posa sur le toit. Bientôt, Bob Lindy, Sebastian Hermes et le père Faine apparurent.

— Nous avons fait du bon travail, dit Sebastian à la vue de Tinbane. Surtout le Dr Sign. Il est avec l'ancien-né, à l'hospice civique. (Il poussa un soupir.) Je suis vanné. (Il s'assit sur une chaise cannée, prit un mégot dans le premier cendrier venu, l'alluma et se mit à insuffler de la fumée.) Alors, Joe Tinbane, quel bon vent vous amène? Un nouvel antimeurtre?

Il s'esclaffa et tout le monde l'imita.

— Je suis venu pour avoir une conversation avec le père Faine, répondit Tinbane. Une conversation d'ordre personnel. Mon père, pouvez-vous venir avec moi dans l'aéro de la patrouille pour que nous puissions bavarder?

— Allons-y, dit le prêtre.

Les deux hommes sortirent. Cheryl Vale était toujours au téléphone. Ils s'installèrent dans le véhicule. Après quelques instants de silence, le père Faine demanda :

— Ce problème qui vous tracasse... est-ce en rapport avec l'adultère?

A l'instar de Seb, l'ecclésiastique possédait certaines facultés paranormales, c'était indiscutable.

— Absolument pas! s'exclama Tinbane. Il s'agit de pensées qui me sont venues. Je suis dans une situation dont je peux tirer profit mais ce serait aux dépens de quelqu'un. Alors, qu'est-ce qui doit passer en premier? L'intérêt d'autrui... ou le mien? Moi aussi, je suis une personne. Alors? (Il médita quelques secondes et reprit :) Oui... C'est vrai : il y a une femme en jeu, mais je ne voudrais pas lui nuire. Pourtant je pourrais faire pression sur elle et il me semble que... que je pourrais la convaincre de coucher avec moi.

Tinbane se demanda si les facultés télépathiques limitées du père Faine permettaient à ce dernier de discerner l'image de Lotta Hermes. Il souhaitait de toutes ses forces qu'il n'en soit rien.

— Aimez-vous cette femme?

La question paralysa Tinbane.

— Oui, murmura-t-il au bout d'un long moment.

C'était vrai : il l'aimait. Cela n'avait jamais franchi le seuil de sa conscience mais c'était la vérité. C'était donc là le ferment de son agitation, la raison de sa confusion d'esprit?

— Est-elle mariée?

— Non, mentit Tinbane, pour des raisons de sécurité.

— Mais elle ne vous aime pas?

— Hélas non! Elle aime son mari. (Il se rendit immédiatement compte qu'il s'était coupé. Le père Faine allait deviner qu'il s'agissait de Lotta.) Et son mari est un ami. Je ne veux pas lui faire de la peine.

» Mais je l'aime vraiment. Et c'est douloureux. Quand on aime une fille, on a envie d'être avec elle, on a envie d'elle. C'est naturel; c'est biologique.

— Ne me donnez surtout pas de nom, fit l'ecclésiastique. Dans la confession, l'anonymat est de rigueur.

Tinbane eut un sursaut d'indignation

— Ce n'est pas une confession! Je sollicite simplement votre opinion à titre professionnel.

Se confessait-il d'un péché? Oui, en un sens : il quémandait une aide et demandait aussi l'absolution. Il demandait qu'on lui donnât ce qu'il avait pensé, ce qu'il pouvait faire.

— L'homme est partiellement mû par des passions animales, dit le père Faine. Nous n'y pouvons rien. Ce n'est pas de notre faute si nous avons des désirs illicites.

— Oui, mais il a une nature supérieure, rétorqua Tinbane avec aigreur.

Mais ce n'est pas à ce niveau-là que se situait le conflit. Je ne m'insurge pas contre cette tendance, songea-t-il. Ce n'était pas un avis moral qu'il cherchait, ce n'était pas non plus une absolution, il le comprenait maintenant. Ce qu'il voulait, c'était un mode d'emploi grâce auquel il réaliserait ce qu'il avait en tête.

— Il n'est pas en mon pouvoir de vous aider, dit le père Faine non sans tristesse.

Tinbane tressaillit. Le pasteur lisait presque télépathiquement dans ses pensées.

— Vous saisissez à merveille ce que les gens ont dans le crâne!

A présent, il avait hâte de mettre un terme à la conversation.

— Vous n'avez pas peur de mal agir, Joe. Ce que vous redoutez, c'est de rater votre coup et que tout le monde sache que vous avez mal agi — notamment cette femme que vous désirez et son mari. Vous avez peur d'échouer, peur de voir alors se créer l'unanimité contre vous, peur d'être rejeté. (Son ton était sévère et cinglant.) Vous avez, dites-vous, un moyen de pression sur cette personne. Supposons que vous passiez aux actes et qu'elle réagisse de façon imprévue, qu'elle s'effarouche et se raccroche à son mari... Vous seriez dans de beaux draps.

Le radio du P.C. de la police lança un bref message à l'intention d'un collègue qui se trouvait dans un autre quartier de Los Angeles.

— C'est pour moi, s'exclama Tinbane. Il faut que je m'en aille. (Il ouvrit la portière et Faine descendit.) Merci beaucoup, mon père, dit le policier avec une politesse toute protocolaire.

La portière claqua et l'ecclésiastique s'éloigna en direction du bâtiment.

L'aéroglisseur prit son essor.

Sebastian Hermes remarqua l'expression troublée et amère du père Faine quand celui-ci réapparut.

— Tinbane a un problème? fit-il.

— Nous en avons tous, rétorqua le pasteur, dissimulant les pensées qui l'agitaient.

— Revenons à nos affaires, fit Sebastian, s'adressant à Faine et à Bob Lindy. J'ai examiné les signaux émanant de l'enregistreur placé sur la tombe de l'Anarque Peak et je crois avoir détecté des battements de cœur. Très faibles et très irréguliers mais mon intuition me dit que nous n'avons pas longtemps à attendre.

— Ça devrait valoir un million de mégas, s'exclama Lindy.

— Lotta a glané des informations à la Bibliothèque. Elle a fait du bon travail. (En fait, il s'était demandé comment sa femme avait pu y parvenir étant donné sa timidité.) Je sais à peu près tout ce qu'il y a à savoir sur l'Anarque Peak. C'était vraiment un grand bonhomme. Rien de comparable avec ce Ray Roberts. Au contraire, il en était l'opposé. Ce sera un service que nous allons rendre à l'univers et, en particulier, à la population de la Libre Municipalité Noire. (Dans son agitation, il inhala avec vigueur une bouffée de fumée. La cigarette qu'il tenait entre ses doigts devenait de plus en plus longue.) Ce qui m'ennuie, c'est qu'il faut qu'elle retourne à la Bibliothèque. Cette fois, je veux qu'elle se documente à fond sur ce détraqué de Roberts.

— Pourquoi? demanda Lindy.

D'un geste, Sebastian réclama l'attention générale.

— Roberts est à la fois une menace et le plus intéressant de nos acheteurs en puissance. N'est-ce pas votre avis, Buckley?

L'interpellé réfléchit un moment.

— En effet, nous serons mieux armés si Lotta parvient à recueillir des renseignements nous permettant de mieux cerner le personnage. L'Anarque est le fondateur du culte udi et il est raisonnable de penser que personne ne souhaite plus ardemment le récupérer que les udites. Bien sûr, vous pourriez me répondre qu'ils seraient bien capables de l'assassiner dans les délais les plus rapides.

— C'est ce qui vous inquiète? s'écria Lindy. Ce qu'ils feront de lui quand il sera entre leurs mains ne nous regarde pas. Notre rôle se borne à effectuer un transfert de propriété et à toucher les honoraires afférents. Notre responsabilité s'arrête là.

Cheryl Vale qui écoutait s'écria :

— Mais c'est affreux! L'Anarque était un homme tellement bon!

— Ne nous affolons pas, rétorqua Sebastian. Attendons de savoir ce que Lotta rapportera de la Bibliothèque. Peut-être pourrons-nous traiter avec Roberts en appliquant strictement les règles de la légalité et de la moralité.

Son instinct lui soufflant que c'était une affaire monumentale parlait toujours en lui avec la même force.

— Cela ne fera pas plaisir à Lotta de devoir retourner à la Bibliothèque, murmura le père Faine. Elle en est revenue traumatisée.

— Elle y a été une fois et elle n'en est pas morte, répliqua Sebastian.

Mais au fond de lui-même, il avait mauvaise conscience. Peut-être devrait-il y aller lui-même. Mais ce lieu l'inquiétait, lui aussi. Sans doute est-ce pourquoi j'ai envoyé Lotta faire à ma place le travail, songea-t-il avec irritation. Et Lotta n'avait pas été dupe. Pourtant, elle avait obéi sans discuter.

Son attitude était émouvante. En même temps, cette docilité offrait à Sebastian la tentation — dangereuse — de se servir de sa femme comme d'un instrument. C'était à lui et non à elle de prendre les décisions. Parfois, il réussissait à repousser la tentation, parfois — comme dans le cas de la Bibliothèque — il succombait devant ses démons intérieurs et se déchargeait de ses corvées sur Lotta. Alors, périodiquement, il s'accablait de reproches.

— Un détail vous a peut-être échappé, Sebastian, dit le père Faine. Compte tenu de la jalousie inhérente à la nature humaine, il se peut que la résurrection de l'Anarque Peak déplaise à Ray Roberts. Mais il est possible que, au sein de son organisation, certains accueillent avec joie la nouvelle du retour de l'Anarque.

— Un groupe scissionniste, murmura Sebastian, songeur.

— S'il y a une opposition, vous pourriez entrer en contact avec elle par l'intermédiaire de notre ami Tinbane. (Le père sortit son calepin et griffonna quelque chose.) Je vais m'en occuper.

Bob Lindy, coiffé du casque qui lui transmettait les signaux émis par l'enregistreur dissimulé par Sebastian à côté de la tombe de l'Anarque, dit soudain :

— Effectivement, je capte des battements de cœur. Comme vous le disiez, ils sont irréguliers et faibles mais ils se renforcent.

— Laissez-moi écouter. (Fébrilement, Buckley s'approcha de Lindy. Comme Sebastian, lui aussi flairait la piste.) En effet, fit-il bientôt.

Il tendit les écouteurs au père Faine.

— Inutile d'attendre, lança Sebastian. Nous allons le déterrer.

— C'est illégal, lui rappela l'ecclésiastique. La loi interdit de procéder aux opérations d'exhumation tant qu'on n'a pas perçu une voix claire et nette.

— La loi! laissa tomber Buckley avec dégoût. Si vous voulez obéir à la lettre à la loi, mon père, il n'y a qu'à prendre contact avec Ray Roberts. Selon le code, nous avons le droit de vendre à l'enchérisseur qui propose le plus.

Cheryl Vale appela Sebastian : Mr Hermes, j'ai une communication de l'étranger. Quelqu'un qui veut vous parler personnellement! (Elle plaqua sa main contre le récepteur du vidéophone.) J'ignore qui c'est. L'appel vient d'Italie.

— D'Italie? répéta Sebastian, étonné. Buckley, jetez un coup d'œil dans le catalogue pour voir si nous avons quelqu'un d'origine italienne.

Il prit le récepteur que lui tendait Miss Vale.

— Sebastian Hermes à l'appareil. A qui ai-je l'honneur?

Le visage qui scintillait sur l'écran miniature lui était inconnu. L'homme avait le type caucasien. Ses cheveux, qu'il portait longs, étaient noirs et frisés. Il avait un regard intense et scrutateur.

— Vous ne me connaissez pas, Mr Hermes, et je n'avais jamais eu le plaisir de m'entretenir avec vous. (L'accent était italien, la voix posée et courtoise.) Je suis heureux d'avoir l'occasion de vous parler.

— Moi aussi. Vous êtes le signor...

— Je m'appelle Tony. Mon patronyme n'a aucune importance pour le moment. D'après ce que nous savons, Mr Hermes, feu l'Anarque Peak est votre propriété légitime. Ou, plus exactement le ci-devant feu Anarque Peak. N'est-ce pas, Mr Hermes?

— Oui, répondit Sebastian après avoir hésité. Ma société détient les droits relatifs à l'individu en question. Auriez-vous l'intention de vous porter acquéreur?

— Parfaitement.

— Puis-je vous demander qui vous représentez?

— Une personne que l'affaire intéresse et qui n'est pas en rapport avec l'Udi. C'est important. Vous n'êtes pas sans savoir que Ray Roberts est un assassin et qu'il faut absolument empêcher que l'Anarque tombe entre ses mains, n'est-ce pas? D'après la loi, transférer la propriété d'un ressuscité à tout individu dont on peut prévoir qu'il sera susceptible de lui nuire est un crime qualifié. Vous ne l'ignorez pas, Mr Hermes.

— Je vais vous passer Mr Buckley, répondit Sebastian, piqué. Mr Buckley est notre chef des ventes. Une seconde.

Seb tendit le récepteur à R.C. qui entra aussitôt dans le vif du sujet.

— Ici R.C. Buckley. En effet, Tony, votre informateur ne vous a pas trompé. L'Anarque Peak figure à notre inventaire. Il se remet présentement des souffrances de la résurrection à l'hôpital, le meilleur que nous ayons trouvé, je ne peux naturellement pas vous préciser le nom de l'établissement, vous le comprendrez sans peine. (Buckley cligna de l'œil à l'intention de Sebastian.) Puis-je vous demander, cher monsieur, d'où vous tenez ce renseignement? Nous avions gardé l'affaire plus ou moins secrète du fait des intérêts contradictoires qu'elle soulève. Je pense, par exemple, à Ray Roberts auquel, je crois, vous avez fait allusion.

Il attendit. Comment quelqu'un peut-il être au courant? se demandait Sebastian. Il n'y a que nous six à savoir. Ce ne peut être que Lotta! A-t-elle parlé à quelqu'un? Enfin, la question trouverait sa réponse au moment de la cession de l'Anarque. Mais, si on voulait le vendre, il était impératif de l'exhumer sans délai, que ce fût illégal ou pas, pour que la firme s'en assurât le gardiennage. Je parie que c'est Lotta. Ah! celle-là!

Prenant Bob Lindy par le bras, il entraîna l'ingénieur hors de l'atelier.

— Nous sommes dans l'obligation d'aller de l'avant, Bob. Dès que Buckley aura fini, vidéophonez au Dr Sign. Je vous attendrai tous les deux ainsi que le père Faine au cimetière de Forest Knolls. Je m'y rends tout de suite. Et dépêchez-vous. Vous expliquerez la situation à Sign.

Il assena une claque sur l'épaule de Lindy et escalada les marches conduisant au toit où attendait son aéroglisseur.

Quelques instants plus tard, il filait vers le petit cimetière presque abandonné où reposait l'Anarque Peak.

6

Ce n'est qu'en un vol parfait à partir de rien que l'on découvre l'Etre dans toute sa pureté.

saint Bonaventure

Forest Knolls, songeait Sebastian. Ceux qui avaient enterré l'Anarque avaient manifestement choisi avec grand soin ce cimetière oublié. Sans doute avaient-ils cru à la justesse du théorème d'Alex Hobart posant que le temps était sur le point de repartir en arrière. Ceux qui aimaient l'Anarque avaient dû prévoir avec exactitude l'actuelle situation. Sebastian se demandait depuis quand les équipes spéciales de Ray Roberts pousuivaient en vain leur quête de la tombe.

Le cimetière apparut fugitivement, furtif rectangle vert. Hermès inversa les commandes, piqua et se posa sur ce qui avait jadis été un parking recouvert de graviers. Le terrain était maintenant envahi tout comme les tombes par une végétation prolifique.

Même en plein jour, l'endroit était sinistre. Malgré la vie naissante qui appelait à l'aide sous la tombe. *Alors les yeux des aveugles s'ouvriront et la langue des morts se déliera.* La citation biblique lui revenait vaguement en mémoire. Pendant des siècles et des siècles, tous les intellectuels du monde y avaient vu une jolie fable rassurante destinée à leurrer les gens pour qu'ils se résignent à leur sort. Qui aurait cru qu'un jour la prédiction se réaliserait à la lettre, que ce n'était pas un mythe?

Sebastian, se glissant parmi les tombes, atteignit enfin la plus impressionnante d'entre elles, le monument de granit sculpté élevé à la mémoire de Thomas Peak, 1921-1971. Grâce à Dieu, le mausolée était dans l'état où Hermes l'avait laissé la dernière fois. Intact. Personne en vue... Aucun témoin susceptible d'assister à l'exhumation illégale.

Par acquit de conscience, cependant, Sebastian brancha le mégaphone qu'il utilisait dans les occasions de ce genre et demanda :

— M'entendez-vous, monsieur? Si vous m'entendez, faites un bruit quelconque.

L'écho répercutait sa voix amplifiée. Il espérait que cela n'attirerait pas d'éventuels passants. Il coiffa l'écouteur, posa la membrane sensible contre le sol et tendit l'oreille.

Il n'y eut pas de réponse. Un vent lugubre agitait les herbes folles qui tapissaient le petit cimetière. Sebastian déplaça la membrane, attentif, à l'affût d'une réponse. Rien...

Mais une voix faible s'éleva soudain à quelques mètres de là, provenant d'une autre tombe.

— Je vous entends. Je suis vivant. Je suis enfermé là-dessous. Il fait noir. Où suis-je?

La panique faisait trembler la voix assourdie et solitaire. Sebastian soupira. Le mégaphone en avait réveillé un autre! Il allait falloir s'en occuper également : c'était son devoir envers l'ancien-né qui étouffait dans la prison de son cercueil.

Hermes s'approcha du tombeau devant lequel il s'agenouilla.

— N'ayez pas peur, monsieur, fit-il dans le mégaphone. Nous allons bientôt vous dégager.

— Mais où suis-je? chevrota la voix qui s'affaiblissait. Quel est ce lieu?

— Vous êtes enterré.

Sebastian avait l'habitude : chaque fois, un certain laps de temps s'écoulait entre le moment où le mort se réveillait et celui où l'on parvenait jusqu'à lui. Oui, il en avait l'habitude et, pourtant, il ne s'y accoutumait pas.

— Vous êtes mort. On vous a enterré. Mais le temps est reparti en arrière et vous êtes revenu à la vie.

— Le temps, répéta la voix. Pardon? Je... je ne comprends pas. Le temps... de quoi? Je voudrais sortir d'ici. Je n'aime pas cet endroit. Je veux retrouver mon lit, ma chambre à l'hôpital général de La Honda.

Les derniers souvenirs. Des souvenirs d'hospitalisation ayant précédé la mort. Sebastian reprit :

— Ecoutez-moi, monsieur. Le matériel et le personnel indispensables pour vous exhumer seront ici à très bref délai. Efforcez-vous de respirer le moins possible pour ne pas consommer toute votre réserve d'air. Et essayez de vous détendre, voulez-vous?

— Je m'appelle Harold Newkom et j'ai fait la guerre, moi, monsieur, dit la voix tremblotante. J'ai droit à la priorité. Je ne pense pas qu'on doive traiter ainsi un ancien combattant.

— Je vous assure que ce n'est pas ma faute.

Moi aussi, j'ai connu cela, songea Sebastian avec amertume. Je me rappelle ce que l'on éprouve quand on se réveille dans les ténèbres. Sans parler de ceux qui hurlent sans recevoir de réponse... à cause de ces lois bureaucratiques décidées à Sacramento qui nous paralysent, ces lois désuètes qui nous ligotent.

Il se leva péniblement, ankylosé par l'immobilité — il ne rajeunissait pas assez vite — et se dirigea à nouveau vers le tombeau de l'Anarque.

— Il y a un nouveau vivant dont il faut commencer par s'occuper, annonça Sebastian à Lindy, au Dr Sign et au père Faine quand ceux-ci arrivèrent. Il tendit la main vers la tombe et Bob Lindy enfonça son trépan dans le sol durci pour alimenter l'ancien-né en air respirable. Le reste était pure routine.

Le Dr Sign dit d'un ton sardonique :

— Quelle veine! Si jamais la police se montre, vous aurez un prétexte pour justifier notre présence ici. Vous faisiez la ronde des cimetières comme d'habitude et vous avez entendu les appels... (La terre volait sous le grignotement de la foreuse autonome. Haussant la voix pour dominer le vacarme, le médecin reprit :) En déterrant Peak alors qu'il est encore mort, j'estime que, du point de vue médical, vous commettez une grave erreur, Sebastian. C'est risqué. Cela interfère avec le processus naturel de la reconstitution de l'être biochimique. Nous le savons tous : si le corps est ramené trop tôt, il cesse de se séparer. Il faut qu'il reste sous terre, dans l'obscurité et le froid, à l'abri de la lumière.

— Comme le yaourt, fit Lindy.

— En outre, vous tentez le sort, continua le médecin.

— Le sort? répéta Sebastian avec amusement.

— Le Dr Sign a raison, déclara Lindy. On dit qu'en déterrant prématurément un corps, on libère les forces de la mort qui se répandent alors sur le monde et finissent toujours par se concentrer sur une seule personne.

— Sur qui? demanda Sebastian.

Mais il connaissait cette croyance superstitieuse : la malédiction retombait sur celui qui avait procédé à l'exhumation, pensait-on.

— Ce sera sur vous, dit Lindy avec une grimace et un sourire.

— Nous le réenterrerons. (Les foreuses s'étaient immobilisées. Lindy se pencha sur l'étroite ouverture, tatonnant pour trouver le rebord du cercueil.) Nous le réenterrerons dans la cave du vitarium.

Hermes s'approcha de la fosse et, avec le Dr Sign et le père Faine, aida l'ingénieur à sortir à l'air libre la bière moisie et détrempée.

Tandis que Lindy dévissait d'une main experte les boulons du couvercle, le père Faine se tourna vers Sebastian.

— Et, du point de vue de la religion, c'est une violation de la morale et de la loi divines. La renaissance doit venir à son heure. Vous qui êtes passé par là, vous êtes mieux placé que quiconque pour le savoir.

Ouvrant son livre de prières, le prêtre commença de lire le psaume en l'honneur du retour de Mr Harold Newkom.

Laissant les autres à leurs tâches, Sebastian se mit à déambuler selon son habitude à travers le cimetière, attentif, l'oreille à l'affût. Cette fois encore, ses pas le portèrent vers la même tombe, la seule qui eût de l'importance, le monument de granit de l'Anarque Thomas Peak. Il ne pouvait pas s'en éloigner.

Le Dr Sign et le père Faine ont tous les deux raison, se disait-il. C'est un risque médical terrible et une violation ouverte, non seulement de la loi divine, mais aussi de la loi des hommes. Je le sais bien, ils n'ont pas besoin de me le dire. Mes propres collaborateurs ne veulent pas m'épauler, songea-t-il avec tristesse.

Mais Lotta sera avec moi. Il pouvait toujours compter sur elle — sur son soutien. Elle comprendrait qu'il ne pouvait prendre le risque de ne pas déterrer l'Anarque. Le laisser où il était, c'eût été inciter les Fils de la Puissance de Ray Roberts à commettre un meurtre. La bonne excuse! soupira-t-il intérieurement avec amertume.

Mais jusqu'à quel point Ray Roberts est-il un homme dangereux? Nous l'ignorons encore. Tout ce que nous savons, c'est ce que racontent les homéos.

Sebastian se dirigea vers son aéroglisseur et composa le numéro de son domicile.

— Allô, fit Lotta de sa voix de fillette. (Le vidéophone l'intimidait. Mais elle sourit en reconnaissant son mari.) Une nouvelle vacation? (Elle distinguait les tombes derrière Sebastian.) J'espère que c'en est un qui a de la valeur?

— Ecoute-moi bien, mon petit. Je suis navré d'avoir à te demander cela mais je n'ai pas le temps de m'en occuper moi-même. Nous sommes cloués ici à cause d'une exhumation et, après... (Il marqua une hésitation.) Il y en a une autre qui attend, acheva-t-il en s'abstenant de donner des précisions.

— Que veux-tu que je fasse?

— Que tu retournes à la Bibliothèque. J'ai besoin d'un complément d'information.

— Oh! (Lotta réussit — presque — à ne pas montrer sa consternation.) Entendu. Avec plaisir.

— Cette fois, nous voulons connaître l'histoire de Ray Roberts.

— Je ferai les recherches... si je peux.

— Si tu peux? Que veux-tu dire?

— Je... j'ai une crise d'angoisse quand je suis là-bas.

— Je sais, répondit Sebastian, pleinement conscient de sa cruauté.

— Mais j'espère pouvoir la surmonter encore une fois.

Lotta secoua tristement la tête.

— Surtout, souviens-toi de te tenir à l'écart de ce monstre de Mavis McGuire.

Si tu y arrives, ajouta-t-il en lui-même.

Soudain, le visage de Lotta s'éclaira.

— Joe Tinbane est justement en train de faire des recherches sur Ray Roberts. Je pourrais peut-être lui demander de me communiquer sa documentation. (Un immense soulagement s'était peint sur ses traits.) De cette façon, je n'aurais pas à aller là-bas.

— D'accord, acquiesça Sebastian.

Pourquoi pas? Il était normal que la police de

Los Angeles cherchât à se renseigner sur Roberts. Après tout, celui-ci était sur le point de faire son entrée dans un territoire appartenant à la juridiction de la police municipale. Tinbane avait probablement réuni la somme des données existantes et il avait dû faire à la Bibliothèque un meilleur travail que celui que pourrait faire Lotta.

Pourvu qu'elle puisse mettre la main sur Tinbane, se dit Sebastian en raccrochant. Mais il était sceptique. A l'heure présente, la police était certainement sur les dents et il y avait de fortes chances pour que Joe fût occupé jusqu'à la fin de la journée.

Il avait le sentiment que Lotta allait avoir des ennuis. Des ennuis imminents et sérieux. A cette idée, il tressaillit, s'apitoyant sur le sort de sa femme.

Et il se sentit encore plus coupable.

Il rejoignit l'équipe rassemblée devant la fosse béante.

— Tâchons de dégager celui-là à toute vitesse pour pouvoir nous occuper de l'autre, celui qui est important.

Il avait arrêté sa décision : on exhumerait immédiatement l'Anarque. Inutile de faire un second déplacement.

Il faisait le vœu de n'avoir pas à regretter sa décision mais un pressentiment lui disait avec force qu'il s'en repentirait.

Et pourtant, il lui semblait que c'était la meilleure solution. C'était une certitude inébranlable.

7

Quand nous débattons, vous et moi, chacun de nous deux devient l'autre. Car lorsque je comprends ce que vous comprenez, je deviens votre compréhension et je suis vous, d'une certaine ineffable façon.

Erigène

L'agent Tinbane faisait sa ronde. Une voix tomba du récepteur.

— Une certaine Mrs Lotta Hermes demande que vous preniez contact avec elle. Est-ce une affaire de police?

— Oui, mentit Tinbane. Je vais lui vidéophoner. J'ai son numéro. Merci.

Il attendit 4 heures, la fin de son service, et, en civil, appela Lotta d'une cabine publique.

— Quel soulagement de vous avoir à l'appareil! s'écria-t-elle. Voilà... Nous devons réunir tous les renseignements possibles sur ce Ray Roberts, le chef du culte Udi. Quand je vous ai rencontré à la Bibliothèque, vous faisiez justement des recherches sur son compte. Alors, j'ai pensé que vous pourriez me dire ce que vous avez appris. Cela m'éviterait de retourner là-bas.

Elle lui adressa un regard suppliant.

— Je vous propose de nous retrouver derrière un tube de sogum. Disons chez Sam, le Palais du Sogum. Savez-vous où c'est? Pouvez-vous vous y rendre?

— Et vous me raconterez tout sur Ray Roberts?

— Je vous dirai tout ce que vous voulez savoir.

Et pas mal de choses en plus, songea Tinbane.

Il raccrocha et se rendit au Palais du Sogum. Lotta n'était pas encore là. Il prit place dans un box au fond de la salle de façon à pouvoir surveiller la porte. La jeune femme ne tarda pas à apparaître. Elle portait un manteau beaucoup trop ample pour elle et l'inquiétude assombrissait son regard. Elle avança d'un pas hésitant, tournant la tête en tous sens sans le voir, redoutant qu'il ne lui eût fait faux bond. Aussi Tinbane se leva-t-il en agitant le bras.

— J'ai amené de quoi écrire pour tout noter, fit-elle d'une voix haletante en s'asseyant en face de lui, heureuse de l'avoir trouvé...

Comme si c'était un miracle, une dispense particulière du destin que tous deux fussent parvenus au même endroit à peu près au même moment!

— Savez-vous pourquoi je vous ai donné rendez-vous ici? demanda Tinbane. Pourquoi je voulais être avec vous? Parce que je suis en train de tomber amoureux de vous.

— Oh! mon Dieu! Alors, je vais quand même être obligée de me rendre à la Bibliothèque.

Se levant d'un bond, elle ramassa son stylo, le papier et son sac.

Tinbane se leva à son tour et s'empressa de la rassurer :

— Ça ne signifie pas que je n'ai pas de renseignements sur Ray Roberts. Rasseyez-vous et calmez-vous. Il n'y a pas de quoi faire un drame. Simplement, j'ai pensé que je devais vous le dire.

— Comment pouvez-vous être amoureux de moi?

s'exclama-t-elle en s'asseyant à nouveau. Je suis tellement affreuse! Et puis je suis mariée.

— Vous n'êtes pas affreuse. Quant aux mariages, on peut les rompre. Le mariage est un contrat civil comme une association. Cela a un début et une fin. Moi aussi, je suis marié.

— Je sais. Chaque fois qu'on vous voit, vous vous lamentez sur la méchanceté de votre femme. Mais moi, j'aime Seb. Il est toute ma vie. Et c'est un roc! (Elle le dévisagea avec attention.) Est-ce que c'est vrai que vous m'aimez? Honnêtement? En un sens, je trouve que c'est flatteur. (Cet aveu paraissait cependant la rassurer. Elle semblait plus à l'aise.) Bon... Dites-moi tout ce que vous savez sur cet effrayant Ray Roberts. Est-il vraiment aussi méchant que l'affirment les homéos? Vous savez pourquoi Sebastian veut ces renseignements, n'est-ce pas? Je pense qu'il n'y a aucun inconvénient à vous le dire. Vous êtes déjà au courant du seul secret que j'étais censée garder pour moi. Il veut se documenter sur Roberts parce que...

— Je sais, fit Tinbane en tendant le bras pour caresser la main de Lotta qui la retira aussitôt. Nous voulons tous connaître la réaction de Roberts au réveil de Peak. Mais c'est une question qui regarde la police. Dès qu'il aura ressuscité, elle sera automatiquement responsable de sa sauvegarde. Si mes supérieurs hiérarchiques apprenaient que le vitarium Hermes a localisé le corps de Peak, ils enverraient sur-le-champ une équipe pour le déterrer. (Il ménagea une pause avant de poursuivre :) Si cela devait se produire, ce serait une grosse perte pour votre mari. Je n'en ai pas parlé à Gore qui est mon chef. J'aurais probablement dû.

Il attendit en scrutant les traits de Lotta.

— Merci. Merci de ne pas avoir averti Mr Gore.

— Mais il se peut que je doive le faire.

— Tout à l'heure, à la Bibliothèque, vous avez dit que c'était comme si je n'avais pas parlé. Vous m'avez laissé entendre que, en tant que policier, vous n'aviez officiellement rien entendu. Si vous en parlez à Mr Gore... (Elle battit des paupières.) Sebastian comprendra comment vous avez découvert la chose. Il sait combien je suis sotte. Toutes les fois qu'il y a une gaffe à faire, je la fais. Ça ne rate jamais.

— Allons donc! Ce qu'il y a, c'est que vous n'êtes pas faite pour la ruse. Vous avouez ce que vous avez sur le cœur, ce qui est une attitude normale et naturelle. Vous êtes une femme admirable. Et vous êtes très belle. Oui, j'admire votre loyauté. Mais c'est vrai : votre mari serait fou de rage.

— Il demandera sans doute le divorce. Alors, vous pourrez divorcer à votre tour et m'épouser.

Tinbane sursauta. Lotta plaisantait-elle? Il était incapable de se faire une opinion. Elle était semblable à un fleuve profond : insondable.

— On a vu se produire des choses plus étranges, fit-il prudemment.

— Plus étranges que quoi?

— Que notre éventuel mariage.

— Mais si vous ne parlez pas à Mr Gore, s'écria-t-elle avec flamme, nous n'aurons pas à nous marier.

— En effet, murmura Tinbane médusé.

En un sens, c'était logique.

— Ne lui dites rien, s'il vous plaît. (Le ton était implorant mais on y sentait vibrer une exaspération sous-jacente. Après tout, comme elle venait de le faire remarquer, Tinbane avait nettement affirmé qu'il n'avait rien entendu — officiellement.) Je ne crois pas que nous sommes faits pour nous accorder, continua-t-elle. J'ai besoin de quelqu'un de plus âgé à qui me raccrocher. Je suis une femme qui s'accroche beaucoup, vous savez. Je ne suis plus une grande personne et, à cause de ce maudit effet temporel, c'est un peu plus vrai chaque jour qui passe. (Elle griffonna une série de lignes sur son bloc.) Quelle triste perspective que l'enfance! Etre à nouveau un bébé incapable de rien faire dont il faut que les autres s'occupent. Je m'efforce d'être plus adulte que je ne le suis; je lutte comme, naguère, les femmes luttaient contre la vieillesse lorsqu'elles approchaient de l'âge mûr. Voyez-vous, Sebastian sera encore une grande personne quand je serai redevenue une enfant, et ce sera bien ainsi. Il pourra être mon père, il me protégera. Or, vous avez le même âge que moi, vous. Nous serions tous deux des enfants. Cela aurait-il de l'intérêt?

— Pas beaucoup, reconnut Tinbane. Mais écoutez-moi... Je vous propose un marché. Je vous communiquerai la documentation que je possède sur le compte de Ray Roberts et je ne dirai pas à Gore que le corps de l'Anarque Peak est en possession de votre vitarium. Sebastian ignorera que vous me l'avez avoué.

Lotta rectifia :

— J'en ai également parlé au bibliothécaire.

— Voulez-vous savoir ce que je vous demande en échange?

— Oui.

Docile, elle écoutait. Tinbane se jeta à l'eau :

— Pourriez-vous m'accorder un peu d'amour à moi aussi? demanda-t-il d'une voix rauque.

Lotta éclata de rire. Un rire ravi et sans malice. Cette fois, Joe était vraiment sidéré. Il ne savait plus du tout où il en était, il ne savait pas ce qu'il avait obtenu — et si même il avait obtenu quelque chose. Et il se sentait déprimé. En dépit de son côté enfantin et de son inexpérience, c'était Lotta qui dirigeait la conversation.

— Qu'est-ce que ça signifie? s'enquit-elle.

Coucher ensemble, tu ne le sais donc pas? répondit-il dans son for intérieur. Mais il se contenta de dire à haute voix :

— On pourrait se rencontrer comme aujourd'hui de temps en temps. Se voir. Des choses comme ça. Se promener. Même pendant la journée : je n'aurais qu'à faire changer mes heures de service.

— Quand Sebastian sera occupé au vitarium?

— Oui.

Tinbane secoua la tête. Alors, et il n'en crut pas ses yeux. Lotta se mit à pleurer. Les larmes coulaient le long de ses joues et elle ne tentait même pas de les cacher. Elle pleurait comme une enfant.

— Qu'avez-vous?

Mû par un réflexe, il sortit son mouchoir et lui tamponna les yeux.

— J'avais raison, fit-elle d'une voix entrecoupée. Il faut que je retourne à la Bibliothèque. Vous me dégoûtez! Espèce de mangeaille! (Elle se leva, rassembla ses affaires et s'écarta.) Vous ne pouvez pas savoir ce que vous m'avez fait, dit-elle, un peu calmée. Vous et Seb, tous les deux. M'obliger à y aller deux fois en l'espace d'une journée. Et, cette fois, je sais que je rencontrerai Mrs McGuire. Comme je l'aurais déjà rencontrée si vous ne m'aviez pas présentée à Mr Appleford.

— Vous n'avez qu'à aller le voir. Vous connaissez son bureau, maintenant.

— Non, répondit Lotta en hochant la tête d'un air lugubre. Ça ne marchera pas. Il sera sorti pour aller au sogum ou il aura terminé sa journée.

Tinbane la regarda s'éloigner; il nageait en pleine confusion mentale et avait le sentiment de s'être conduit comme un gamin. Elle a raison, pensait-il. Je l'envoie affronter quelque chose, quelqu'un qu'elle est incapable d'affronter. Voilà ce que nous avons fait, Sebastian Hermes et moi. Il aurait pu aller à la Bibliothèque à sa place. J'aurais pu lui donner mes informations. Mais il n'y est pas allé à sa place et, moi, je n'ai rien voulu lui dire sans quelque chose en échange. Mon Dieu! Qu'est-ce que j'ai fait là? Il se détestait.

Et je prétends l'aimer comme Sebastian! Il l'« aime », lui aussi.

Quand Lotta fut hors de vue, il gagna précipitamment la cabine vidéophonique, chercha le numéro de la Bibliothèque dans l'annuaire et le composa.

— Ici la Bibliothèque d'Actualités Populaires. J'écoute.

— Voulez-vous me passer Doug Appleford.

— Je regrette, répondit la standardiste, mais Mr Appleford est parti. Il sera là demain. Désirez-vous que je vous passe Mrs McGuire?

Tinbane raccrocha.

Mrs Mavis McGuire leva les yeux du manuscrit qu'elle était en train de lire et vit une jeune femme aux longs cheveux noirs debout devant son bureau, l'air effrayé. Irritée par cette interruption, elle lui demanda :

— Que voulez-vous?

— Je souhaiterais que vous me donniez toutes les informations que vous possédez sur Mr Roberts.

La visiteuse avait une pâleur de cire et s'exprimait d'une voix mécanique.

— Les informations que nous possédons sur Mr Ray Roberts? répéta Mrs McGuire sur un ton moqueur. Je vois. Il est... (Elle consulta sa montre.) 17 h 30. Nous fermons dans une demi-heure et vous voulez que je réunisse la totalité de notre documentation pour vos beaux yeux? Que je vous remette le tout, collationné et classé? Pour que vous puissiez vous installer et prendre connaissance des archives?

— Oui, répondit faiblement son interlocutrice dont les lèvres bougeaient à peine.

— Savez-vous quelles sont mes fonctions, mademoiselle? Je suis la conservatrice en chef de la Bibliothèque. J'ai sous mes ordres près d'une centaine d'employés dont chacun aurait pu vous aider... si vous vous étiez présentée plus tôt.

— On m'a dit de m'adresser à vous, fit la jeune femme dans un murmure. A la réception. J'ai demandé Mr Appleford mais il est parti. Il m'a déjà aidée.

— Etes-vous envoyée par la ville? Par un organisme officiel?

— Non. Je viens de la part du vitarium Hermes.

— Mr Roberts est-il mort? fit Mrs McGuire d'une voix rauque.

— Je... je ne crois pas. Je ferais peut-être mieux de m'en aller.

Elle fit demi-tour, les épaules voûtées, tassée sur elle-même comme un oiseau malade, un oiseau blessé.

— Pardonnez-moi...

— Une minute. (Mavis McGuire lui fit signe d'approcher.) Tournez-vous et regardez-moi. Quelqu'un vous a envoyée. Votre vitarium. Vous avez également le droit de faire des recherches documentaires à la Bibliothèque. Oui, c'est votre droit le plus strict. Accompagnez-moi dans mon bureau personnel. (La conservatrice se leva et, d'un pas vif, entraîna la visiteuse dans ses appartements particuliers. Elle appuya sur l'un des nombreux boutons de son interphone.) Je serais heureuse si l'un des Oblits était libre et pouvait descendre quelques minutes. Merci.

Elle dévisagea la jeune femme. Toi, se dit-elle, je ne te lâcherai que lorsque j'aurai découvert pourquoi ce vitarium t'a chargée de te renseigner sur Ray Roberts.

Et si je n'y parviens pas, l'Oblit, lui, réussira.

8

En outre, la matière, elle-même, abstraction faite des formes qu'elle reçoit, est invisible et même indéfinissable.

Erigène

Dans l'atelier du vitarium, le Dr Sign était concentré sur le stéthoscope avec lequel il auscultait la sombre poitrine de l'Anarque Thomas Peak. Celui-ci était de petite taille et n'avait rien d'impressionnant.

— Il y a quelque chose? lui demanda Sebastian qui était terriblement tendu.

— Pas encore. Mais, à ce stade, il est fréquent que l'activité reprenne et s'interrompe. C'est la période critique. Tous les composants ont repris leur place et recouvré leur capacité de fonctionnement. Mais le... (Sign fit un geste.) Attendez! Ça y est peut-être.

Il jeta un coup d'œil sur les instruments qui enregistraient mécaniquement les pulsations, le rythme respiratoire et l'activité céphalique. Toutes les courbes étaient plates.

— Un corps est un corps, dit Bob Lindy sur un ton détaché. Un mort est un mort, qu'il soit Anarque ou pas, qu'il soit à cinq minutes ou à cinq siècles de la résurrection.

Sebastian se pencha sur une feuille de papier et lut

tout haut : *Sic igitur magni quoque circum moenia mundi. Expugnata dabunt labem putresque ruinas.* Les deux derniers mots — *putresque ruinas* — sont les mots clés.

— D'où cela vient-il? s'enquit le Dr Sign.

— Du monument. C'était son épitaphe. Je l'ai recopiée.

— Je ne suis pas très calé en latin en dehors de la terminologie médicale mais je comprends les termes *putréfaction* et *ruines.* Ils ne s'appliquent pas tellement à notre client, vous ne trouvez pas?

Le médecin, Lindy et Sebastian considérèrent un instant le cadavre, en silence. Le corps était fluet mais il paraissait prêt à vivre. Qu'est-ce qui le retient de reprendre son existence? se demandait Sebastian.

— Rien ne stagne et tout s'écoule, dit le père Faine. Les fragments s'accrochent aux fragments, les choses croissent. Ainsi les connaissons-nous et pouvons-nous les nommer. Puis par degrés elles se dissolvent et cessent d'être les choses que nous connaissons.

— Qu'est-ce que c'est? s'enquit Sebastian qui n'avait pas reconnu la cadence des versets bibliques.

— La traduction du premier quatrain de l'épitaphe. C'est un poème de Lucrèce, l'auteur de *De Natura Rerum.* Vous ne l'aviez pas identifié, Seb?

— Non, avoua-t-il.

— Peut-être que si vous le récitiez à l'envers, l'Anarque reviendrait à la vie, fit Lindy, caustique. Au fond, qui sait si ce n'est pas le mode d'emploi? (Il dévisagea Sebastian avec animosité.) Essayer de faire revivre un cadavre, cela ne me plaît pas du tout. Entendre appeler un vivant enfermé sous la terre au fond d'une boîte et le dégager, c'est différent.

— La différence n'est qu'une question de temps, répliqua Seb. Une question de jours, d'heures, voire de minutes. Mais c'est un problème que vous refusez de considérer sous cet angle.

— Vous arrive-t-il souvent de vous rappeler l'époque où vous étiez un cadavre, Seb? jeta Lindy avec brutalité. Y pensez-vous?

— Il n'y a rien à penser. Ma conscience m'a quitté quand je suis mort. Je suis passé de l'hôpital au cercueil et je me suis réveillé dans le cercueil. Je m'en souviens. Et j'y songe.

C'était à cause de cela qu'il souffrait de claustrophobie. Comme beaucoup de ressuscités : la claustrophobie était leur principale maladie psychologique.

— J'ai l'impression que ce que vient de dire Seb réfute Dieu et l'au-delà, s'écria Cheryl Vale qui se trouvait dans l'autre pièce. Il prétend que sa conscience l'a quitté après sa mort.

Sebastian protesta :

— Cela ne réfute pas plus Dieu et l'au-delà que l'absence de souvenirs pré-utérins ne réfute le bouddhisme.

Buckley intervint à son tour :

— Bien sûr! Ce n'est pas parce que les ancien-nés ne se souviennent de rien qu'on peut en conclure que rien ne se passe. Très souvent quand je me réveille, le matin, je sais que j'ai rêvé toute la nuit mais je suis incapable de me remémorer le moindre petit bout de rêve.

— J'ai quelquefois des rêves, murmura Sebastian.

— Lesquels? demanda Lindy.

— Je rêve d'une sorte de forêt.

— Et c'est tout?

— Il y en a un autre. (Sebastian hésita.) Une présence sombre et palpitante, qui pulse comme un cœur gigantesque. Un battement puissant, assourdissant, qui s'amplifie et s'affaiblit, reprend et s'apaise. Avec une sorte de fureur. Une présence qui consume tout ce qu'elle désapprouve en moi... Et c'est apparemment la quasi-totalité de mon être.

— *Dies irae,* laissa tomber le père Faine. Le jour de la colère.

Il n'avait pas l'air surpris. Sebastian lui avait déjà parlé de ses rêves.

— C'est une présence vivante. Absolument vivante. Je cherche une comparaison... Nous sommes une étincelle de vie dans une masse inerte et c'est cette étincelle qui fait mouvoir la masse, la fait parler et agir. Mais cette présence est la conscience totale. Elle n'a pas d'yeux, pas d'oreilles. Elle n'est que conscience.

— C'est de la paranoïa, grommela le Dr Sign. L'impression d'être surveillé.

— Pourquoi la présence était-elle en colère contre vous? voulut savoir Cheryl.

Sebastian réfléchit.

— Je n'étais pas assez petit.

— Pas assez petit! répéta Bob Lindy avec dégoût.

— Elle avait raison. En réalité, j'étais beaucoup plus petit que je le croyais ou que je l'admettais. Il me plaisait de penser que j'étais plus grand, que j'avais de plus hautes ambitions.

S'emparer du corps de l'Anarque, par exemple, se dit Sebastian. Et essayer de gagner des monceaux d'argent. C'était là un exemple parfait. Il n'avait rien appris.

Mais Cheryl insista :

— Pourquoi voulait-elle que vous soyez petit?

— Parce que c'était la vérité. C'était un fait que je devais regarder en face.

— Pourquoi? C'était Lindy qui avait parlé.

— C'est ce qui arrivera le jour du Jugement Dernier, répondit Buckley avec philosophie. Le jour où l'on sera confronté à toutes les réalités dont nous sommes détournés.

— Oui, fit Sebastian. (La formule était heureuse.) Il est difficile d'expliquer. (Il serait intéressant, si l'on parvenait à faire renaître l'Anarque, de discuter de ça avec lui. Peut-être en saurait-il long sur ce sujet.) Dieu ne peut pas vous aider tant que vous n'avez pas compris que tout ce que vous faites dépend de Lui.

— Vous êtes des sales mangeailles de bigots! lança Lindy avec mépris.

— Je perçois une fibrillation cardiaque, maintenant, annonça le Dr Sign. Il y a arythmie. Fibrillation auriculaire. C'est probablement de cela qu'il est mort. Il est revenu à ce stade. Si nous avons de la chance et si le processus se poursuit normalement, le rythme cardiaque normal se manifestera probablement.

Cheryl Vale poursuivit la discussion théologique :

— Je ne vois toujours pas pourquoi Dieu voudrait que nous nous sentions insignifiants. Ne nous aime-t-Il pas?

— Pas tant de bruit, l'admonesta le médecin.

— Il faut que nous soyons petits pour être aussi nombreux que nous le sommes, répondit Sebastian. Des milliards et des milliards de créatures sont en mesure de vivre. Si l'un de nous grandissait, s'il avait la même taille que Dieu, combien serions-nous sur Terre? A mon sens, c'est la seule solution qui permette à chaque âme en puissance de...

— Il est vivant, fit le Dr Sign dont les épaules s'affaissèrent de façon perceptible. Ça a marché. Ça ne l'a pas tué. (Il se tourna vers Sebastian et sourit légèrement.) Vous avez gagné votre pari. Nous avons un vivant et ce vivant est l'Anarque Thomas Peak.

— Et maintenant ? demanda Lindy.

— Maintenant, nous sommes riches, répondit Buckley avec ivresse. Nous avons à notre catalogue un article atteignant un prix de vente comme nous n'en avons jamais rêvé. (Il était épanoui et surexcité.) A moi de jouer. Nous avons une offre d'Italie. Une seule mais ces gens-là sont prêts à pousser les enchères et c'est ce qui compte. Faites-moi confiance : ils les pousseront!

— Bravo! s'écria Cheryl Vale. Je propose une tournée générale de sogum pour fêter ça.

Le débat théologique l'avait déconcertée mais, cela,

elle le comprenait. Tout comme Buckley, elle avait du bon sens et l'esprit pratique.

— Allons-y pour le sogum, dit Sebastian. C'est l'heure.

— A présent, l'Anarque est à vous, fit Lindy. Il ne vous reste qu'une chose à faire : déterminer l'acheteur à qui le proposer.

Il eut un sourire dépourvu de gaieté.

— Peut-être le laisserons-nous prendre la décision lui-même, rétorqua Sebastian. (On n'avait pas encore abordé cette question. Jusque-là, l'Anarque n'était qu'un cadavre et rien de plus. C'est-à-dire un objet. Une marchandise. Mais, maintenant, ils avaient devant eux un être humain bien que, matériellement, Peak fût toujours la propriété du vitarium.) C'était... c'est un homme perspicace. Il pourra sans doute nous en apprendre davantage que la Bibliothèque sur Ray Roberts.

Au fait, Lotta n'était pas rentrée. Mauvais signe! Hermes se demandait si c'était grave. Cette pensée le taraudait bien que le problème posé par l'Anarque fût plus urgent que tout le reste.

— Allons-nous le confier à un hôpital? s'enquit Buckley.

Sebastian réfléchit. Non.

C'était trop risqué. Il faudrait que le Dr Sign se chargeât des soins médicaux à assurer au ressuscité.

— Apparemment, dit ce dernier, il est en voie de reprendre conscience. Le processus de renaissance semble être d'une rapidité inhabituelle, preuve que la mort a été rapide.

Sebastian se pencha sur l'Anarque et scruta son visage minuscule, sombre et ridé. Un visage qui était désormais vivant, c'était indéniable. Le changement était formidable. Voir ce qui avait été une matière organique inerte devenir active... c'est le miracle véritable. Le plus grand de tous. La Résurrection...

L'Anarque ouvrit les yeux et son regard se posa sur

Sebastian. Sa poitrine se soulevait et s'abaissait avec régularité. Il avait une expression sereine et Sebastian eut soudain la conviction que c'était dans la sérénité qu'il était mort. Fidèle à sa vocation, l'Anarque était mort comme Socrate : sans haine et sans crainte. Sebastian était impressionné. Ni lui ni ses collaborateurs n'avaient jamais été témoins du passage car celui-ci avait normalement lieu avant les opérations de sape, dans le vide sinistre de la tombe.

— Il va peut-être dire quelque chose de profond, murmura Lindy.

Les pupilles de l'Anarque frémirent. L'homme immobile qui était à présent un vivant examina tour à tour chacun de ceux qui l'entouraient. Oui, ses yeux bougeaient mais son regard et ses traits conservaient leur impassibilité. C'est comme si nous avions ressuscité un appareil d'observation, songea Sebastian. Je me demande ce qu'il se rappelle. Se souvient-il de plus de choses que moi? Espérons-le. D'ailleurs, ce serait plausible. En raison même de son état, il doit avoir l'esprit plus vif que moi.

La bouche sèche et fendillée palpita et l'Anarque dit dans un murmure semblable au bruissement rugueux du vent :

— J'ai vu Dieu. En doutez-vous?

Il y eut un instant de silence que Buckley rompit en posant cette question choquante :

— Oseriez-vous en douter?

— J'ai vu l'Homme Tout-Puissant.

— Sa main était posée sur une montagne, continua Buckley. (Il fit une pause, s'efforçant de se rappeler la suite. Les autres le regardaient. Et l'Anarque l'observait, attendant qu'il poursuive.) Et il contemplait le monde, enchaîna enfin Buckley.

— Je l'ai vu plus clairement que vous ne me voyez, reprit l'Anarque dans un souffle. Vous ne devez pas en douter.

— Qu'est-ce que c'est? demanda Bob Lindy.

— Un vieux poème irlandais, répondit Buckley. Je suis irlandais. Si je me souviens bien, c'est de James Stephens.

L'Anarque ajouta d'une voix plus forte :

— Il n'était pas satisfait. Il paraissait très mécontent. (Il ferma les yeux pour se reposer. Le Dr Sign écouta son cœur et vérifia les instruments qui enregistraient les fonctions corporelles.) Il a levé la main, dit faiblement l'Anarque comme s'il basculait à nouveau dans la mort. Je suis en route, je vous le dis, et je ne quitterai jamais le lieu où je me tiens.

— Il a dit : mon enfant bien-aimé, je redoutais que tu ne sois mort. Et sa main s'est arrêtée.

C'était Buckley qui avait enchaîné.

— Oui, approuva l'Anarque en hochant la tête. (Sa physionomie était paisible.) Je ne veux pas oublier. Il a arrêté sa main à cause de moi.

— Etiez-vous quelque chose de spécial? demanda Lindy.

— Non. J'étais quelque chose de petit.

— De petit, acquiesça Sebastian.

Avec quelle netteté s'en souvenait-il! Quelque chose d'affreusement petit, de totalement petit, le plus ténu des iotas dans l'univers des choses. Il se rappelait, lui aussi : l'attitude mécontente, la main qui se levait... et qui s'immobilisait parce qu'il avait parlé. Les paroles prononcées par l'Anarque et Buckley lui avaient tout remis en mémoire. Cela et le reste. Cette main de colère dressée, terrifiante.

— Il a dit qu'il craignait que je ne sois mort, fit Thomas Peak.

— Eh bien, vous étiez mort, laissa tomber Lindy en homme pratique. C'est pourquoi vous étiez là-bas. (Il jeta un coup d'œil à Sebastian, nullement impressionné, puis se tourna vers Buckley :) Dites donc, R.C., comment se fait-il que vous en sachiez aussi long?

— C'est un poème! répéta l'interpellé avec véhémence. Je l'avais appris dans mon enfance. Mais oubliez ça, voulez-vous? (Il était manifestement embarrassé.) Ça m'avait frappé quand j'étais gosse. J'en avais perdu le souvenir mais c'est lui... (d'un geste, il désigna l'Anarque) qui me l'a remis en mémoire.

— C'était bien ainsi, dit Sebastian à Peak. Je m'en souviens à présent. (Et il avait d'autres souvenirs. Beaucoup d'autres. Il lui faudrait longtemps pour les approfondir.) Docteur Sign, pouvez-vous lui prodiguer la surveillance médicale nécessaire? Est-il possible d'éviter l'hospitalisation?

— Il ne coûte rien d'essayer, répondit le Dr Sign sans se compromettre. (Il n'avait pas cessé de lire ses cadrans et de tâter le pouls de l'ancien-né. Les pulsations paraissaient tout particulièrement le tracasser.) Adrénaline, murmura-t-il, et il fouilla dans sa trousse.

Quelques instants plus tard, il remplissait une seringue.

— Ainsi R.C. Buckley, le roi des V.R.P., est un poète! jeta Bob Lindy avec un mélange de dédain et d'incrédulité.

— Ça suffit! lui lança Cheryl Vale avec sécheresse.

Sebastian se pencha à nouveau sur l'Anarque.

— Savez-vous où vous êtes, monsieur?

— Dans un dispensaire, je suppose, fit l'Anarque d'une voix faible. Je ne crois pas que ce soit un hôpital. (Son regard allait et venait, un regard empreint de la curiosité simple et candide d'un enfant. L'Anarque s'étonnait mais acceptait sans résistance le témoignage de ses sens.) Etes-vous de mes amis?

— Oui, répondit Sebastian.

Bob Lindy qui, traditionnellement, avait une façon terre à terre de s'adresser aux ancien-nés, y alla de son discours :

— Vous étiez mort, dit-il à l'Anarque. Votre décès remonte à une vingtaine d'années. Or, après votre mort, il est arrivé quelque chose au temps : il s'est inversé. Vous voilà donc revenu parmi nous. Cela vous plaît-il? (Il se pencha davantage et haussa le ton comme s'il s'adressait à un étranger.) Quelle est votre réaction? (Il attendit mais aucune réponse ne vint.) Maintenant, vous allez revivre votre existence tout entière, repartir vers votre enfance, redevenir un nourrisson et, finalement, réintégrer la matrice. (Il ajouta en guise de consolation :) Il en va de même pour chacun de nous, ceux qui sont morts et ceux qui ne sont pas morts. (Il tendit le doigt vers Sebastian.) Il est mort, lui. Tout comme vous.

— Alex Hobart avait donc raison, murmura l'Anarque. Certains de mes adeptes le pensaient. Ils espéraient que je reviendrais. (Il eut un sourire innocent et enthousiaste.) Je trouvais cela grandiose de leur part. Je voudrais savoir s'ils sont toujours vivants.

— Sûrement, affirma Lindy. Ou ils ne vont pas tarder à ressusciter. Mais ne comprenez-vous pas? Si vous croyez que votre retour a une signification, vous vous trompez. Je veux dire qu'il n'en a aucune du point de vue religieux. Désormais, c'est un événement naturel.

— Ils seront quand même contents. Est-ce que les uns ou les autres ont pris contact avec vous? Je serais heureux de vous donner leurs noms.

L'Anarque referma les yeux et parut éprouver quelques difficultés à respirer.

— Quand vous aurez recouvré vos forces, dit le Dr Sign.

— Nous devrions le laisser se mettre en rapport avec ses fidèles, fit le père Faine.

— Bien entendu, répliqua Sebastian avec irritation. C'est automatique. Vous savez fort bien que c'est toujours ainsi que nous procédons.

Mais il s'agissait d'un cas particulier et tout le monde en avait conscience, hormis l'Anarque lui-même, évidemment. Thomas Peak était tout à sa joie de se retrouver vivant et il songeait déjà à tous ceux qui avaient fait partie de son entourage, à tous ceux qui avaient eu besoin de lui, qui s'étaient appuyés sur lui.

Le père Faine s'entretenait maintenant avec l'Anarque. Deux frères spirituels plongés dans leurs préoccupations communes.

— Je connais le poème gravé sur votre monument comme épitaphe. Il m'a intéressé parce que, me semble-t-il, il est la négation de toutes les bases du christianisme — la notion d'âme immortelle, d'au-delà, de rédemption. Est-ce vous qui l'avez choisi?

— Non, ce sont mes amis. Probablement parce que j'avais tendance à être d'accord avec Lucrèce.

— Et êtes-vous toujours d'accord avec lui après avoir eu l'expérience de la mort, de la vie future et de la renaissance?

— *Cette écuelle de lait et ce vase de poix sont d'étranges voyageurs de loin venus. Voici un flocon de neige qui fut jadis flamme — et la flamme était jadis un fragment d'étoile.* (L'Anarque hocha la tête, les yeux fixés sur le plafond de l'atelier.) Je le crois toujours. Je le croirai toujours.

— Mais il y a ceci : *Les germes que nous étions jadis ont pris leur essor et se sont enfuis, retombés sur Terre après le van ou tourbillonnant à travers ciel, non point perdus mais désunis. La vie continue.*

L'Anarque acheva :

— *Ce sont les vies, les vies, les vies qui meurent.* (Sa voix étrange, sourde et solitaire était presque inaudible.) Je ne sais pas. Il faudra que je réfléchisse... Il est trop tôt.

— Laissez-le se reposer, dit le Dr Sign.

— Oui, laissez-le tranquille, renchérit Lindy. Vous serez toujours le même, mon père! Chaque fois que nous en ramenons un, vous espérez qu'il apportera une réponse à vos questions théologiques. Et ils ne le font jamais. Ils sont comme Seb : ils ne se rappellent presque rien.

— Celui-ci n'est pas un personnage ordinaire.

L'Anarque a été une grande force et une grande figure religieuse. Il le sera à nouveau.

Et quelqu'un de précieux, ajouta silencieusement Sebastian. Précisément à cause de cela. Chaque chose en son temps : la théologie et la poésie passent après, compte tenu de ce qui est réellement en jeu.

Dès qu'il fut rentré dans son conapt, sa journée de travail terminée, Douglas Appleford vidéophona à Rome.

— Je veux parler à un certain Anthony Giacometti, dit-il à la standardiste.

Il eut bientôt Giacometti en ligne.

— Avez-vous trouvé ce que vous vouliez? A propos de ce vitarium? lui demanda Appleford.

Giacometti — longue chevelure abondante, regard intense et profond — était en robe de chambre.

— Etes-vous sûr qu'ils l'ont? demanda-t-il. Vraiment sûr? Ils ont tourné autour du pot. A mon sens, s'ils l'avaient effectivement en leur possession, ils auraient fini par lâcher un prix. Après tout, il s'agit d'une entreprise commerciale. Ce qui les intéresse, c'est de réaliser une vente.

— Ils l'ont, dit Appleford sur un ton parfaitement assuré, fort des propos qu'avait tenus Mrs Hermes. Ils ont peur des udites. Ils ont peur que vous ne représentiez Ray Roberts. C'est pourquoi ils ne veulent rien dire, mais insistez. Maintenez votre proposition et vous emporterez l'adjudication.

— Soit, Mr Appleford, fit Giacometti, morose. Je vous crois sur parole. Vous nous avez rendu service par le passé et nous vous faisons confiance.

— Vous le pouvez. Si j'obtiens des informations supplémentaires, je vous les communiquerai... au tarif habituel. La femme n'a pas dit qu'on l'avait exhumé, elle n'a pas dit qu'il était vivant. Elle a simplement affirmé qu'ils savaient où il était enterré. Cela peut expliquer leurs réticences : la loi leur interdit de le vendre avant qu'il ait ressuscité. Je vais appeler cette personne pour lui demander des précisions. Elle semble faire partie de cette catégorie de gens qui sont incapables de dissimuler quoi que ce soit.

La mine sombre, Giacometti coupa la communication.

Le vidéophone sonna au moment où Appleford s'éloignait. Il décrocha, s'attendant à voir réapparaître Giacometti qui aurait oublié quelque chose. Mais ce fut l'image de Mavis McGuire qui se forma sur l'écran.

— J'ai encore des problèmes à propos de Ray Roberts et des udites, commença-t-elle avec une grimace de dégoût. Une jeune femme du nom de Lotta Hermes est venue à la Bibliothèque pour se documenter sur Roberts. Je la garde dans mon bureau jusqu'à ce qu'un Oblit arrive. Ce qui ne saurait tarder.

— Vous êtes-vous informée auprès du Conseil des Oblits en ce qui concerne le lieu d'inhumation de l'Anarque Peak?

— Oui. Nous ne possédons pas ce renseignement. (Le regard glacé de Mavis McGuire était soupçonneux.) Cette Mrs Hermes déclare s'être entretenue avec vous aujourd'hui même. Au sujet de l'Anarque.

— En effet. Elle s'est présentée en compagnie d'un officier de police juste après ma conversation avec vous. Le vitarium que possède son mari connaît l'endroit où l'Anarque est enterré. Aussi pourrez-vous sans guère de difficultés obtenir des détails de la bouche même de cette dame.

— J'avais bien le sentiment qu'elle savait quelque chose. Nous avons bavardé et, chaque fois que la conversation tombait sur l'Anarque, elle éludait la question. Sans doute avait-elle peur d'en dire trop. Où en êtes-vous avec l'apologie *pro sua vita* de Peak, son *Dieu dans une boîte?* En existe-t-il encore un manuscrit dactylographié ou l'avez-vous déjà transmis au Conseil des Oblits? Je suis certaine de ne l'avoir jamais eu en main car je me souviendrais des fastidieuses platitudes que ce Peak prodiguait à ses ouailles.

Appleford réfléchit.

— Il m'en reste quatre exemplaires : donc, nous n'avons pas encore atteint le stade du manuscrit original. Et un de mes collaborateurs m'a signalé qu'il y a en outre plusieurs autres en circulation sous forme de livres. Probablement dans les bibliothèques privées.

— Si l'ouvrage est toujours en circulation, il y a théoriquement une possibilité pour que quelqu'un tombe dessus.

— Avec de la chance, oui. Mais quatre exemplaires, ce n'est pas beaucoup si l'on songe que, à une époque, il en circulait trois cent cinquante mille dont plus de cinquante mille reliés.

— L'avez-vous lu?

— Je... je l'ai vaguement feuilleté. Il y a là de la puissance, à mon avis. Et de l'originalité. Je ne suis pas d'accord avec vous lorsque vous parlez de fastidieuses platitudes.

— Lorsqu'il renaîtra à la vie, l'Anarque s'efforcera probablement de reprendre sa carrière religieuse. S'il parvient à éviter de se faire assassiner. Et j'ai dans l'idée que c'est un malin. Son *Dieu dans une boîte* est une œuvre essentiellement solide et pratique. Il n'avait pas la tête dans les nuages. De plus, il aura le bénéfice de son expérience d'outre-tombe. Je suis persuadé qu'il se la rappellera mieux que la plupart des ancien-nés. Ou, en tout cas, qu'il prétendra s'en rappeler. (Le ton de Mavis McGuire était âpre et cynique.) L'idée de voir l'Anarque reprendre ses activités de prédicateur n'emballe pas le Conseil. Ces messieurs sont fort sceptiques. Juste au moment où nous sommes en mesure d'oblitérer les derniers exemplaires de son livre, voilà que Peak réapparaît pour en écrire d'autres! Et nous craignons que ces futures œuvres ne soient encore plus malfaisantes, plus révolutionnaires et plus destructrices.

— Je vois, murmura pensivement Applefort. Revenant d'entre les morts, il pourra affirmer qu'il a eu une vision authentique de l'au-delà, qu'il s'est entretenu avec Dieu, qu'il a assisté au Jugement dernier... Toutes les histoires habituelles des anciennés. Mais les siennes feront autorité. On l'écoutera. (Que ferait Ray Roberts dans cette situation?) Je sais que ni vous ni le Conseil n'aimez Roberts, mais si les doctrines que va colporter l'Arnaque vous inquiètent...

— Votre logique est sans défaut. (Mavis McGuire médita un instant.) Bien. Nous ne lâcherons cette Mrs Hermes que lorsqu'elle nous aura livré le nom du cimetière et nous transmettrons cette information à Roberts. Tout au moins... (Elle hésita.) C'est la recommandation que je ferai, mais la décision appartient au Conseil naturellement. Et si le corps a été enlevé, nous porterons notre attention sur le vitarium du mari.

— L'opération pourrait se faire en toute légalité, dit Appleford qui était toujours en faveur de la modération. L'Anarque peut être vendu aux enchères par le vitarium au su et au vu de tout le monde.

Evidemment, il s'abstint de faire état de ses rapports avec Anthony Giacometti. Cela ne regardait pas la Bibliothèque. Il faudra que Tony fasse vite, se dit-il. A partir du moment où il entrerait en action, le Conseil des Oblits ne perdrait pas de temps. Le mandant de Giacometti pourrait-il — ou voudrait-il — surenchérir sur la Bibliothèque? Voilà qui ne manquerait pas d'intérêt : un duel entre les Oblits et le syndicat religieux le plus puissant d'Europe...

Mavis McGuire raccrocha et Appleford s'installa pour lire son homéo qui, apparemment, ne parlait que du pèlerinage de Ray Roberts et des dispositions minutieuses prises par la police. C'était assommant et Appleford gagna la cuisine pour absorber un peu de sogum.

Au même moment, le vidéophone sonna à nouveau. Abandonnant son sogum, il alla répondre.

C'était encore Mavis McGuire.

— Un Oblit est en train d'interroger Mrs Hermes. Le conseil estime que le vitarium a sans doute pris un risque calculé et déterré l'Anarque pour être sûr de ne pas perdre son option. Peak représente en effet une valeur commerciale énorme. En conséquence, les Oblits sont d'avis d'entrer en rapport avec le vitarium. Le Conseil y envoie quelqu'un tout de suite. Il veut que l'affaire soit réglée avant la fermeture de l'établissement. (Et elle ajouta :) C'est ma fille qui est chargée de cette mission.

Appleford fut surpris.

— Ann? Pourquoi pas un Oblit?

— Ann sait s'y prendre avec les hommes et elle se trouvera en face de Mr Sebastian Hermes, un ancien-né qui a maintenant entre cinquante et quarante ans. Nous considérons que cette tactique a plus de chances de réussir qu'un raid pur et simple. On peut raisonnablement supposer que le corps de l'Anarque a été exhumé, transféré du cimetière au vitarium qui l'a rendu à la vie, puis expédié ailleurs, dans une clinique privée que nous ne pourrons jamais retrouver.

— Je comprends.

Appleford était impressionné. Impressionné aussi par Ann McGuire. Il avait eu l'occasion de la voir à l'œuvre. Spécialement avec les hommes, comme disait sa mère. Quand les questions sexuelles intervenaient, elle était généralement efficace.

Appleford avait toujours nourri l'espoir masochiste qu'un jour Mavis et le Conseil lui enverraient Ann à lui en guise de bourreau.

Et dans les circonstances présentes, avec un homme marié, Ann serait tout particulièrement efficace. Sa spécialité était de s'interposer de façon triangulaire entre un homme et une femme pour éliminer en définitive l'épouse — ou la maîtresse — et réduire à deux le nombre des joueurs : l'homme et elle-même.

Je vous souhaite bien du plaisir, Mr Hermes! Soudain, Appleford songea à la timide Mrs Hermes qu'un Oblit était en train de mettre sur le gril et il se sentit mal à l'aise.

Après l'interrogatoire, Lotta Hermes ne serait plus la même. Comment aurait-elle changé? En bien ou en mal? L'interrogatoire pouvait aussi bien lui faire découvrir sa propre vérité que la détruire.

Appleford espérait qu'elle n'en sortirait pas détruite. Il l'avait trouvée sympathique, cette petite.

Mais il avait les mains liées.

9

Dieu ne connaît pas les choses parce qu'elles sont : elles sont parce qu'Il les connaît et la connaissance qu'Il a d'elles est leur essence.

Erigène

Je me suis mis dans un terrible pétrin, ruminait l'agent Tinbane. J'ai brisé mon amitié avec les Hermes et, à cause de moi, Lotta a dû retourner à la Bibliothèque. Quoi qu'il lui arrive, c'est là un fardeau moral qui me restera sur la conscience jusqu'à la naissance.

Ce n'est généralement pas sans raison qu'une personne éprouve une phobie particulière, qu'il s'agisse d'un lieu ou d'une situation. C'est là une forme de précognition. Si Lotta a tellement peur de se rendre là-bas, songea-t-il, ce n'est probablement pas pour rien. Ces Oblits... Ces mystérieux Oblits. Qui sont-ils? Que sont-ils? La police de Los Angeles n'en sait rien. Je n'en sais rien moi-même.

Il était chez lui et, selon son habitude, Bethel le harcelait.

— Ton sogum n'a pas l'air de te faire plaisir, s'exclama-t-elle avec colère.

— Bon, je m'en vais ailleurs et je vais dégurgiter. Au moins je serai seul et je pourrai réfléchir.

— Oh! je trouble tes pensées? Et à qui penses-tu donc?

— Eh bien, répondit-il, piqué par la violence du ton de Bethel, si tu veux le savoir, je vais te le dire.

— A une autre femme?

— Tout juste. Une femme que je pourrais aimer.

— Tu m'as dit un jour que tu serais incapable d'aimer quelqu'un comme tu m'aimais. Que toute autre relation...

— C'était autrefois. (Trop d'années s'étaient écoulées. Les mots ne pouvaient pas ressusciter un ménage moribond.) Pourquoi, se demanda-t-il, pourquoi devrais-je rester l'époux d'une femme qui, au fond, n'a ni respect ni amour pour moi? Les années mornes succédant aux années mornes... les accusations... Il se leva et se détacha du tube de sogum.

— Je l'ai peut-être tuée. Ma responsabilité est engagée.

Il faut que je la fasse sortir de la Bibliothèque, se dit-il.

— Tu vas lui rendre visite sans même chercher à dissimuler ces... ces rapports illicites aux yeux de ta propre femme? J'ai pris au sérieux mes vœux conjugaux, alors que, toi, tu n'as jamais essayé. Si nous n'avons pas réussi à nous entendre, c'est parce que tu ne l'as pas voulu ou que tu as fui tes responsabilités. Et maintenant, voilà que tu vas ouvertement la rejoindre. Eh bien, va-t'en!

— Bonjour.

La porte se referma derrière lui. Il traversa le hall et se hâta vers l'aéroglisseur de patrouille sans marque distinctive. Puis-je y aller ainsi? se demanda-t-il. Sans uniforme? Non. Il fit demi-tour mais la porte du conapt était close.

— Inutile d'essayer de revenir, lui dit Bethel. Je demande le divorce. (Sa voix parvenait clairement à Joe en dépit de l'épais capitonnage de la porte.) En ce qui me concerne, tu n'habites pas ici.

— Je veux mon uniforme, fit-il d'une voix grinçante.

Il n'y eut pas de réponse et la porte demeura fermée.

Il y avait une seconde clé dans l'aéroglisseur garé sur le toit. Tinbane se rua vers la cheminée ascensionnelle. Elle ne peut pas s'interposer entre mon uniforme et moi! C'est illégal.

Il entra dans le véhicule et fouilla dans la boîte à gants. Et puis tant pis! Il se mit au volant et lança le moteur. Du moment que j'ai mon revolver... Il sortit l'arme de l'étui fixé sous son aisselle, s'assura que les douze chambres étaient pleines — sauf celle contre laquelle s'appuyait le percuteur à moitié soulevé — et s'éleva dans le ciel crépusculaire de Los Angeles.

Cinq minutes plus tard, il se posait sur la terrasse de garage presque déserte aménagée sur le toit de la Bibliothèque d'Actualités. D'un geste expérimenté, il braqua sa torche sur les glisseurs en stationnement. Tous appartenaient aux Oblits sauf celui enregistré sous le nom de Mavis McGuire. Il y avait dans l'immeuble, outre Lotta Hermes, au moins trois oblitérateurs et la conservatrice.

La porte était verrouillée. Naturellement : la Bibliothèque était fermée. Mais je suis sûr que Lotta est là, songea Joe, même si je n'ai pas vu son glisseur. Elle a sans doute pris un taxi. Elle avait probablement peur de conduire.

Il ouvrit le coffre de son véhicule et s'empara d'un analyseur de serrures à la courroie de cuir usée — l'instrument avait longtemps servi. Une fois déclenché, l'engin sonda la serrure, écouta, puis développa la combinaison. La porte s'ouvrit. Il n'y avait eu aucun dégât. Aucune preuve d'effraction.

Tinbane alla ranger l'analyseur et passa en revue le matériel qui ne quittait pas son coffre. De quoi aurait-il besoin? De gaz anti-émeutes? Non... S'il les utilisait et s'il était dénoncé auprès de ses supérieurs, cela eût risqué de lui causer des ennuis. Il opta pour le détecteur d'ondes céphaliques grâce auquel il saurait le nombre de personnes autour de lui, pourrait déterminer leur trajectoire et suivre leurs évolutions. Il régla l'appareil sur la portée minimum et le mit en marche. Aussitôt, cinq points distincts se formèrent sur l'écran — cinq cerveaux humains qui se trouvaient à quelques mètres de lui, probablement au dernier étage de la Bibliothèque. Quand il eut poussé l'index pour obtenir le rayon d'action maximum, il compta sept points. Donc, dans la mesure où l'un de ces points représentait Lotta Hermes, il y avait six fonctionnaires de la Bibliothèque pour s'occuper d'elle.

Tinbane partait de l'hypothèse que la jeune femme était toujours vivante et encore présente dans le bâtiment.

Avant d'entrer à l'intérieur de la Bibliothèque, il se rassit devant le volant, décrocha son vidéophone et appela le vitarium Hermes dont il connaissait maintenant le numéro par cœur.

Ce fut le visage de R.C. Buckley qui se dessina, serti comme un camée, sur l'écran.

— Ici le vitarium Hermes.

— Je voudrais parler à Lotta, dit Tinbane.

— Une seconde. (Buckley disparut un court instant.) Seb dit qu'elle n'est pas revenue de la Bibliothèque, annonça-t-il en revenant. Il l'y a envoyée pour chercher une documentation. Attendez... il veut vous parler.

Le visage soucieux de Seb remplaça celui du vendeur.

— Non, elle n'est pas rentrée et je commence à être inquiet. Je regrette de l'avoir envoyée là-bas. Je devrais peut-être téléphoner à la Bibliothèque pour demander de ses nouvelles.

— Vous perdriez votre temps. Je suis sur le toit et je sais que Lotta est là. La Bibliothèque est fermée mais il n'y a pas de problème. J'ai tout ce qu'il faut dans mon glisseur. En fait, j'ai déjà neutralisé la serrure. La seule question que je me pose est de savoir s'il faut que je leur accorde une chance de la libérer de leur plein gré.

— La libérer? répéta Sebastian en pâlissant. A vous en croire, on la retient prisonnière?

— Tout ce que je sais, c'est qu'ils l'ont gardée après la fermeture. (C'était son intuition qui parlait. Il possédait dans ce domaine une sorte de faculté *psi* à laquelle il était redevable de ses qualités de policier.) Elle est toujours là et elle est prisonnière. Elle ne serait pas restée si on ne l'avait pas détenue contre sa volonté.

— Je vais leur vidéophoner, déclara Sebastian d'une voix caverneuse.

— Pour leur dire quoi?

— Que je veux qu'ils me rendent ma femme!

— Très bien. Allez-y. (Il donna à Sebastian le numéro indicatif de son aéroglisseur de patrouille.) Ensuite, vous me rappellerez pour me faire savoir ce qu'on vous aura répondu.

Tinbane avait l'œil rivé sur le détecteur céphalique. Il y avait toujours sept points qui se déplaçaient légèrement. Ils te raconteront qu'elle est venue et qu'elle est repartie, pensa-t-il. Ou même qu'ils ne l'ont pas vue. Et qu'ils ne savent rien. *Noli me tangere*... C'était le mot d'ordre de la Bibliothèque.

Cinq minutes plus tard, le voyant du vidéophone s'alluma. Tinbane souleva le récepteur.

— J'ai eu le concierge, dit Sebastian, tout déconfit.

— Que vous a-t-il dit?

— Qu'il n'y a plus un chat à la Bibliothèque. Les employés sont tous rentrés chez eux.

— Il y a sept personnes à l'intérieur. Bon... Je vais

voir. Je vous rappellerai dès que je saurai quelque chose.

— Ne pensez-vous pas que je devrais alerter la police?

— Je suis la police.

Tinbane régla le circuit avertisseur de son détecteur de façon que celui-ci réagisse si quelqu'un se trouvait à un mètre cinquante de lui et, l'appareil d'une main, son revolver de l'autre, il se dirigea d'un pas vif vers la porte.

Quelques instants plus tard, il atteignait le palier du dernier étage.

Des portes closes. L'obscurité. Le silence. Tinbane alluma d'une main tâtonnante sa torche infra-rouge. Il étudia le détecteur. Les sept points étaient alignés sur un plan horizontal situé à plus d'un mètre cinquante de lui puisque le circuit avertisseur n'avait pas été déclenché. Donc, à l'étage inférieur. Tout en descendant l'escalier, il essaya de se rappeler à quel niveau se trouvaient les bureaux personnels de Mavis McGuire. Ce devait être au troisième.

Le voyant de l'avertisseur clignota soudain. C'était l'étage qu'il cherchait. Le sixième. Celui qui était réservé, disait-on, au Conseil des Oblits. Là, les lumières n'étaient pas éteintes : devant Tinbane s'allongeait un couloir illuminé, bordé de portes fermées.

Le policier avança à pas lents, examinant à intervalles réguliers l'écran du détecteur céphalique. Les sept points avançaient à sa rencontre selon un axe horizontal. Apparemment, ils étaient tous groupés dans une série de bureaux en enfilade.

Je me demande bien ce que je vais récolter, songea Tinbane. La Bibliothèque réussira probablement à me faire congédier. Elle a d'énormes moyens de pression sur les plus hautes autorités municipales. Et après? N'importe comment, je ne tiens plus à ce boulot! Et si je réussis à prouver que les Oblits ont séquestré Lotta Hermes... Oui, il y aurait au moins matière à procès si elle accepte de me soutenir. Mais, dans ce cas, il faudrait qu'elle fasse une déposition publique à la barre ou, au moins, qu'elle porte plainte, et elle s'y refusera. Pour elle, ce serait aussi effrayant que d'entrer à la Bibliothèque. N'importe comment, il était désormais trop tard pour reculer. Le seul espoir de Tinbane était que, en cas de nécessité, Lotta daignerait se solidariser avec l'action qu'il entreprenait — en civil mais avec du matériel appartenant à la police.

Le filament horizontal du voyant s'alluma. Tinbane était à moins d'un mètre cinquante de quelqu'un. Il y avait une porte en face de lui et il devinait la présence de gens de l'autre côté du panneau. Il tendit l'oreille mais n'entendit rien.

Il rebroussa chemin, se précipita vers son aéroglisseur dont il ouvrit le coffre. Il se munit d'un mouchard et, transportant tant bien que mal tout son équipement — le mouchard, le revolver, la torche, le détecteur d'ondes céphaliques — il regagna le sixième étage.

S'immobilisant devant la porte close du bureau, il mit avec dextérité le mouchard en marche. Une fois programmé, l'engin de plastique s'amincit de façon à se glisser sous la porte de l'autre côté de laquelle il assuma une forme inoffensive.

Tinbane saisit le vidéocapteur et enfonça la capsule auditive dans son oreille.

Une voix d'homme résonnait. Sûrement celle d'un Oblit. Il jeta un coup d'œil sur le vidéo, un rectangle de la taille d'un timbre poste, vaguement lumineux. Le mouchard n'avait pas encore fait la mise au point. Il en était toujours au stade exploratoire.

— ... et il y a un problème de sécurité publique qui nous concerne au premier chef, disait l'Oblit d'une voix morne et sentencieuse. L'axiome de base de la Bibliothèque est que la sécurité publique prime tout. En détruisant la littérature dangereuse et perturbatrice...

L'Oblit continuait de pontifier sur le même ton. Tinbane examina la surface du tube. Trois silhouettes étaient groupées — un homme et deux femmes. Il tourna le bouton de réglage dans le sens des aiguilles d'une montre et le visage d'une des deux femmes remplit toute la surface de l'écran. C'était sans doute Lotta Hermes mais il n'en était pas sûr car l'image était déformée et indistincte. Joe panoramiqua sur l'autre femme. Cette fois, il n'y avait pas à hésiter : c'étaient indiscutablement les traits de Mavis McGuire.

Et la voix de la conservatrice vibra dans son oreille.

— Vous ne vous rendez pas compte que cet homme est dangereux? déclamait-elle. En flattant bassement les foules comme il essaiera de le faire, il provoquera de nouvelles émeutes et encouragera la désobéissance civile. Pas seulement au sein de la Libre Municipalité Noire, mais ici même parmi les Noirs et les Blancs pro-nègres. Souvenez-vous de Watts, d'Oakland et de Detroit. N'oubliez pas ce que vous avez appris à l'école.

Un Oblit renchérit d'une voix sèche et aiguë :

— A ce moment-là, nous pourrions aussi bien devenir partie intégrante de la Libre Municipalité Noire.

— Nous avons pratiquement achevé l'effacement du *Dieu dans une boîte,* reprit Mavis McGuire. Sa brochure fondamentale — appelez-la comme vous voudrez — a presque cessé d'exister. C'est ce texte qui, voici trente ans, avant votre naissance, a contribué à mettre le feu aux poudres et à exciter les masses populaires, et c'est de cette agitation qu'est née la Libre Municipalité Noire. L'Anarque a été directement responsable de sa création. S'il n'avait pas fait de discours, prononcé de sermons, rédigé de tracts, la L.M.N. ne se serait pas constituée et il n'y aurait pas eu de séparatisme aux Etats-Unis. Notre pays n'aurait pas été fragmenté en trois parties. Quatre, si l'on compte Hawaii et l'Alaska qui ne seraient pas devenues des nations souveraines.

La seconde femme, probablement Lotta Hermes, pleurait silencieusement, cachant son visage derrière ses mains, petite silhouette tassée sur elle-même dans l'ombre de Mavis McGuire et de l'Oblit. Tinbane réfléchit. Quatre autres Oblits attendaient dans les parages, sans doute dans la pièce adjacente, prêts à relever leur collègue. Joe savait comment se passaient les interrogatoires — les équipes qui se succèdent à intervalles réguliers. La police employait la même méthode.

— Revenons-en à Ray Roberts, dit l'Oblit. Il en sait certainement plus long sur l'Anarque que n'importe qui. Quels sentiments suscite en lui la renaissance de Peak, à votre avis? Pensez-vous que Roberts en éprouve une profonde inquiétude ou qu'il manifeste un enthousiasme débordant?

— Ayez au moins la politesse de répondre à un membre du Conseil, lança Mrs McGuire à la jeune femme qui courbait le dos. Il vous a posé une question raisonnable. Vous savez que si Roberts a organisé ce pèlerinage aux Etats-Unis de l'Ouest, c'est parce qu'il est inquiet. Il ne souhaite pas qu'une chose pareille se produise. Or, Roberts est un Noir. Il appartient à la L.M.N. et c'est le chef des udites.

L'Oblit reprit la parole :

— Ne pensez-vous pas que, à la lumière de ces faits, nous pouvons prévoir ce qui nous attend avec l'Anarque ressuscité? Si Roberts, qui est noir lui aussi et qui est à la tête du culte udi...

Tinbane enleva la capsule auditive de son oreille, éteignit le vidéocapteur et se débarrassa de tout son matériel à l'exception du revolver. Les Oblits sont-ils armés? se demanda-t-il. A la lumière jaune des plafonniers, il programma attentivement son arme, tenant compte de la distance, du nombre des adversaires et de la tactique la plus appropriée pour protéger Lotta. Entrait également en ligne de compte la nécessité de regagner le toit avec la jeune femme et de décoller à bord de l'aéroglisseur.

J'ai environ une chance sur dix de m'en tirer, estima-t-il. Il y a de fortes probabilités pour que nous ne ressortions jamais de la Bibliothèque, Lotta et moi. Mais je lui dois quand même cela.

Il effectua un dernier réglage. Il ne fallait pas en tuer un seul sinon, même au cas où ils parviendraient à s'enfuir tous les deux, les Oblits les pourchasseraient, les traqueraient jusqu'à leur dernier souffle. Jusqu'à ce qu'ils retournent à la matrice. D'ailleurs, je ne pense pas qu'ils cherchent à nous tuer... Pas maintenant, tout au moins. Il faudrait d'abord que le Conseil en débatte. Une décision officiellement prise était indispensable d'après ce que Tinbane connaissait des Oblits.

Bon... C'est le moment d'y aller. Il ouvrit la porte et dit :

— Mrs Hermes? Je vous ramène chez vous.

Tous les trois — Lotta, Mavis McGuire et l'Oblit, un grand escogriffe au visage allongé et à la physionomie déplaisante — le contemplèrent silencieusement, sans bouger.

La porte du fond était ouverte et quatre autres Oblits regardaient. Le temps s'était comme figé. Par sa seule présence, Tinbane avait paralysé les sept personnages. Ou, plus exactement, c'était le gros revolver gris, l'imposant revolver de police qui était arrivé à ce résultat. Tinbane était un homme armé d'un revolver et non un officier de police, mais il savait comment on parle quand on se trouve du bon côté d'un revolver. Il savait comment on utilise une arme... sans s'en servir.

Il fit signe à Lotta Hermes, toute petite, repliée sur elle-même.

— Venez. (Elle continuait de le dévisager, l'œil

fixe.) Venez, répéta-t-il sur le même ton. Approchez-vous de moi.

Au bout d'un instant, brusquement, Lotta se leva, se dirigea vers lui et s'arrêta. Personne ne fit un geste pour la retenir. Personne n'ouvrit la bouche.

Avoir conscience de mal agir — et d'être surpris en flagrant délit — a un effet inhibiteur sur la plupart des gens. Cela durera aussi longtemps que je parviendrai à conserver l'archétype de l'autorité, songea Tinbane. Les Oblits eux-mêmes n'y échappent pas. Peut-être...

— Je vous ai déjà vu, dit Mavis McGuire. Vous appartenez à la police.

— Non, vous ne m'avez jamais vu. (Il prit Lotta par le poignet et lui lança :) Montez sur le toit et attendez-moi dans mon glisseur. Ne vous trompez pas. C'est celui qui est à gauche quand on sort de l'escalier. (Docilement, elle se dirigea vers la porte.) Vous n'aurez qu'à tâter le capot, ajouta-t-il. Le moteur est encore chaud.

L'un des Oblits qui se trouvait dans le bureau voisin tira sur lui à l'aide d'un revolver à fragmentation. Une arme très petite. Et illégale.

Le projectile toucha Tinbane au pied mais ne se morcela pas. De toute évidence, les munitions étaient vieilles et l'arme n'avait probablement jamais servi. Son propriétaire ne savait sans doute pas l'entretenir correctement : l'anneau percuteur n'avait pas fait détoner la charge intérieure.

Tinbane fit feu neuf fois de suite au hasard, arrosant les deux bureaux. Son doigt resta crispé sur la détente jusqu'à ce que les deux pièces fussent pleines de grains qui ricochaient et qui, dotés d'une haute vélocité, étaient tous capables d'étourdir leur victime, de l'aveugler ou de lui infliger une blessure mineure. Il tira une dernière fois comme il se repliait sur le hall en boitillant et se dirigea vers l'escalier en maudissant son pied qui le lancinait et n'obéissait pas à ses ordres. Il se traînait péniblement et il devinait les autres derrière lui. Les salauds! cracha-t-il sauvagement. Une blessure au pied, c'était le comble! Comme il refermait la porte vitrée donnant sur l'escalier, une explosion retentit et des éclats de verre lui sabrèrent le cou, le dos et les bras. Néanmoins, il poursuivit sa route. Une fois sur la terrasse, il vida son revolver, visant la cage de l'escalier. C'était suffisant pour arrêter n'importe qui car les projectiles que se renvoyaient les murs menaçaient de rendre aveugle quiconque aurait eu l'imprudence de les braver.

Lotta Hermes l'attendait devant le glisseur. Elle le regarda sans mot dire tandis qu'il ouvrait la portière et la faisait monter.

— Fermez la porte, lui ordonna-t-il.

Il s'installa tant bien que mal au poste de conduite. Quelques Oblits émergèrent sur la terrasse mais la confusion régnait dans leur groupe qui piétinait : les uns voulaient mitrailler une bonne fois le glisseur, d'autres entendaient le prendre en chasse et certains, peut-être, souhaitaient abandonner.

Tinbane décolla, prit de l'altitude et accéléra autant que le lui permettait le moteur gonflé de son appareil. Enfin, il saisit son micro et appela l'officier de garde de la station :

— Je me dirige sur l'hôpital général de Peralta. Je voudrais qu'un glisseur m'attende là-bas à toutes fins utiles.

— Compris, 403. Allô! 301... Rejoignez 403 à l'hôpital général de Peralta... Je croyais que vous n'étiez plus de service, 403?

— J'ai eu des ennuis en rentrant chez moi, répondit Tinbane.

Son pied était le siège de pulsations douloureuses et une lassitude générale l'envahissait. Je suis bon pour une semaine d'immobilité, se dit-il en se baissant maladroitement pour délacer sa chaussure. Eh bien, ça ne sera pas aujourd'hui que je serai le garde du corps de Ray Roberts!

— Etes-vous blessé? lui demanda Lotta.

— Nous avons eu de la chance. En définitive, ils étaient armés. Mais ils n'ont pas l'habitude de la bagarre. (Il lui tendit le vidéophone.) Appelez votre mari. Je lui ai promis de l'avertir dès que je vous aurais récupérée.

— Non.

— Pourquoi?

— C'est lui qui m'a envoyée là-bas.

— C'est vrai, au fond, murmura Tinbane en haussant les épaules. (Il avait trop mal pour discuter.) Mais j'aurais pu vous donner les renseignements que vous désiriez. Je me suis conduit comme un sagouin. Je mérite autant de reproches que Sebastian.

— Mais vous m'avez sauvée.

Cela aussi, c'était vrai — il fallait le reconnaître.

D'une main hésitante, Lotta lui caressa la joue, l'oreille. Elle explora son visage du bout des doigts, comme une aveugle.

— Que faites-vous? lui demanda Tinbane.

— Je vous suis — et vous serai toujours — reconnaissante. Je ne crois pas qu'ils m'auraient libérée. C'était comme s'ils éprouvaient du plaisir, comme si les informations que j'avais sur l'Anarque n'étaient qu'un prétexte.

— C'est très probable, murmura Tinbane.

— Je vous aime, dit Lotta.

Stupéfait, il se retourna. L'expression de la jeune femme était calme, presque paisible. On eût dit qu'elle avait pris une décision importante, qu'elle était sortie de l'incertitude.

Tinbane croyait comprendre ce qui se passait en elle et il éprouvait un bonheur sans limite, une joie inouïe, dépassant tout ce qu'il avait connu.

Tandis que l'appareil poursuivait sa course, elle continuait de le caresser comme si elle était résolue à ne plus le lâcher. Enfin, Tinbane s'empara de sa main et la serra très fort.

— Ne vous en faites pas. Vous n'aurez plus à retourner là-bas.

— Ce n'est pas sûr. Peut-être que Seb voudra m'y réexpédier.

— Vous n'avez qu'à lui dire d'aller au diable.

— J'aimerais que vous le lui disiez à ma place. Que vous soyez mon porte-parole. Vous avez forcé les Oblits et Mrs McGuire à obéir à votre volonté. Personne n'a jamais pris ma défense. Jamais. Pas de cette façon.

Il la saisit par les épaules et l'étreignit. A présent, Lotta semblait heureuse. Et soulagée. Dieu! songea Tinbane, elle a fait quelque chose d'énorme. A côté de cela, ce que j'ai fait est ridicule. Elle a cessé d'être soumise à Sebastian Hermes pour se soumettre à moi. A cause d'un seul et unique incident.

Elle est à moi! Entièrement à moi. Je la lui ai arrachée!

10

Ainsi, Dieu, considéré non point en Lui-même mais en tant que cause de toutes choses, a trois aspects : Il est, Il est sage et Il vit.

Erigène

Le vidéophone du vitarium sonna. Sebastian, qui attendait que Tinbane le rappelle, répondit. Mais ce fut le visage de Lotta qui apparut sur l'écran.

— Comment vas-tu? demanda-t-elle d'une voix apathique que Seb ne lui connaissait pas.

Une voix qui avait quelque chose de mécanique.

— Très bien, répondit-il, profondément soulagé de la voir. Mais ce qui compte, c'est toi. Tu es saine et sauve? Il t'a fait sortir de la Bibliothèque? Oui, je suppose. Voulaient-ils vraiment te séquestrer?

— Oui, fit-elle avec détachement. Et l'Anarque? Est-il revenu à la vie?

Sebastian était sur le point de répondre : Nous l'avons exhumé et réanimé, mais il ménagea une pause, se rappelant l'appel venu d'Italie.

— A qui exactement as-tu parlé de l'Anarque? Je voudrais que tu t'en souviennes de façon précise.

— Je regrette que tu sois en colère contre moi, fit Lotta de la même voix distraite — comme si elle lisait sa réplique sur un papier. J'en ai parlé à Joe Tinbane et à Mr Appleford à la Bibliothèque. C'est tout. Je te vidéophone pour te dire que tout va bien. Je suis sortie de la Bibliothèque. Grâce à Joe Tibane. Nous sommes à l'hôpital. Il a reçu une balle dans le pied et on est en train de la lui extraire. Ce n'est pas grave mais il dit que c'est douloureux. Il devra certainement garder l'immobilité pendant quelques semaines. Sebastian?

— Oui? (Il se demandait si elle avait été blessée, elle aussi. Son cœur battait plus fort dans sa poitrine et son inquiétude revenait à la charge — encore plus aiguë qu'auparavant. Il y avait quelque chose d'indéfinissablement menaçant dans le ton de Lotta.) Oui? répéta-t-il avec agitation.

— Tu n'es pas venu me chercher là-bas, Sebastian. Pourtant, je n'étais pas rentrée comme prévu. Sans doute étais-tu trop occupé. Bien sûr, il fallait que tu penses à l'Anarque.

Brusquement, les yeux de la jeune femme s'emplirent de larmes et, selon son habitude, elle ne fit rien pour les essuyer. Elle pleurait sans bruit, comme une enfant, sans se cacher.

— Allons bon! Qu'y a-t-il? s'écria frénétiquement Seb.

— Je ne peux pas, sanglota-t-elle.

— Tu ne peux pas quoi? Tu ne peux pas parler? Je te rejoins à l'hôpital. Lequel est-ce? Où es-tu? Allons! Cesse de pleurer et réponds-moi.

— Est-ce que tu m'aimes?

— Oui!

— Je t'aime toujours, Seb. Mais il faut que je te quitte. Au moins pour quelque temps. Jusqu'à ce que ça aille mieux.

— Me quitter? Pour aller où?

Les pleurs de Lotta s'interrompirent; il y avait dans son regard embué une lueur de défi qui ne lui était pas coutumière.

— Je ne te le dirai pas. Je t'écrirai. Tout ce que j'ai à te dire, je le mettrai noir sur blanc. (Et elle ajouta :) Je ne peux pas te l'expliquer au vidéo. J'ai l'impression que tout le monde me regarde. Bonjour.

— Mon Dieu! murmura Sebastian avec incrédulité.

Lotta raccrocha et son visage crispé s'évanouit de la surface de l'écran.

Buckley apparut près de Sebastian et dit sur un ton d'excuse :

— Je vous demande pardon de vous déranger en un moment pareil mais quelqu'un veut vous voir.

— Le vitarium est fermé, explosa Sebastian.

— C'est un acheteur. Vos ordres sont de ne jamais renvoyer un acheteur, même après 18 heures. C'est votre philosophie.

— S'il s'agit d'un client, occupez-vous-en vous-même. C'est votre métier.

— C'est une cliente. Et elle ne veut avoir affaire à personne d'autre que vous.

— Si je m'écoutais, Buckley, je m'étranglerais. Il a dû se passer quelque chose d'épouvantable à la Bibliothèque et je ne saurai probablement jamais quoi. Lotta sera incapable de me le raconter. (C'est que Lotta et les mots ne faisaient pas bon ménage. Tantôt elle en disait trop, tantôt pas assez, tantôt ce n'était pas ceux qu'il fallait et tantôt elle parlait devant quelqu'un alors qu'elle aurait dû se taire. D'une façon ou d'une autre, elle ne parvenait pas à communiquer.) Si j'avais un revolver, je me ferais sauter la cervelle. Vous avez entendu? Elle veut me quitter parce que je l'ai laissé tomber comme un malpropre. Qui est cette cliente?

Buckley jeta un coup d'œil sur une fiche.

— Une certaine Miss Ann Fisher. Vous la connaissez?

— Non.

Sebastian gagna le hall de réception aux meubles modérément modernes; le sol était recouvert d'une moquette et il y avait des magazines à la disposition des visiteurs. Une jeune femme élégamment vêtue, dont les courts cheveux bruns étaient coiffés avec art, était installée dans un fauteuil. Seb s'arrêta, à la fois pour reprendre ses esprits et pour détailler l'inconnue. Elle avait des jambes fuselées ravissantes — il ne put s'empêcher de le remarquer. Une fille qui a de la classe, se dit-il. Oui... De la classe jusqu'au bout des ongles. Jusqu'à ses pendants d'oreilles. Et jusque dans son maquillage à peine suggéré; la teinte de ses yeux, de ses cils et de ses lèvres paraissait naturelle dans son intensité. Elle avait les yeux bleus, ce qui était assez rare chez une brune.

— Au revoir, fit-elle avec un sourire chaleureux et plein de fossettes.

Elle avait une expression d'une extraordinaire mobilité. Quand elle souriait, des flammes dansaient dans ses prunelles et elle révélait des dents d'une parfaite régularité, avec de petites canines aiguës. Sebastian était fasciné par sa dentition.

— Je suis Sebastian Hermes, se présenta-t-il.

Miss Fischer abandonna la revue qu'elle lisait, se leva et dit :

— Vous avez une certaine Mrs Tilly M. Benton à votre catalogue. Je l'ai vu dans le dernier supplément quotidien.

Elle fouilla dans un adorable petit sac d'où elle finit par extraire une coupure de publicité, celle que le vitarium avait fait passer dans la dernière édition des homéos. Cette jeune femme déterminée et hardie offrait un contraste saisissant avec Lotta et son caractère indécis.

— En principe, la maison est fermée, dit-il. Naturellement, Mrs Benton n'est pas ici. Elle a été transportée à l'hôpital où elle se rétablit. Nous serions heureux de vous conduire demain auprès d'elle. C'est sans doute une de vos proches?

— C'est ma grand-tante, répondit Ann Fisher. Je

suis heureuse que vous l'ayez entendue. Nous passions notre temps au cimetière dans l'espoir de percevoir sa voix mais... (Elle eut une petite grimace désenchantée.) Apparemment, c'est toujours à des heures impossibles qu'ils se manifestent.

— C'est exact, approuva Sebastian.

C'était précisément une des difficultés du métier. Il consulta sa montre. A peu près l'heure du sogum... En principe, il aurait dû être chez lui avec Lotta. Mais Lotta n'était plus là. D'ailleurs, il préférait rester dans les parages du vitarium pendant les premières heures — les plus critiques — de la nouvelle vie de l'Anarque.

— Peut-être pourrais-je faire un saut avec vous à l'hôpital dès cette nuit, commença-t-il.

Mais Miss Fisher l'interrompit :

— C'est très aimable de votre part et je vous en remercie mais je suis trop fatiguée. J'ai travaillé toute la journée — et vous aussi. (A la grande surprise de Sebastian, elle lui tapota la main en lui adressant un sourire radieux, un sourire lumineux comme s'il y avait une complicité secrète entre eux.) Je voulais simplement m'assurer que l'administration ne l'avait pas prise en charge et confiée à l'une de ces épouvantables maisons de repos pour ancien-nés. Nous pouvons nous porter acquéreurs, mon frère Jim et moi. Nous avons l'argent nécessaire. (Miss Fisher jeta à son tour un coup d'œil sur sa montre et Seb nota que son poignet délicat était ponctué de légères et affriolantes taches de rousseur.) J'ai besoin d'un peu de sogum, poursuivit-elle. Je ne tiens plus debout. Y a-t-il un bon palais du sogum dans les environs?

— Oui, un peu plus loin dans la rue.

A nouveau, il songea à Lotta, à l'appartement désert. La décision de sa femme avait été brutale autant qu'inattendue. Avec qui était-elle? Avec Tinbane, évidemment. Tinbane qui était allé la secourir et... Oui, elle était sans doute avec Tinbane. C'était logique. En un sens, il l'espérait. Tinbane était un garçon bien. Tous deux étaient jeunes, ils avaient presque le même âge. Hermes se surprit à songer au couple d'une façon paternelle. Non sans perversité, il souhaita bonne chance à Lotta mais, avant tout, il souhaitait qu'elle lui revienne. D'ici là...

— Je vous invite, dit Miss Fisher. J'ai justement touché mon salaire aujourd'hui. Autant dépenser tout de suite mon argent : il n'aura n'importe comment plus aucune valeur demain avec cette inflation. Et vous avez l'air fatigué.

Elle l'étudiait avec intensité et cet examen avait quelque chose de très particulier. Lotta s'efforçait toujours de se rendre compte si Sebastian était heureux avec elle, s'il était en colère contre elle, s'il l'aimait ou ne l'aimait pas : Miss Fisher, elle, paraissait le jauger tel qu'il était au lieu d'essayer de deviner ses sentiments. Comme si, songea-t-il, elle avait le pouvoir — ou, en tout cas, l'aptitude — de déterminer si je suis un homme. Ou si je fais seulement semblant d'en être un.

— Entendu, fit-il à sa propre surprise. Mais je dois d'abord fermer derrière. (Il lui désigna un fauteuil.) Attendez-moi. Je n'en ai pas pour longtemps.

— Comme cela, nous pourrons parler de Mrs Tilly M. Benton, acquiesça Miss Fisher avec un sourire d'assentiment.

Sebastian regagna l'atelier, prenant soin de rabattre la porte pour que Miss Fisher ne pût rien voir. Depuis que l'Anarque était là, toute l'équipe devait agir avec la plus grande prudence.

— Comment va-t-il? demanda-t-il au Dr Sign.

On avait installé un lit provisoire sur lequel reposait l'Anarque, tout petit et tout desséché, tout noir et tout gris. Thomas Peak regardait dans le vide. Il paraissait satisfait et le médecin avait l'air content.

— Il récupère rapidement, répondit le Dr Sign qui, entraînant Sebastian à l'écart pour que ses propos échappassent à l'Arnaque, ajouta : Il a réclamé un homéo et je lui en ai donné un. L'édition du soir, celle où nous avons fait passer l'annonce. Il a lu les articles qui parlent de Ray Roberts.

— Qu'en pense-t-il? s'enquit Sebastian en se mordillant la lèvre. A-t-il peur de lui? Ou considère-t-il que Roberts fait partie de ces « amis » auxquels il a fait allusion?

— L'Anarque n'a jamais entendu parler de Roberts. D'après les services de propagande de celui-ci, Peak l'aurait choisi comme dauphin. Il semble qu'il n'en soit rien. A moins que... (La voix de Sign devint un murmure.) Il se peut que le cerveau soit lésé. Je lui ai fait passer un électro-encéphalogramme et n'ai rien constaté d'anormal, mais... disons qu'il s'agit peut-être d'une amnésie due au traumatisme de la résurrection. Toujours est-il que l'Udi l'intrigue. Pas en tant que telle — il se rappelle qu'il est le fondateur de ce culte — mais en ce qui concerne les objectifs de la secte.

Sebastian s'approcha du lit.

— Puis-je vous dire quelque chose que vous aimeriez savoir?

Les yeux bruns de l'Anarque, réceptacles d'une sagesse et d'une expérience secrètes, se braquèrent sur lui.

— Je constate que, comme toutes les autres, la religion que j'ai créée est devenue une institution consacree. Est-ce que vous approuvez cette évolution?

— Je... je ne crois pas être en mesure de porter un jugement, répondit Sebastian, décontenancé. Elle a ses adeptes. Elle continue d'être une force vivante.

— Et que pensez-vous de Mr Roberts?

Le regard vénérable de l'Anarque était attentif.

— Les opinions diffèrent.

— Estime-t-il que l'Udi est destinée à la fois aux Blancs et aux gens de couleur?

— Il... il a plutôt tendance à la limiter aux gens de couleur.

L'Anarque plissa les paupières. Il ne dit rien mais il avait perdu sa sérénité.

— Si je vous pose une question gênante, auriez-vous la bonté de me répondre en toute sincérité? Même si cette question vous embarrasse beaucoup?

— Oui, fit Sebastian en se préparant au pire.

— L'Udi est-elle devenue un cirque?

— Certains sont de cet avis.

— Mr Roberts a-t-il cherché à savoir où j'étais?

— Ce n'est pas impossible, répondit Sebastian, évitant de se compromettre.

— Lui avez-vous fait part de ma... renaissance?

— Non. (Et, après une pause, Sebastian ajouta :) En principe, les ancien-nés font un stage à l'hôpital et le vitarium s'adresse à leurs parents et à leurs amis pour solliciter les enchères. Mais s'il s'agit d'un personnage public...

— Si le ressuscité n'a ni parents ni amis et s'il n'est pas un personnage public, le fait-on à nouveau mourir?

— Non, il devient pupille de l'Etat. Mais, dans votre cas, il est évident que...

— J'aimerais que vous priiez Mr Roberts de venir, dit l'Anarque de sa voix sèche et rauque. Puisqu'il organise un pèlerinage en Californie, ce ne sera pas très compliqué.

Sebastian prit le temps de réfléchir avant de répliquer :

— Je préférerais que vous nous laissiez nous occuper nous-mêmes de la transaction. Nous sommes spécialistes. C'est notre seule activité. J'aimerais mieux éviter de faire venir Ray Roberts ici. En fait, je n'ai pas envie de lui donner des renseignements sur votre compte. Ce n'est pas l'acheteur que nous avons en tête.

— Pour quelle raison? Les udites refuseraient-ils de réunir les fonds nécessaires?

— Ce n'est pas la question.

Sebastian fit discrètement signe au médecin qui intervint aussitôt :

— Maintenant, il faut que vous vous reposiez, Anarque.

— Nous reprendrons cette conversation un peu plus tard, dit Sebastian. Je vais aller prendre un tube de sogum mais je repasserai dans la soirée.

Il regagna la salle d'attente en prenant bien soin d'ouvrir et de refermer la porte avec prudence mais Miss Fisher était plongée dans la lecture de son magazine.

— Excusez-moi de vous avoir fait attendre.

Elle leva la tête, sourit, se mit debout avec grâce et le regarda. Elle était relativement grande, très mince avec des seins extrêmement petits. Elle avait une silhouette d'adolescente. Mais son visage aux traits accusés était celui d'une femme. Je n'ai jamais vu une fille aussi bien habillée, se dit Sebastian. C'était la première fois que des vêtements l'impressionnaient.

Après avoir absorbé un peu de sogum, ils flânèrent dans les rues, examinant les vitrines sans guère parler tout en s'adressant de temps à autre des coups d'œil circonspects. Sebastian était préoccupé : il avait toujours l'intention de rentrer au vitarium et d'avoir une nouvelle conversation avec l'Anarque, mais la chose était difficile tant qu'il était en compagnie de Miss Fisher.

Et cette dernière ne semblait pas avoir envie de se séparer de lui avec le « bonjour » normal et traditionnel. Il se demandait pourquoi et, plus le temps passait, plus l'attitude de la jeune femme lui paraissait étrange.

Soudain, comme ils regardaient une exposition de mobilier en boistide martien, elle lui demanda à brûle-pourpoint :

— Quel jour sommes-nous? Le 8?

— Non. Le 9.

— Etes-vous marié?

Il réfléchit rapidement. Il convenait d'être prudent quand on vous posait ce genre de question.

— Matériellement parlant, nous sommes séparés, Lotta et moi.

C'était vrai. Matériellement parlant...

— Si je vous demande cela, poursuivit Miss Fisher, c'est que j'ai une difficulté.

Elle soupira. Sebastian commençait à entrevoir la raison pour laquelle elle s'accrochait ainsi à lui. Il lui décocha un regard en coulisse, notant à nouveau à quel point elle était séduisante, agréablement surpris du degré de communication auquel ils étaient déjà arrivés tous les deux.

— Que se passe-t-il? Peut-être pourrais-je vous aider.

— Eh bien, voyez-vous... Il y a exactement neuf mois, j'ai eu un adorable petit bébé du nom d'Arnold Oxnard Ford. Vous comprenez la situation?

— Oui.

— C'était un véritable amour. (Miss Fischer eut une ravissante moue maternelle.) Il était à l'hôpital dans la salle des enfants, et il lui fallait une matrice. A cette époque, je travaillais comme volontaire municipale à San Bernardino et j'en avais assez de ce métier. Je me suis dit : ce serait merveilleux d'avoir un gentil petit être comme Arnold Oxnard Ford dans le ventre. (Elle tapota son abdomen plat.) J'ai donc été voir l'infirmière responsable et je lui ai demandé si je pouvais poser ma candidature pour Arnold Oxnard Ford. Elle m'a répondu : Bien sûr, vous paraissez en parfaite santé. Je lui ai affirmé que je me portais comme un charme. Vous arrivez juste à temps, a-t-elle ajouté. Il faut qu'il rentre dans la matrice — il était déjà en incubateur. J'ai signé les papiers et... (Miss Fisher sourit à Sebastian.) Je l'ai eu. Je l'ai gardé neuf mois durant et, chaque jour, il faisait un peu plus partie intégrante de moi-même. Quel sentiment exaltant! Vous n'avez pas idée... C'est extraordinaire de sentir un être que l'on aime se fondre molécule par molécule à vos propres molécules. Chaque mois, je passais un examen et une radio. Tout allait parfaitement. Maintenant, bien entendu, c'est fini.

— Je ne m'en serais pas rendu compte.

En effet, le ventre de Miss Fisher ne présentait aucune protubérance.

Elle soupira à nouveau.

— Désormais, Arnold Oxnard Ford fait partie de moi-même et il fera partie de moi-même tant que je vivrai. J'aime à croire comme beaucoup de mères que l'esprit du bébé est toujours là. (Elle se toucha le front que dissimulait une frange de cheveux noirs.) Oui, je le crois. Je suis sûre que son âme a émigré et qu'elle est ici. Mais... (Elle fit une grimace et prit un air pensif.) Vous savez quoi?

— Oui, je sais.

— Je dois avoir rejeté la dernière parcelle physique de l'enfant pour le 11. Pas plus tard : le médecin est formel. Il faut que je le restitue à un homme. (Elle avait prononcé le dernier mot sur un ton moqueur mais sans méchanceté.) Que ça me plaise ou non, il me faut coucher avec un homme. C'est une nécessité médicale. Sinon, le processus restera incomplet et je ne pourrai plus offrir ma matrice à d'autres bébés. Et... c'est étrange : depuis deux semaines au moins, et même davantage, j'éprouve un besoin biologique. Le besoin de coucher avec un homme. N'importe lequel. (Elle décocha à Sebastian un regard sagace.) J'espère que je ne vous offense pas? Ce n'est nullement mon intention.

— En ce cas, Arnold Oxnard Ford sera aussi partie intégrante de mon être.

— Cette idée ne vous plaît elle pas? J'avais des photos de lui mais, évidemment, les Oblits les ont confisquées. L'idéal aurait été que vous eussiez pu le voir. Si nous avions été mariés, vous l'auriez vu. Mais je me suis laissé dire que j'ai beaucoup de qualités au lit, ce qui est susceptible de vous apporter quelque plaisir. Sera-ce suffisant?

Sebastian pesa le pour et le contre. Quelles seraient les réactions de Lotta si elle savait? Mais saurait-elle? Fallait-il qu'elle sache? En outre, il était curieux que Miss Fisher l'ait choisi pratiquement au hasard. Mais ce qu'elle avait dit était vrai : neuf mois après que leur matrice eut accueilli un bébé, les mères... éprouvaient un besoin. C'était une nécessité biologique, pour reprendre les termes employés par Miss Fisher. Il était indispensable que le zigote se divisât pour donner un spermatozoïde et un ovule.

— Où pourrions-nous aller? demanda-t-il.

— Chez moi. Vous verrez, c'est gentil et vous pourrez rester toute la nuit. Je ne vous mettrai pas dehors quand ce sera terminé.

Il se replongea dans ses pensées. Il devait retourner au vitarium mais l'occasion qui s'offrait était imprévue et il avait besoin d'un stimulant psychologique. Une femme l'avait abandonné — probablement à juste raison — mais une autre avait fixé son attention sur lui. Il ne pouvait qu'en être flatté.

— Entendu.

Ann Fischer héla un taxi en maraude et, un instant plus tard, ils faisaient route vers le conapt de la jeune femme.

Sebastian était frappé par le bon goût de la décoration. Il se mit à aller et venir dans le salon, examinant un vase ici, une console là, des livres, une petite statuette de jade de Li Po.

— Très joli! dit-il.

C'est alors qu'il constata qu'il était seul : Miss Fisher avait disparu dans la pièce voisine pour... hum... dégurgiter.

Elle ne tarda pas à revenir, un sourire rayonnant aux lèvres.

— J'ai un excellent sogum importé de Siddon... Très vieux, dit-elle en montrant une jarre. Je vous en offre un peu?

— Pas maintenant.

Il prit un disque — les sonates de Beethoven pour violoncelle et piano. Dire que tout cela serait effacé d'ici deux siècles! La Bibliothèque de Vienne recevrait la partition originelle aux notes griffonnées et tourmentées, que Beethoven aurait copiées à grand-peine sur la dernière édition imprimée de la partition. Oui, songea-t-il, Beethoven revivra, lui aussi. Un jour, il poussera des appels angoissés au fond de son cercueil. Et pour quoi faire? Pour détruire une à une certaines des œuvres musicales les plus admirables qui aient jamais été composées. Quelle tristesse!

— Voulez-vous que je mette l'électrophone en marche? proposa Ann Fisher.

— Excellente idée.

— Ces pièces sont tellement belles.

Elle mit la plus ancienne, la sonate n° 1, opus 5. Tous deux écoutèrent mais, au bout d'un moment, Ann commença à s'agiter. Visiblement, écouter de la musique avec la concentration requise n'était pas son genre. Elle se mit à faire les cent pas dans la pièce.

— Pensez-vous que l'Effet Hobart finira par disparaître? Que le temps reprendra son cours normal?

— Je l'espère.

— Mais vous êtes gagnant. Vous êtes passé par la mort, n'est-ce pas?

— Ça se voit tellement? répondit-il, piqué au vif.

— Je ne voulais pas vous offenser. Mais vous avez la cinquantaine. Vous bénéficiez ainsi d'une vie rallongée. De deux vies entières, en fait. Préférez-vous la seconde à la première?

— Le problème, c'est ma femme, répondit franchement Sebastian.

— Est-elle beaucoup plus jeune que vous?

Il garda le silence, admirant une réédition d'un

poète anglais du XVIIe reliée en chnoufle vénusien.

— Aimez-vous Henry Vaughn? lui demanda Ann.

— Celui qui a écrit qu'il a eu la vision de l'éternité? *J'ai vu l'éternité la nuit dernière?*

Sebastian ouvrit le volume. Andrew Marvell. *A une maîtresse timide,* murmura-t-il. Et il lut : *Mais j'entends toujours derrière moi le char ailé du temps qui se hâte et, là-bas, s'étendent les déserts de la vaste éternité.* (Il referma le livre avec brusquerie.) Je l'ai vue, l'éternité. Hors du temps et hors de l'espace. J'ai erré parmi des choses si grandes...

Il s'interrompit : discuter de son expérience de l'après-vie était sans objet.

— J'ai l'impression que vous avez hâte de passer dans la chambre à coucher, fit Ann Fisher. Le titre de ce poème... J'ai saisi l'allusion.

— *Les vers dégusteront cette virginité trop longtemps préservée,* cita-t-il et, avec un sourire, il fit face à Ann. (Peut-être avait-elle raison. Mais le poème continuait d'absorber ses pensées; il connaissait trop bien l'expérience à laquelle il se référait.) *La tombe est un lieu délicieux et infini.* (Il ébaucha un rictus. Tout lui revenait : l'odeur du tombeau, les ténèbres glacées, étouffantes, maléfiques.) *Mais nul, je crois, ne s'y enlace.*

— Allez, au lit!... lança Miss Fisher, prosaïque, en le précédant dans la chambre à coucher.

Ils étaient nus, simplement couverts d'un drap. Ann Fisher fumait en silence et le rougeoiement de sa cigarette était la seule marque de sa présence. Maintenant, Sebastian était pacifié. La tension qui l'habitait s'était évanouie.

— Mais, pour vous, ce n'était pas l'éternité, fit Ann Fisher d'une voix lointaine comme si elle était plongée dans de profondes méditations. Votre mort n'a duré qu'un temps limité. Pas plus de quinze ans?

— C'est pareil, répondit-il avec véhémence. J'ai essayé de l'expliquer mais ceux qui ne sont pas passés par là n'arrivent pas à comprendre. Quand on est en dehors des catégories de la perception, du temps et de l'espace, c'est sans fin. Le temps ne s'écoule pas, si longtemps qu'on attende. Et, selon le rapport que l'on entretient avec *lui*, c'est une béatitude ou un supplice infini.

— De quelle relation parlez-vous? De votre relation avec Dieu?

— L'Anarque Peak l'appelait « Dieu » quand il a ressuscité.

Sebastian se figea, brusquement paralysé, en se rendant compte de ce qu'il avait avoué.

Après une pause, Ann Fisher reprit :

— Je me souviens de Peak. Cela remonte à plusieurs années. C'est lui qui a créé l'Udi, ce culte spirituel qui a pris tant d'extension. J'ignorais qu'il était revenu à la vie.

Que pouvait-il dire? Sebastian était horrifié. Quelle explication donner? Les mots qu'il venait de prononcer ne pouvaient signifier qu'une seule chose : que lui, Sebastian Hermes, avait assisté à la résurrection de Peak. Donc, que l'Anarque se trouvait au vitarium. Enfin! Puisqu'il avait commis cette bourde, mieux valait parler ouvertement.

— Nous l'avons revitalisé aujourd'hui.

Quelles conclusions en tirerait Ann Fisher? Il ne la connaissait pas, pas vraiment. Pour elle, ce n'était peut-être qu'un sujet de conversation comme un autre. Il fallait prendre le risque. Mathématiquement, il était peu vraisemblable qu'elle fût liée avec quelqu'un pour qui l'Anarque présentait un intérêt matériel. Mais la prudence s'imposait quand même.

— Il est au vitarium. C'est pourquoi je ne peux pas rester avec vous. Je lui ai promis que je passerais dans la soirée pour lui parler.

— Puis-je vous accompagner? Je n'ai jamais vu un ancien-né dans les premières heures qui suivent sa résurrection. Il paraît qu'ils ont une expression très particulière. C'est du moins ce que racontent les gens qui savent. Ils contemplent encore quelque chose d'autre, quelque chose d'immense. Et ils prononcent parfois des phrases énigmatiques, n'est-ce pas? Des formules ressemblant à celles du Zen-satori, des formules mystérieuses qui ont un sens profond pour eux mais qui, pour nous... (Dans la pénombre, Seb la vit faire un geste. Elle était manifestement passionnée.) Pour nous, ça ne présente aucun sens... Oui, je suis d'accord. Il faut y être passé soi-même.

Se levant du lit, elle se dirigea pieds nus vers la penderie, prit un soutien-gorge et un slip, et commença de s'habiller rapidement.

Sebastian l'imita avec lenteur. Il se sentait vieux et las.

J'ai fait une erreur, s'avoua-t-il. Maintenant, je n'arriverai jamais à me débarrasser d'elle. Et il y avait quelque chose d'inquiétant dans l'insistance d'Ann Fisher. Comme une menace. Ah! si seulement il était possible de repartir en arrière, d'effacer les quelques secondes qu'il lui avait suffi pour lâcher ces paroles imprudentes! Ann enfila un chandail angora et mit un pantalon fuseau qui la moulait étroitement. Elle est adroite, songeait Seb. Elle est séduisante. Et elle sait qu'elle a mis le doigt sur quelque chose. Cela n'a pas été exprimé mais j'ai réussi à la convaincre que ce n'était pas un cas banal, pas un cas comme les autres.

Dieu sait jusqu'à quand elle fouinera avant que sa curiosité soit satisfaite!

11

De Dieu, on ne peut rien avancer, ni littéralement ni affirmativement. Littéralement, Dieu n'est pas *car Il transcende l'être.*

Erigène.

Ils regagnèrent le vitarium en aérotaxi.

De l'extérieur, l'établissement obscur paraissait vide, fermé et entièrement abandonné pour la nuit. Sebastian lui-même avait du mal à croire que l'Anarque Peak se trouvait là, sur un lit de camp, sans doute surveillé par quelqu'un. Au moins par le Dr Sign.

— Que c'est excitant! fit Ann Fisher, pressant son corps mince contre celui de Sebastian. (Elle frissonna.) Il fait froid. Hâtons-nous de rentrer. Je brûle d'envie de le voir. Vous ne pouvez savoir combien je vous suis reconnaissante.

— Nous ne pourrons pas rester très longtemps, murmura Sebastian en introduisant la clé dans la serrure.

La porte s'ouvrit toute grande et il se trouva soudain devant Bob Lindy qui braquait un pistolet sur lui, clignant des yeux comme un hibou — et aussi vigilant qu'un hibou.

— C'est moi, fit Sebastian. (Il était étonné mais se félicitait d'avoir sous ses ordres un personnel ayant autant d'initiative.) Je suis avec une amie.

Il referma la porte à double tour.

— Cette arme me fait peur, dit Ann Fisher avec nervosité.

— Rangez ça, Lindy. D'ailleurs ce pistolet n'arrêterait personne.

— Qui sait? grommela l'ingénieur.

Les précédant, il se dirigea vers l'atelier. La porte intérieure s'ouvrit et une lampe s'alluma aussitôt.

— Ses forces lui reviennent, dit Bob. Il dicte quelque chose à Cheryl. (Il toisa Ann Fisher d'un œil critique avec une méfiance cynique.) Qui est cette dame?

— Une cliente, répondit Sebastian. Nous sommes en pourparlers pour l'affaire Tilly M. Benton. (Il s'approcha du lit. Ann Fisher le suivit en retenant son souffle.) On me dit que vous recouvrez vos forces, Anarque.

— Je les ai si bien recouvrées que j'ai bonne envie de me lever, dit l'Anarque sur un ton beaucoup plus assuré que tout à l'heure. Comment se fait-il que vous n'ayez pas de magnétophone? Notez bien que je vous suis infiniment obligé de me permettre d'utiliser votre secrétaire, Miss Vale. Et je vous suis reconnaissant de votre hospitalité et des soins dont vous m'entourez.

— Etes-vous vraiment l'Anarque Peak? lui demanda Ann Fisher avec émotion. Il y a si longtemps... Est-ce également votre sentiment?

— Tout ce que je sais, répondit rêveusement l'Anarque, c'est qu'une chance sans prix m'a été accordée. Dieu m'a octroyé — à moi et à d'autres — plus que ce dont saint Paul a témoigné. Il faut absolument que tout soit couché par écrit. (Il fit signe à Sebastian.) Pensez-vous qu'il vous serait possible de me procurer un magnétophone, Mr Hermes? La mémoire me fait défaut. Mes souvenirs m'échappent et se dissolvent.

Il serra convulsivement les poings.

Sebastian se tourna vers Bob Lindy.

— On devrait pouvoir en trouver un. Qu'est devenu celui dont nous nous servions dans le temps?

— Les galets de lecture étaient hors d'usage. Il doit toujours être chez le réparateur.

— Il y a plusieurs mois qu'on l'a retourné pour le faire réparer, dit Cheryl Vale avec sévérité.

— Personne n'a eu le temps d'aller le chercher. Nous verrons ça demain matin.

— Mais mes souvenirs s'effacent, gémit l'Anarque. Aidez-moi, je vous en supplie!

— J'ai un magnétophone chez moi, dit Ann Fisher. Ce n'est pas un très bon appareil...

— Pour enregistrer la parole, la fidélité est sans importance, fit Sebastian. (Il prit rapidement une décision :) Puis-je me permettre de vous demander d'aller le chercher?

— Et n'oubliez pas les bandes, s'exclama Lindy.

— Ce sera avec le plus grand plaisir. (Le regard d'Ann Fisher brillait.) Pouvoir contribuer à quelque chose d'aussi merveilleux que... (Elle serra brièvement le bras de Sebastian et se dirigea d'un pas vif vers la porte.) Vous me laisserez entrer lorsque je reviendrai, n'est-ce pas?

— Dame! s'exclama Bob Lindy. (Et il poursuivit à mi-voix, s'adressant à Sebastian :) Il dicte si vite, le vieux, que Cheryl n'arrive pas à suivre. Il fait au moins du quinze cents mètres minute! (Et il ajouta, dérouté :) C'est le premier que je vois comme ça. En général, les autres bredouillent vaguement quelque chose et ne tardent pas à renoncer.

— Il veut être compris, murmura Sebastian.

Il veut faire ce que je voulais faire moi-même, se dit-il, et que j'ai renoncé à faire — comme tous les autres. Il va nous harceler, nous tourmenter jusqu'à ce que tout soit noté. Impressionnant! Et Sebastian qui escortait Ann Fisher se rendait compte devant l'expression fiévreuse et radieuse de la jeune femme qu'elle était frappée, elle aussi.

— Je serai de retour dans une demi-heure, dit-elle en s'éloignant.

Ses talons pointus claquèrent sur le pavé. Sebastian la vit faire signe à un aérotaxi. Il referma la porte.

Le Dr Sign, qui se reposait un moment, lui lança :

— Je suis surpris que vous ayez fait venir cette fille.

— Il y a neuf mois, cette fille, comme vous dites, a incorporé un bébé et elle m'a demandé de coucher avec elle ce soir. Elle va nous apporter son magnétophone, puis elle s'en ira et nous ne la reverrons sans doute jamais plus.

Le vidéophone sonna.

Haussant le sourcil, Sebastian tendit la main vers le récepteur. Peut-être était-ce Lotta?

— Allô, dit-il d'une voix pleine d'espoir.

Un visage d'homme se matérialisa sur l'écran, un visage inconnu.

— Mr Hermes? (Le débit était lent, extrêmement méthodique.) Je ne m'identifierai pas car ce n'est pas nécessaire. Mon associé et moi-même sommes propriétaires du dépôt situé juste en face de votre vitarium.

— Oh... Et alors?

Sebastian se tenait sur ses gardes.

— Nous avons photographié la femme avec qui vous êtes rentré, poursuivit l'homme. Celle qui vient de partir en aérotaxi. Nous avons transmis le cliché à Rome où sont nos archives. Et Rome m'a communiqué les renseignements voulus. (Il baissa les yeux sur une feuille de papier.) Elle se nomme Ann McGuire. C'est la fille de la conservatrice de la Bibliothèque d'Actualités Populaires. Les Oblits utilisent ses services à l'occasion.

— Je vois, répondit machinalement Sebastian.

— Donc, ils vous ont repéré. Vous allez devoir transférer l'Anarque ailleurs, et sur-le-champ. Avant que les Oblits lancent un raid contre votre établissement. Vous êtes d'accord, Mr Hermes?

— Oui, fit Sebastian en raccrochant.

— On pourrait le cacher chez moi, proposa le Dr Sign.

— C'est peut-être sans espoir.

Bob Lindy, qui, lui aussi, avait écouté le dialogue au vidéophone, s'écria :

— Mettons le vieux dans un aéroglisseur. Il y en a trois sur le toit. Il faut l'évacuer tout de suite! Vite!

Sa voix s'était faite stridente.

— Occupez-vous-en, laissa pesamment tomber Sebastian.

Sign et Lindy disparurent dans la pièce du fond. Hermes, debout et immobile, les entendit se débattre avec l'Anarque qui ne voulait pas quitter son lit et se refusait à interrompre sa dictée. Enfin, les trois hommes gravirent l'escalier conduisant au toit.

Le moteur d'un aéroglisseur gronda. Puis le silence retomba.

Cheryl Vale s'approcha de Sebastian.

— Ils sont partis. Tous les trois. Pensez-vous que...

— Je pense que ce n'est pas une bouche que j'ai mais un haut-parleur! J'ai l'impression, ajouta-t-il, que c'est avec notre client italien, ce Giacometti, que nous allons traiter.

— Oui, vous lui devez bien une compensation.

Et dire que, il y a une heure, j'étais au lit avec elle!

— Vous comprenez pourquoi Lotta m'a quitté, Cheryl?

Seb se sentait totalement impuissant. Cette impression de défaite était quelque chose de nouveau pour lui. Pas une défaite au sens traditionnel mais une déroute intime, une débâcle personnelle qui l'atteignait au plus profond de lui-même. De l'homme, de l'être humain qu'il était.

Quand je reverrai cette femme, je me vengerai d'elle, songea-t-il. Je la ferai payer.

— Rentrez chez vous, dit-il à Cheryl.

— J'en ai bien l'intention.

Elle enfila son manteau, prit son sac, ouvrit la porte et disparut dans la nuit.

Sebastian était seul.

En vingt-quatre heures, ils nous ont eus tous les deux. Lotta d'abord, moi ensuite.

Il traîna dans l'établissement et finit par trouver le revolver de Lindy. Il s'assit à côté du comptoir d'où il pouvait surveiller l'entrée. Le temps passa. Dire que c'est pour cela que je suis revenu d'entre les morts, soupira-t-il intérieurement. Pour faire un mal infini dans un monde fini. Il continua d'attendre. Vingt minutes plus tard, on frappa à la porte. Il se leva, glissa le revolver dans la poche de sa veste et alla ouvrir d'un pas raide.

— C'est moi, fit Ann Fisher, tout essoufflée, en entrant. (Elle avait le magnétophone et une provision de bobines.) Voulez-vous que j'apporte l'appareil dans le fond? Là où il est couché?

— Excellente idée.

Sebastian se rassit et Ann passa devant lui avec son fardeau. Il ne fit pas mine de l'aider. Il resta immobile, figé sur son siège.

Ann Fisher ne tarda pas à réapparaître. Il la sentait debout à côté de lui, grande et svelte. Silencieuse.

— Il est parti, dit-elle enfin.

— Il n'a jamais été là. C'était un simulacre. Destiné à vous tromper.

Il était contraint d'improviser. C'était étrange mais il avait peur. Il se sentait faible et désarmé.

— Je ne comprends pas, dit Ann.

— Nous avons eu des renseignements sur votre compte.

— Oh? (Sa voix, soudain métallique, avait subi un changement fondamental, presque métabolique.) Et que vous a-t-on dit de moi?

Il ne répondit pas.

— J'aimerais le savoir, poursuivit Ann. Un renseignement anonyme... J'ai le droit de savoir.

Sebastian s'obstinait dans son mutisme.

— Bien, reprit-elle. Je suppose que vous n'avez plus besoin de mon magnétophone. Ni de moi. Puisque vous n'avez pas confiance...

— Qu'est-ce que votre mère a fait à ma femme à la Bibliothèque? demanda-t-il sans lever les yeux.

— Rien, répondit posément Ann.

Elle s'assit dans l'un des fauteuils réservés à la clientèle en croisant les jambes. Elle sortit de son sac un paquet de mégots et en alluma un.

— Ce qu'on lui a fait a suffi pour la décider à me quitter.

— Oh! ils ont eu peur, elle et son ami le flic. Ce n'est pas à cause de ce que ma mère lui a fait qu'elle vous a quitté. Il y avait des mois que le flic en question manœuvrait pour qu'elle devienne sa maîtresse. Nous savons où ils sont : ils se sont cachés dans un motel de San Fernando.

— Tout comme vous et moi il y a quelques heures.

Ann ne fit pas de commentaires. Elle continuait de fumer et sa cigarette s'allongeait de plus en plus.

— Et maintenant, où en sommes-nous? finit-elle par dire. Vous l'avez transporté ailleurs. Nous le trouverons. Il n'existe qu'un nombre limité d'endroits où il peut être. Et l'aéroglisseur qui a décollé tout à l'heure a été pris en filature. Je présume qu'il était à bord.

— Il n'y a jamais eu d'Arnold Oxnard Ford, n'est-ce pas?

— Si, en un sens. C'était le nom de mon premier mari. Il m'a quittée l'année dernière. (Elle parlait avec désinvolture comme si rien de tout cela n'avait d'importance. Sebastian se leva et s'approcha d'elle. Elle leva la tête et répéta :) Et maintenant?

— Sortez d'ici.

— Essayez donc de vous conduire de façon intelligente. Nous sommes acheteurs. Nous voulons être en mesure d'effacer tout ce qu'il dit. C'est tout. Nous ne lui ferons pas de mal. A quoi bon? C'est votre ami le flic, c'est votre acolyte qui se servent de revolvers. A propos, où est cette arme?

— C'est moi qui l'ai. Alors, allez-vous-en.

Il ouvrit la porte de la rue et attendit.

Ann soupira.

— Je ne vois pas d'obstacle à nos relations. Lotta est partie avec un autre. Vous êtes seul et moi aussi. Où est le problème? Nous n'avons rien fait d'illégal. Votre femme est une enfant terrifiée à qui tout fait peur. Vous avez tort de prendre au sérieux ses frayeurs de névrosée. Vous devriez lui dire : nage ou coule. C'est ce que je ferais à votre place. (Elle alluma un nouveau mégot.) C'est à votre petit ami le flic, ce Joe Tinbane, que vous devriez en vouloir. Cela ne vous fait pas rager qu'il couche avec votre femme? A l'heure qu'il est, ils sont au lit ensemble. Et c'est contre moi que vous êtes furieux!

Son ton était sec et accusateur mais dépourvu de toute chaleur, dépouillé même de véhémence. Son discours était un compte rendu froid et objectif des faits. Une tornade dévastatrice, songeait Sebastian. Je serai incapable d'en supporter beaucoup plus. Ce n'est pas la femme avec laquelle j'étais tout à l'heure. Personne ne peut se transformer à ce point.

— J'estime, enchaîna Ann, que nous devrions oublier cette querelle. Elle ne peut rien apporter ni à l'un ni à l'autre. Et... (Elle haussa les épaules.) Recommençons depuis le début. Nous pouvons avoir des rapports extrêmement agréables et enrichissants. En dépit de votre âge.

Il la frappa brutalement sur la bouche.

Imperturbable, Ann se baissa pour ramasser sa cigarette. Pourtant, elle tremblait.

— Votre mariage est brisé, que cela vous plaise ou non, poursuivit-elle. Votre ancienne vie, elle aussi, est finie, et une nouvelle...

— Avec vous?

— Pourquoi pas? Je vous trouve séduisant... en un certain sens. (Elle fit un grand geste.) Je ne vois pas ce qui pourrait nous empêcher d'avoir des rapports profitables et mutuellement satisfaisants. Abstraction faite du problème de l'Anarque, une affaire qui provoque chez vous tant d'hostilité et de méfiance, je persiste à penser que nous avions pris une excellent départ. Même si vous m'avez frappée. Je peux oublier cet incident. Je crois que ce geste ne vous ressemble pas. Ce n'était pas vraiment vous.

Le vidéophone sonna.

— Vous ne répondez pas? demanda Ann Fisher.

— Non.

Elle décrocha.

— Allô... Ici le vitarium Hermes, annonça-t-elle d'une voix professionnelle. Nous sommes fermés. Voulez-vous rappeler demain matin.

Une voix masculine que Sebastian ne reconnut pas vibra dans l'écouteur. Il entendait le son mais ne percevait pas les mots prononcés. Il était assis, immobile, les épaules tombantes, l'esprit à la dérive. Ce n'est pas Lotta. Ann Fisher a raison : mon mariage est brisé parce qu'elle a le pouvoir de le briser. Il lui suffit d'aller trouver Lotta et de lui dire ce que nous avons fait ensemble. En lui dépeignant les choses sous le même angle qu'elle vient de me les décrire : comme le début d'une liaison durable.

Une soirée a suffi pour que cette fille mette en péril et mon entreprise et mon existence. Hier, je n'aurais pas cru une telle chose possible.

— C'est un certain Mr Carl Gantrix, dit Ann.

— Connais pas.

Elle plaqua sa main contre le récepteur.

— Il sait que vous détenez l'Anarque Peak. C'est à

propos de lui qu'il appelle. J'ai l'impression qu'il veut se porter acquéreur.

Elle tendit l'appareil à Sébastian. Celui-ci n'avait pas le choix. Il se leva et prit le récepteur.

— Allô, fit-il, apathique.

— Mr Hermes? Enchanté de faire votre connaissance.

— Moi aussi.

— Je prends contact avec vous à titre officiel au nom de Sa Puissance Ray Roberts qui, en ce moment même, je suis heureux de pouvoir vous l'apprendre, se trouve à bord d'un jet à destination de Los Angeles où il se posera dans dix minutes. (Sebastian ne répondit pas.) J'ai pris la liberté de vous appeler à cette heure insolite dans l'espoir que vous seriez peut-être sur place. En réalité, j'ai tablé sur le fait que vous étiez occupé à revitaliser et à soigner l'Anarque. Me suis-je trompé?

— Qui vous a dit que nous étions en possession de Peak?

— Euh... Je dois me montrer discret.

Une expression de ruse s'était peinte sur les traits de Gantrix.

— Votre informateur vous a induit en erreur.

— Non, je ne le crois pas. (Gantrix prit à nouveau un air matois, presque railleur. Comme s'il jouait au chat et à la souris. Comme s'il avait tous les atouts en main.) Je suis moi-même arrivé à Los Angeles où j'ai rendez-vous avec Mr Roberts. J'ai néanmoins le temps de traiter avec vous. Sa Puissance m'a donné pour instructions de négocier l'achat de l'Anarque. Quel est le tarif catalogue?

— Quarante milliards de poscreds.

— Cela me paraît assez élevé.

— Quarante-cinq milliards avec la commission du vendeur.

Ann Fisher, qui se tenait derrière Sebastian, se pencha et murmura :

— C'est une erreur de citer un prix.

— C'est une somme absurde, répondit-il. Personne ne pourrait payer un montant pareil. Même les udites.

— N'en croyez rien. Les udites accepteront. Le jeu en vaut la chandelle.

— Je passe chez vous tout de suite, reprit Gantrix. Nous verrons s'il y a moyen de faire un peu baisser vos exigences. (Il ne paraissait pas déconcerté. Ann avait raison.) Eh bien, Mr Hermes, bonjour et à tout de suite.

— Bonjour.

Sebastian raccrocha.

— Vous vous sentez tellement coupable depuis que vous m'avez frappée que vous vous punissez vous-même, fit Ann. En capitulant.

— Peut-être. (Mais il lui était difficile de croire que les udites paieraient sans discussion.) Quand Gantrix sera là, j'augmenterai le prix.

— Vous n'en ferez rien. Vous céderez. De plus, vous ne savez pas si vous êtes encore en possession de l'Anarque. Vous seriez bien inspiré de me laisser prendre l'affaire en main, Sebastian.

— Vous voulez tout prendre en main.

— Pourquoi pas? Je suis intelligente, j'ai une bonne instruction et j'ai une longue habitude des transactions commerciales. Vous n'en pouvez plus. Allez vous allonger dans l'arrière-boutique. Je vous réveillerai dès que Gantrix sera là et vous pourrez agir comme mon conseiller. Vous avez besoin que quelqu'un prenne la barre à votre place quand vous vous sentez déprimé comme c'est le cas maintenant. Je n'ai pas l'impression que Lotta soit capable de vous rendre ce service. C'est pour ça qu'elle est partie.

Sebastian se leva et sortit dans la rue obscure, pour trouver cet entrepôt. Il resta un moment debout en agitant le bras. Soudain, un homme sortit d'un immeuble à sa droite — c'était celui qui lui avait vidéophoné pour le mettre en garde contre Ann.

— J'ai besoin d'aide, lui dit Sebastian.

— Dans quel domaine? lui demanda l'inconnu, un individu aux cheveux noirs qui avait le type italien. Pour prendre soin de la McGuire?

— Vous avez sans doute vu notre aéroglisseur décoller il y a quelques instants.

— Oui. Et celui de la Bibliothèque l'a pris en chasse.

— Je ne sais pas si nous détenons encore l'Anarque.

— Nous attendons des précisions sur ce point. Il semble que votre glisseur avait de l'avance. Et il allait vite. Le pilote doit être un spécialiste.

C'est sans doute Lindy qui est aux commandes, se dit Sebastian. Il conduit comme un fou.

— Comment le saurez-vous? s'enquit-il. Il faut que je sache à quoi m'en tenir parce qu'un représentant de Ray Roberts va arriver d'un instant à l'autre.

L'homme hocha la tête.

— Gantrix. Nous avons intercepté son appel. Oui, nous sommes au courant. Vous lui avez demandé gros. Est-ce le prix réel? Ou avez-vous seulement l'intention de décourager les udites?

— J'ai lancé ce chiffre en pensant qu'ils ne pourraient pas verser une somme pareille.

— Ils ne le peuvent pas. Pas en poscreds des Etats-Unis de l'Ouest. Gantrix vous proposera des devises de la L.M.N. qui, comme vous le savez, sont pratiquement sans valeur. (Et il ajouta :) Vous n'avez pas spécifié les modalités exactes de règlement.

— Si l'Anarque n'est plus en notre possession, cela n'a pas d'importance.

— Je vous ferai signe dès que nous saurons quelque chose. Un de nos glisseurs a pris le véhicule de la Bibliothèque en filature. J'attends des nouvelles d'un moment à l'autre. Faites attendre Gantrix jusqu'à ce que nous vous appelions.

— Entendu, acquiesça Sebastian. Je vous suis reconnaissant de votre assistance, conclut-il avec gêne.

— Il faut que vous vous débarrassiez d'Ann McGuire. Pouvez-vous la mettre hors d'état de nuire? Elle est coriace. C'est une professionnelle... Mais vous êtes plus fort qu'elle.

— Que gagnerais-je à la mettre dehors? (Cela lui semblait dérisoire et inutile.) Elle a déjà rendu compte à la Bibliothèque de ce qu'elle a découvert. Elle ne peut plus faire aucun mal.

— Elle peut se substituer à vous pour négocier avec Gantrix, rétorqua l'homme d'une voix vibrante d'indignation. Elle prendra les transactions en main et, avant que vous vous en soyez rendu compte, elle aura vendu l'Anarque — et il n'y aura plus qu'à tirer un trait.

Une seconde silhouette surgit de l'édifice. Les deux délégués du syndicat romain tinrent conférence.

— Elle vidéophone à la Bibliothèque en se servant de votre appareil, annonça le premier à Sebastian. Pour prévenir le Conseil des Oblits de votre rendez-vous avec Gantrix.

Son collègue, encore coiffé de son casque d'écoute, ajouta :

— Et elle dit qu'elle a dissimulé une bombe quelque part dans le vitarium — elle l'avait cachée dans son magnétophone factice. Elle peut la faire exploser à distance quand bon lui semblera.

— Pour quoi faire? Pour faire sauter qui? demanda l'interlocuteur de Sebastian. Elle-même?

— Elle ne l'a pas précisé. L'Oblit qui a pris la communication avait l'air de le savoir. Attendez... (Il tapota ses écouteurs.) Elle est en train de passer une seconde communication. (Quelques instants de silence, puis :) Cette fois, c'est son mari qu'elle appelle.

— Son mari, murmura Sebastian.

Ainsi, même ce détail était mensonger. Il ressentait une haine profonde et tenace à l'égard d'Ann.

— Fort intéressant, dit l'homme au casque. Elle ne

manque pas de projets! Tout d'abord, elle veut qu'on localise et qu'on surveille votre femme. Savez-vous où elle est, Mr Hermes?

— Non.

— En second lieu, poursuivit l'homme, elle veut qu'un certain Joe Tinbane soit assassiné. Enfin, après ce meurtre, elle veut que les Oblits enlèvent votre femme pour qu'elle puisse revenir auprès de vous. Ann McGuire a l'intention de ne pas vous quitter d'un pas tant que la Bibliothèque ne se sera pas emparée de l'Anarque. Ensuite... (Il jeta un coup d'œil à Sebastian.) Ensuite, elle compte vous tuer. A cause de quelque chose que vous lui avez fait. Que lui avez-vous fait, Mr Hermes?

— Je l'ai giflée.

— Pas assez fort!

Sebastian fit demi-tour et regagna le vitarium. Quand il entra, Ann était assise à bonne distance du vidéophone. Elle lui sourit.

— Où étiez-vous donc passé? J'ai regardé mais il faisait trop sombre. Je n'ai rien pu voir.

— Je me suis promené en réfléchissant.

— Et qu'avez-vous décidé?

— Je n'ai encore rien décidé.

— En réalité, vous n'avez aucune décision à prendre.

— Si. J'ai à prendre une décision en ce qui vous concerne. Tel est le résultat de mes réflexions.

— Je suis en train de vous aider, fit Ann d'une voix doucereuse. Allez vous reposer un peu. Je vous préviendrai de l'arrivée de Gantrix et... (Elle se leva et lui caressa le bras.) Ne vous faites pas tant de soucis. Si vous avez perdu l'Anarque, c'est que la Bibliothèque en a pris possession et ce n'est pas tellement grave : les gens de la Bibliothèque sauront quoi faire de lui Et si vous le détenez toujours... (Elle hésita. Ses yeux bleus brillaient intensément.) Je me tirerai fort bien des négociations avec Gantrix.

Sebastian passa dans l'atelier et s'étendit sur le lit occupé quelques instants plus tôt par l'Anarque, en contemplant le plafond sans le voir. Elle peut tout détruire, songeait-il. L'établissement et moi avec. Tout. Je suis entièrement à sa merci. Pourquoi suis-je incapable de l'arrêter? J'ai un revolver. Je pourrais la tuer.

Mais son métier était de ramener les gens à la vie, pas de les tuer. Toute son activité était centrée sur le don de la vie. La donner à tous sans distinction : c'était un article de foi. Jamais le vitarium n'enquêtait sur les antécédents des ancien-nés qu'il exhumait. Jamais il ne se posait la question de savoir si ceux qu'il déterrait *devaient* revenir.

Il n'est pas si facile que ça de tuer une personne. Il doit y avoir une autre solution. Mais Ann McGuire n'avait pas été ébranlée par cette gifle — sauf que Sebastian figurait maintenant une fois pour toutes sur la liste de représailles de la jeune femme. Non, se dit-il, je suis physiquement incapable de la jeter dehors si elle a l'intention de rester. Les mots n'ont aucune influence sur elle. La menace non plus. Où est-elle, cette bombe? Ici? Dans cette pièce? Bon Dieu! Il faut que je fasse quelque chose! Je ne peux pas rester allongé sur un lit. Je dois agir.

Le vidéophone résonna dans l'autre pièce.

Sebastian bondit sur ses pieds. Pas question de la laisser répondre! Quand il arriva, haletant, devant l'appareil, Ann avait déjà le récepteur à l'oreille. Il le lui arracha.

— N'importe comment, ils ne m'auraient rien dit, fit-elle philosophiquement. Je ne sais pas qui c'est, mais ils veulent vous parler personnellement. Je n'ai pas aimé leur ton... Ou leur voix, ajouta-t-elle. Si ce sont des amis à vous, vous avez d'étranges fréquentations.

C'était Bob Lindy.

— Peut-elle m'entendre? demanda-t-il.

— Non. (Sebastian s'éloigna autant que le lui permettait le cordon.) Je vous écoute.

— Pouvez-vous vous débarrasser d'elle?

— Continuez, se borna-t-il à répondre d'une voix grinçante.

— Nous les avons semés. Un véritable combat aérien comme pendant la Première Guerre mondiale! Loopings en avant, tonneaux, loopings en arrière... En définitive, le glisseur qui nous suivait est parti vers le nord pendant que je filais plein sud. Quand il a fait demi-tour, je n'étais plus là. Nous venons de nous poser. Il est toujours à bord.

— Ne me dites pas où vous êtes.

— Ça, vous pouvez être tranquille! Pas tant que cette bonne femme sera dans les parages. Elle n'a pas peur de vous, n'est-ce pas? Les femmes n'ont jamais peur des hommes avec qui elles ont couché. Mais elle a peur de moi. Je l'ai lu dans ses yeux quand je tenais mon revolver braqué sur elle. Voulez-vous que je revienne? Je peux laisser l'Anarque avec Sign et être au vitarium... disons dans quarante minutes.

— Je dois me débrouiller seul. Merci. Rappelez-moi dans deux heures. Bonjour.

Il raccrocha. Ann, qui était debout près de la fenêtre, les bras croisés sur la poitrine, dit :

— Ainsi, l'Anarque est toujours en votre possession. Bien, bien, bien!

— Comment le savez-vous?

— Parce que vous lui avez recommandé de ne pas vous dire où il était. (Elle s'avança vers lui.) A quoi faisiez-vous allusion en parlant de vous débrouiller seul?

— A vous.

12

Nous ne savons pas ce qu'est Dieu... car Il est infini et, par conséquent, objectivement inconnaissable. Dieu Lui-même ne sait pas ce qu'Il est parce qu'Il n'est rien.

Erigène

Ils étaient face à face.

— J'ai caché une bombe dans le vitarium, dit Ann. Aussi, n'essayez pas de vous servir de cette arme contre moi. De plus, même si vous me mettiez dehors, je pourrais encore la faire exploser et vous tuer en même temps que Carl Gantrix. Dans ce cas, les udites traqueront votre femme. Ils vous tiendront pour responsable de la mort de Gantrix et ce sont des gens très vindicatifs.

— Vous ne la ferez pas exploser tant que vous serez là, fit Sebastian, songeur. Parce que vous vous détruiriez par la même occasion et vous êtes trop dynamique, trop débordante de vitalité pour vous supprimer délibérément.

Merci, répondit-elle en souriant. C'est flatteur.

Un coup fut frappé à la porte.

— C'est Mr Gantrix. (Ann se prépara à aller ouvrir.) Je le fais entrer? (Elle répondit elle-même à sa question :) Oui... La présence d'un tiers détendra l'atmosphère. Cela vous empêchera de vous répandre en menaces.

— Attendez!

Elle lui adressa un regard interrogateur.

— Laissez Lotta tranquille et je vous remettrai l'Anarque.

Une lueur de triomphe embrasa les prunelles d'Ann.

— Mais je veux d'abord qu'elle revienne, continua Sebastian. Je ne vous livrerai l'Anarque que lorsqu'elle sera ici, physiquement en ma possession. Je ne me contenterai pas de promesses.

Poussant la porte qu'elle avait entrouverte, un grand Noir efflanqué, quelque peu débraillé, demanda d'une voix hésitante :

— Mr Hermes? Mr Sebastian Hermes? (Le nouveau venu examina la salle.) Heureux de pouvoir enfin vous rencontrer en chair et en os. Au revoir, Mr Hermes.

Il s'approcha de Sebastian.

— Une minute, Mr Gantrix, dit celui-ci, faisant mine de ne pas voir la main tendue. (Il se tourna vers Ann.) Vous avez bien compris mes conditions?

Il scrutait les traits de la jeune femme, s'efforçant de deviner ses pensées, mais il était impossible de les lire. La réaction d'Ann lui échappait totalement.

— Il me semble que je vous interromps, dit Gantrix avec jovialité. Je vais m'asseoir... (Il se dirigea vers un fauteuil)... et lire jusqu'à ce que vous ayez fini. (Il consulta sa montre.) Mais j'ai rendez-vous dans une heure avec Sa Puissance Ray Roberts.

— Personne n'a la « possession physique » de personne, laissa tomber Ann.

— Ce sont des mots! Vous les utilisez avec sadisme. Vous savez très bien ce que je veux dire. Je demande seulement qu'elle me soit ramenée ici. Pas ailleurs, dans un motel ou à la Bibliothèque. Ici, au vitarium.

— L'Anarque Peak est-il en ces lieux? s'enquit Gantrix. Pourrais-je aller discrètement jeter un coup d'œil sur lui pendant que vous poursuivez votre discussion?

— Non, il n'est pas là, répondit Sebastian. Nous avons été dans l'obligation de l'évacuer. Pour des raisons de sécurité.

— Mais vous en avez la garde effective et légale?

— Oui, je puis vous le garantir.

— Qu'est-ce qui vous fait croire que je sois en mesure de vous ramener Lotta? interrogea Ann. Elle est partie de son plein gré. J'ignore l'endroit où elle se trouve. Tout ce que je sais, c'est qu'elle est quelque part à San...

— Vous finirez bien par découvrir le motel où elle s'est réfugiée. Vous avez appelé la Bibliothèque et chargé les Oblits de se consacrer à sa recherche toutes affaires cessantes. (Elle blêmit.) Je suis au courant des deux communications que vous avez passées. A la Bibliothèque et à votre mari.

— Elles étaient d'ordre purement privé! s'exclama Ann.

Il y avait de la colère dans sa voix. Et aussi de la crainte, nota Sebastian. Pour la première fois, elle avait perdu son sang-froid — elle avait peur de lui. Et elle avait raison d'avoir peur! Depuis qu'il connaissait ses véritables intentions, il n'était plus le même homme. Quelque chose de nouveau était né en lui et, de toute évidence, Ann l'avait remarqué.

— Ce n'étaient que des paroles en l'air, dit-elle. Personne ne tuera Joe Tinbane. La gifle que vous m'avez donnée m'avait mise hors de moi. J'ai également dit que j'avais l'intention de ne pas vous quitter... (Elle choisissait ses mots avec soin. Il devinait qu'elle examinait les diverses possibilités.) Franchement, si je veux rester avec vous, c'est parce que vous m'attirez. Il fallait bien que je donne une excuse à mon mari, que je lui dise... quelque chose.

— Allez chercher cette bombe.

A nouveau, Ann croisa les bras et parut méditer.
— Je me demande si ce serait bien judicieux.
A présent, elle avait l'air moins effrayée.
Ce dernier échange avait attiré l'attention de Gantrix qui se leva et demanda avec agitation :
— La bombe? Quelle bombe?
— Livrez-nous l'Anarque et je la désamorcerai.
C'était l'impasse.
Anne dévisagea Carl Gantrix.
— J'ai amené cette bombe lorsque l'Anarque était ici. Pour le tuer.
— P... pourquoi? fit Gantrix en la contemplant, la mine horrifiée.
— J'appartiens à la Bibliothèque, expliqua-t-elle. (Et, surprise par sa réaction, elle ajouta :) Ray Roberts ne souhaite-t-il pas la disparition de l'Anarque ?
— *Oh! Seigneur, non!*
Maintenant, Sebastian et Ann avaient les yeux fixés sur lui.
— Nous le révérons! s'écria Gantrix avec une véhémence qui le faisait bégayer. C'est notre saint, notre seul et unique saint. Nous attendons son retour depuis des décennies. L'Anarque aura vu l'autre vie dans toute sa plénitude. C'est le but de pèlerinage sacré accompli par Roberts : s'asseoir aux pieds de l'Anarque et écouter la bonne nouvelle. (Il marcha sur Ann Fisher, les poings crispés. Elle fit un écart pour l'esquiver.) La nouvelle! La glorieuse nouvelle de la fusion de toutes les âmes dans l'éternité. Rien d'autre ne compte.
— La Bibliothèque... commença faiblement Ann.
— Vous, les Oblits, vous êtes des tyrans, jeta Gantrix d'une voix dure, empreinte d'un dédain cinglant. Des tyrans! Les infimes seigneurs qui règnent sur cette terre. Que cherchez-vous à faire? Avez-vous l'intention d'abolir la nouvelle que l'Anarque nous rapporte? (Il se tourna vers Sebastian.) Il est actuellement en sécurité, disiez-vous?

— Oui. Ils ont essayé de parvenir jusqu'à lui. En fait, ils y sont presque arrivés.

S'était-il trompé sur le compte de Roberts? Etait-ce la vérité? Il éprouvait un étrange et inquiétant sentiment d'irréalité. C'était comme si Carl Gantrix n'était pas réellement là, comme si les mots qu'il prononçait sonnaient faux. Ses paroles, son effarement et ses insultes, sa haine avouée de la Bibliothèque, tout cela était semblable à un rêve. Mais si c'est vrai, songea Sebastian, nous pouvons faire affaire et livrer l'Anarque à Roberts. Cela change tout.

— A-t-elle le détonateur de cette bombe sur elle? demanda Gantrix.

— La Bibliothèque peut la mettre à feu, dit Ann sur un ton rauque.

— Non! Elle l'a sur elle! s'écria Sebastian. C'est ce qu'elle a dit quand elle a appelé la Bibliothèque.

— Croyez-vous qu'elle accepterait de se sacrifier, Mr Hermes?

— Non. Je suis catégorique : son intention était de partir avant l'explosion.

— Dans ce cas, je vais la tenir et vous la fouillerez.

Et joignant le geste à la parole, Gantrix immobilisa Ann dans une étreinte d'acier. Une étreinte trop rigide, remarqua Sebastian. Et, d'un seul coup, il comprit la raison de l'impression d'irréalité qu'il ressentait : Gantrix était un robot télécommandé.

Pas étonnant que « Gantrix » n'ait pas peur de la bombe maintenant qu'il savait — ou plutôt que celui qui le manipulait savait — que l'Anarque était ailleurs en sécurité. Il n'y a que moi qui serai tué, pensa Sebastian. Moi et Ann Fisher McGuire.

— Je vous suggère de la fouiller le plus rapidement possible, dit le rob d'une voix pleine d'autorité.

— Ann, ne la faites pas exploser! Dans votre propre intérêt. Cela ne servirait à rien. Ce n'est pas un homme : ce n'est qu'un robot. Les udites ne chercheront pas à venger dans le sang la destruction d'un robot.

— C'est vrai? demanda-t-elle à « Gantrix ».

— Oui, répondit le robot. Je suis Carl Junior. Mr Hermes, s'il vous plaît, confisquez-lui ce détonateur. Nous avons une affaire à traiter et il me reste moins d'une heure.

Sebastian trouva l'engin dans le sac d'Ann, au bout d'un quart d'heure. Le rob la maintenait d'une poigne si solide qu'elle était dans l'incapacité absolue de mettre la main sur l'instrument. Tant que dura la fouille, il n'y eut aucun danger réel.

— Bon, fit Ann d'un air compassé. Vous l'avez mais les instructions que j'ai données à la Bibliothèque sont toujours valables. En ce qui concerne le sort de Joe Tinbane et de votre femme.

Elle le regardait avec défi. Le rob la libéra.

— Et en ce qui me concerne, demanda Sebastian, vos intentions premières tiennent toujours? Vous êtes toujours décidée à ne pas me quitter d'un pas, à...

— Oui, oui, fit-elle en se massant les bras. (Elle rejeta ses cheveux en arrière, les lissa et secoua vigoureusement la tête.) Je crois qu'il ment, dit-elle en désignant Carl Junior d'un geste furtif. Si vous lui remettez l'Anarque, vous ne recevrez en échange que des poscreds de la L.M.N. sans valeur et, dans quelques semaines, on annoncera que Thomas Peak est malade. Puis il disparaîtra. Il sera mort. Tout à l'heure, avant l'arrivée de ce personnage, vous m'avez proposé un compromis. Je suis prête à l'accepter : Lotta vous sera rendue — ici même, physiquement comme vous l'avez spécifié — et vous nous livrerez Peak.

Elle scrutait le visage de Sebastian, guettant sa réponse.

— Mais si les udites réussissent à s'emparer de l'Anarque...

— Il est tout à fait vraisemblable que vous reverrez quand même Lotta. Je ne vous fais pas de menace : je vous offre une garantie absolue. (Elle était à nouveau en pleine possession de ses moyens.) Nous emploierons toutes les ressources de la Bibliothèque pour la convaincre de quitter Joe Tinbane et de revenir auprès de vous. Nous n'emploierons pas la coercition : nous viserons simplement à lui faire comprendre combien vous tenez à elle, nous lui montrerons jusqu'où vous avez été dans votre désir de la retrouver. Vous avez renoncé à quarante-cinq milliards de poscreds pour elle. Cela, elle le comprendra. Certains de nos Oblits sont très forts pour éclaircir les questions embrouillées.

— Nous allons nous rendre ailleurs pour négocier la transaction, dit Sebastian au rob.

Il prit Ann Fisher par le bras et l'entraîna vivement au-dehors. Carl Junior les suivit en silence.

— Imbécile que vous êtes! s'écria Ann tandis que Sebastian fermait le vitarium.

Son timbre était strident. Le rob sur les talons, Sebastian se dirigea vers l'escalier extérieur menant au toit où était garé son glisseur.

— Nous nous sommes toujours-heurtés à la Bibliothèque, dit Carl Junior en gravissant les marches de bois branlantes, à la peinture écaillée. Ces gens-là veulent oblitérer les nouveaux enseignements de l'Anarque, effacer jusqu'à la dernière trace de la doctrine transcendantale qu'il a ramenée. Ou, du moins, que je présume qu'il a ramenée. Est-ce que je me trompe, Mr Hermes? Les propos qu'Il a tenus jusqu'à présent indiquaient-ils une vaste et profonde expérience religieuse?

— Absolument. Dès l'instant où nous l'avons revitalisé, il n'a pas cessé de dicter ou de parler à tous ceux qui se trouvaient là.

Il atteignit le glisseur, ouvrit la portière et le rob monta à bord.

— La Bibliothèque a-t-elle autant de pouvoir sur votre femme que le prétendait cette personne? demanda Carl Junior tandis que le glisseur s'élevait dans la nuit.

— Je ne sais pas, répondit Sebastian. Jusqu'à quel point Joe Tinbane pouvait-il protéger Lotta tant qu'elle demeurait avec lui? Il l'avait fait sortir de la Bibliothèque : il était donc raisonnable de supposer qu'il serait en mesure d'interdire aux Oblits de la reprendre. Et quelles seraient les limites de leur obstination? Après tout, il ne s'agissait que d'un conflit marginal, d'une vendetta personnelle d'Ann Fisher qui ne constituait pas un élément fondamental de la politique de la Bibliothèque.

En outre, c'était le Conseil des Oblits qui fixait cette politique, pas Ann.

— Menace et intimidation, dit-il au rob. Une femme qui a le goût de la puissance brandit toujours la violence si l'on ne fait pas ce qu'elle veut.

Que Lotta était différente! Elle serait bien incapable de recourir à la menace et à la violence. J'ai de la chance d'avoir une femme comme celle-là. Je devrais peut-être dire : *j'avais* de la chance.

— Si la Bibliothèque fait du mal à votre femme, je suppose que vous vous vengerez, laissa tomber le rob assis à côté de lui. Que vous vous vengerez personnellement de cette créature. Vrai ou faux? Choisissez.

— Vous avez raison, dit sèchement Sebastian.

— Elle doit en avoir conscience et cela la fera probablement hésiter.

— Probablement. (Du bluff! Voilà ce que c'était! Ann Fisher doit savoir ce que je lui ferai.) Parlons d'autre chose. (Il avait peur de penser plus avant dans cette direction.) Je vous emmène chez moi. L'Anarque n'y est pas mais nous pourrons discuter du prix et des modalités de transfert de gardiennage. Nous avons une procédure classique : je ne vois pas pour quelle raison elle ne s'appliquerait pas dans ce cas.

— Nous avons confiance en vous, fit le rob avec

chaleur. Mais, naturellement, il sera nécessaire que nous voyions l'Anarque avant d'effectuer le règlement. Il nous est indispensable d'avoir l'assurance qu'il est effectivement en votre possession et qu'il est vivant. Et nous aimerions avoir une brève conversation avec lui.

— Non. Vous pourrez le voir mais pas lui parler.

— Pourquoi?

Carl Junior le dévisagea avec curiosité.

— Ce que l'Anarque a à dire est étranger à la transaction. Cela se passe toujours de cette façon. Ce n'est pas sur cette base que fonctionne un vitarium.

— Donc nous devons vous croire sur parole lorsque vous nous affirmez que l'Anarque rapporte des informations précieuses? reprit le rob après un silence.

— Exactement.

— Pour le prix que vous réclamez...

Sebastian l'interrompit :

— C'est à prendre ou à laisser.

C'était, pour lui, une règle commerciale avec laquelle il ne transigeait jamais. Il était trop avisé.

— Vous serez payé en devises de la Libre Municipalité Noire.

Sebastian frissonna. Ann Fisher m'avait prévenu. Là, elle n'a pas menti. Et les gens de Rome, eux aussi, m'ont prévenu.

— Non. Je veux des devises des Etats-Unis de l'Ouest.

— Nous ne traitons qu'avec notre numéraire. (Le ton du rob était sans réplique.) Je ne suis pas habilité à négocier à d'autres conditions. Si vous insistez pour être réglé en monnaie de l'Ouest, restons-en là. Il me faudra signaler à Sa Puissance Ray Roberts que nous n'avons pas pu parvenir à un accord.

« Alors, l'Anarque ira à la Bibliothèque. Et je retrouverai ma femme », songea-t-il.

— Ce ne serait pas conforme au désir de l'Anarque.

C'était la vérité. Néanmoins, Sebastian dit :

— Nous serons contraints de prendre cette décision. Nous en avons légalement le droit.

— Il ne s'est jamais présenté un cas semblable depuis que le monde est monde, fit le rob qui s'empressa d'ajouter : Sauf une fois. Mais il y a très longtemps.

— Ne pouvez-vous pas m'aider à retrouver ma femme? Les udites n'ont-ils pas des commandos pour les opérations de ce genre?

— Les Fils de la Puissance n'existent que pour la vengeance, répondit le rob sans émoi. D'ailleurs, nous ne sommes pas assez forts ici. Chez nous, ce serait différent.

Lotta... T'ai-je perdue? T'ai-je livrée à la Bibliothèque?

Et soudain Sebastian prit conscience que, chose surprenante, ce n'était pas à sa femme qu'il songeait mais à Ann Fisher. A leur promenade dans les rues de la ville. A la violence de leurs rapports amoureux. Je ne devrais pas avoir de tels souvenirs. C'était de la simulation. Elle était chargée de mission.

Mais ç'avait été bon sur le moment. Avant que se manifeste la volonté de puissance qui menait le bal, avant que se désagrège le velours superficiel recouvrant l'acier.

— Séduisante, cette jeune femme de la Bibliothèque, dit finement le robot.

— Mais fallacieuse.

— N'est-ce pas toujours le cas? On se laisse prendre aux apparences et, invariablement, on éprouve une désillusion. Personnellement, je la trouve tout à fait représentative du personnel de la Bibliothèque — avec son charme et ce qui en découle. Qu'avez-vous décidé? Nous rompons les pourparlers ou vous acceptez d'être réglé en monnaie L.M.N.?

— J'accepte.

En vérité, cela n'avait pas d'importance. Dans les circonstances présentes et compte tenu de l'ampleur de ce qui était en litige, les rites commerciaux auxquels Sebastian était si scrupuleusement attaché depuis tant d'années ne comptaient plus.

Peut-être parviendrai-je à joindre Joe Tinbane par la radio de la police, se dit-il. A le mettre en garde. Cela devrait suffire. S'il sait que la Bibliothèque le recherche, il fera le nécessaire. Pour lui et pour Lotta. Et n'est-ce pas l'essentiel? Le retour de Lotta passait avant tout le reste.

Il décrocha le vidéophone de son glisseur et composa le numéro de la station de police dont dépendait Tinbane.

— Je voudrais entrer en communication avec l'agent Tinbane, dit-il à la standardiste. Il n'est pas de service mais il s'agit d'un cas d'urgence. Sa sécurité personnelle est en jeu.

— Votre nom, je vous prie.

Mangeaille! jura silencieusement Sebastian. Il va penser que je le pourchasse pour récupérer Lotta et il ne répondra pas à mon appel. Je n'arriverai pas à le joindre — pas par l'intermédiaire de la police, en tout cas.

— Dites-lui que les agents de la Bibliothèque l'ont pris en chasse. Il comprendra.

Il raccrocha en se demandant, lugubre, si le message parviendrait à son destinataire.

— C'est l'amant de votre femme? s'enquit le rob.

Sebastian fit un signe d'assentiment.

— Le souci que vous avez de lui est fort chrétien. C'est tout à votre louange.

— C'est le second risque calculé que je prends en moins de deux jours, répliqua sèchement Sebastian.

L'exhumation prématurée de l'Anarque avait déjà été bien téméraire. Maintenant, il espérait que la Bibliothèque ne pourrait pas parvenir jusqu'à Tinbane et Lotta pour les éliminer. C'était un pari. Il en était malade : il n'avait pas le tempérament voulu pour se lancer dans de pareilles aventures à intervalles aussi rapprochés.

— Il agirait de même s'il était à ma place, acheva-t-il.

— Est-il marié? demanda Carl Junior. S'il l'est, vous pourriez peut-être vous arranger pour prendre sa femme comme maîtresse en échange de Mrs Hermes.

— Lotta est la seule femme qui m'intéresse.

— Vous avez pourtant trouvé cette fille de la Bibliothèque à votre goût. En dépit de ses menaces. (Le ton du rob était celui de quelqu'un qui parle en connaissance de cause.) Nous voulons être en possession de l'Anarque avant que vous la rencontriez à nouveau. J'ai conféré à distance avec Sa Puissance Ray Roberts qui m'a donné pour directives de faire en sorte d'obtenir la garde de l'Anarque dès cette nuit. Je ne me rendrai pas au rendez-vous fixé par Sa Puissance : je resterai avec vous.

— Vous pensez que je suis vulnérable en face d'Ann Fisher?

— C'est le sentiment de Sa Puissance.

Je ne serais pas surpris que Sa Puissance ait raison, soupira Sebastian dans son for intérieur.

Dès qu'il fut arrivé chez lui, il brancha le relais vidéophonique pour que l'appel de Bob Lindy lui fût transmis depuis le vitarium. A présent, il n'avait plus qu'à attendre. Pour commencer, il ingéra une ration de sogum grande réserve de premier choix pour tenter de se remonter, physiquement et moralement.

— Curieuse coutume, dit le rob qui l'observait. Avant l'Effet Hobart, vous n'auriez jamais accompli un acte pareil sous les yeux de quelqu'un. Ç'eut été considéré comme une offense aux bonnes mœurs.

— De toute façon vous n'êtes qu'un robot.

— Mais un opérateur humain vous observe par le truchement de mon système sensoriel.

Le vidéophone sonna. Sebastian jeta un coup d'œil à sa montre. Déjà?

— Allô, fit-il d'une voix tendue en approchant le récepteur de ses lèvres.

Ce ne fut pas le visage de Bob Lindy qui se forma sur l'écran mais celui du négociant chargé des intérêts de Rome.

— Nous vous avons suivi jusqu'à votre conapt, commença Tony Giacometti. Vous avez contracté une dette de reconnaissance envers nous, Hermes. Si nous n'avions pas été là, Miss Fisher aurait détruit l'Anarque avec sa bombe.

— J'en suis parfaitement conscient.

— En outre, vous n'auriez pas eu connaissance des deux appels vidéophoniques qu'elle a passés du vitarium. En conséquence, nous avons peut-être sauvé et la vie de votre femme et la vôtre.

— J'en ai conscience, répéta Sebastian. (Il était entre les mains de l'acheteur romain.) Que voulez-vous de moi?

— Ce que nous voulons? L'Anarque. Nous savons qu'il est en compagnie de votre technicien, Bob Lindy. Quand Lindy prendra contact avec vous, nous utiliserons un traceur pour connaître l'origine de la communication. Alors, nous saurons où se trouve l'Anarque et nous serons en mesure de nous emparer de lui par la force. Mais nous ne sommes pas partisans de cette méthode contraire à nos principes. La transaction doit se faire loyalement et sur des bases morales. Rome n'est ni la Bibliothèque ni les udites. En aucun cas nous ne travaillons comme ces gens-là. M'avez-vous compris?

— Oui.

— Sur le plan moral, vous êtes dans l'obligation de traiter avec nous plutôt qu'avec Carl Gantrix. Puis-je vous envoyer notre fondé de pouvoirs pour entamer les négociations? Il sera chez vous dans dix minutes.

— Vous avez une technique efficace, reconnut Sebastian. (Que pouvait-il faire? Giacometti avait raison.) Bien. J'attends votre représentant.

Et il raccrocha. Carl Junior qui avait suivi la conversation ne paraissait cependant pas ému.

— Votre Anarque, dit Sebastian, serait mort à l'heure qu'il est s'ils n'avaient pas...

Le robot l'interrompit pour déclarer d'une voix patiente comme s'il s'adressait à un enfant :

— Vous oubliez simplement que le sort de l'Anarque dépend de son propre choix. C'est là l'impératif moral auquel vous devez vous plier. Il n'y a qu'une solution admissible : suspendre les négociations jusqu'à ce que votre technicien vous vidéophone pour vous informer de la volonté de l'Anarque. Il faut que vous sachiez à qui il souhaite que vous le vendiez. (Et Carl Junior conclut sur le ton de la confidence :) Nous sommes certains que son choix se portera sur nous.

— Giacometti n'est peut-être pas de cet avis.

— Ce n'est pas à lui qu'appartient la décision. Certes, Rome a posé le problème sur le plan de la morale. Nous en sommes enchantés. Cependant, nos fondements moraux sont supérieurs à ceux de Rome.

La religion! songea Sebastian avec lassitude. C'était plus complexe, plus rempli de méandres que la pratique commerciale ordinaire. Les questions de casuistique le dépassaient. Il abandonna.

— Vous expliquerez cela au représentant de Giacometti quand il sera là, dit-il et, désireux de se fortifier, il absorba une bonne dose de sogum supplémentaire.

— Rome a des siècles d'expérience que nous n'avons pas, répliqua le rob. Son délégué sera quelqu'un d'astucieux. Je vous supplie d'éviter les traquenards variés qu'il tendra sous vos pas, comme on dit.

— Eh bien, vous lui parlerez, fit Sebastian d'une voix basse. Vous n'aurez qu'à lui expliquer tout ce que vous m'avez raconté.

— Avec plaisir.
— Vous sentez-vous capable de sortir victorieux du débat?
— Dieu est de notre côté, répondit le rob.
— Est-ce cela que vous allez lui dire?
Carl Junior réfléchit.
— Je crois que le meilleur argument est celui du libre arbitre. D'après la loi civile, un ancien-né est considéré comme la propriété du vitarium qui l'a revitalisé. Toutefois, cela n'est pas en accord avec la théologie, aux yeux de laquelle on ne peut pas posséder un être humain, ancien-né ou nouveau-né, puisque l'un comme l'autre ont une âme. J'établirai donc en premier lieu le fait que l'Anarque ressuscité a une âme, ce qu'admettra le client romain, et je déduirai à partir de cette prémisse que l'Anarque, et lui seul, est en mesure de disposer de lui-même — ce qui est notre thèse. (A nouveau, le rob s'abîma dans ses réflexions. Au bout d'un moment, il reprit :) Sa Puissance Ray Roberts approuve ce raisonnement. Je suis en contact avec Elle. Si le représentant de Rome peut réfuter cet argument — ce qui est peu vraisemblable — Mr Roberts prendra personnellement le contrôle de Carl Junior à la place de Carl Gantrix, et Carl Junior deviendra Ray Junior. Vous pouvez maintenant vous rendre compte que, dès le début, nous étions prêts à affronter cette situation. C'est pour cela que Sa Puissance Ray Roberts est venue à Los Angeles. Et Sa Puissance ne repartira pas les mains vides.
— Je me demande ce qu'Ann Fisher est en train de faire à l'heure qu'il est, murmura Sebastian avec inquiétude.
— La Bibliothèque a cessé de compter. En ce qui concerne la possession de l'Anarque, il n'y a plus que deux acheteurs éventuels en présence : Rome et nous.
— Elle ne se déclarera pas battue.
Il était impossible qu'Ann acceptât de capituler. Sebastian s'approcha de la fenêtre du living et contem-

pla la rue plongée dans l'obscurité. Comme il l'avait fait si souvent avec Lotta. Chaque recoin du conapt, chaque objet la lui remémorait.

On frappa à la porte.

— Faites-le entrer, ordonna Seb au rob.

Lui-même s'assit, prit dans le cendrier un mégot qu'il alluma et se prépara à affronter la discussion.

— Au revoir, Mr Hermes, dit Anthony Giacometti en entrant. (Il était venu en personne... Pour la même raison qui avait incité Carl Gantrix à faire intervenir son propre commettant dans le débat.) Au revoir, Gantrix, ajouta-t-il sèchement à l'adresse du rob.

— Mr Hermes, commença ce dernier, m'a demandé de vous mettre au courant de sa position. Il est fatigué et se fait beaucoup de souci pour sa femme. Aussi préfère-t-il ne pas s'occuper de cette affaire lui-même.

— Qu'est-ce que ça signifie? s'exclama Giacometti, s'adressant à Sebastian et non au rob. Nous sommes tombés d'accord au vidéophone.

— J'ai ultérieurement informé Mr Hermes que seul l'Anarque pouvait prendre des engagements en ce qui concerne son sort.

— Procès Scott contre Tyler, dit Giacometti. Il y a deux ans. Tribunal supérieur du comté de Contra Costa. Président : juge Winslow. La disposition d'un ancien-né est à la discrétion du propriétaire du vitarium qui l'a revitalisé. Elle n'appartient ni au vendeur, ni à l'ancien-né lui-même, ni...

Le rob l'interrompit :

— Il s'agit en l'espèce d'un problème spirituel et non d'un problème juridique. La législation relative aux ancien-nés a deux siècles de retard. Rome — c'est-à-dire vous-même — reconnaît qu'un ancien-né a une âme. Nous en avons la preuve dans le sacrement de l'extrême-onction conféré aux ancien-nés grièvement blessés ou...

— Le vitarium ne détient pas une âme. Il détient le réceptacle de l'âme : le corps.

— Objection. Un vitarium ne peut pas exhumer un mort avant que son âme lui soit revenue et l'habite à nouveau. Quand il n'est qu'un corps, qu'un cadavre, le vitarium n'a ni le droit de le vendre ni...

— L'Anarque a été illégalement déterré avant de retourner à la vie. Le vitarium Hermes s'est rendu coupable d'un crime. D'après la loi civile, il ne peut se prévaloir de la propriété de l'Anarque. Johnson contre Scruggs, Cour suprême de Californie, verdict rendu l'année dernière.

— Alors, à qui appartient l'Anarque? demanda le rob avec étonnement.

Une flamme brilla dans les yeux de Giacometti.

— Vous prétendiez que ce n'était pas un problème juridique mais un problème spirituel!

— C'est un problème juridique, bien entendu! Il est indispensable que cette notion de propriété légale soit définie avant que ni vous ni nous puissions nous porter acquéreurs.

— Vous reconnaissez donc que le jugement rendu dans l'affaire Scott contre Tyler constitue un précédent valable pour cette transaction? répliqua calmement Giacometti.

Le rob garda quelque temps le silence. Quand il reprit la parole, on put distinguer dans sa voix une différence subtile mais réelle. Son timbre était plus grave et plus autoritaire. Sebastian en conclut qu'il était maintenant sous le contrôle de Ray Roberts. L'argument du représentant de Rome avait pris Carl Gantrix de court et il s'était retiré.

— Si le vitarium Hermes n'a pas la propriété de l'Anarque Peak, déclara le rob, celui-ci est alors considéré par la loi comme bien vacant et a le même statut que l'ancien-né qui, comme cela se produit parfois, réussit à ouvrir le couvercle de son cercueil, à gratter la terre et à s'exhumer sans aide extérieure.

En ce cas, il est convenu qu'il est son propre propriétaire et seul maître de son sort. En conséquence, nous, les udites, soutenons que, en tant qu'ancien-né vacant, seul l'Anarque peut légalement négocier sa propre vente et nous attendons de connaître sa décision.

— Etes-vous certain que vous avez exhumé l'Anarque prématurément? demanda sournoisement Giacometti à Sebastian. Affirmez-vous que vous avez agi de façon illégale? Si oui, vous serez passible d'une lourde amende. Je vous conseille de nier. Si vous stipulez expressément le fait, nous porterons l'affaire devant le District Attorney du comté de Los Angeles.

— Je... je nie que nous ayons exhumé l'Anarque prématurément, répondit Sebastian, impassible. Il n'existe pas de preuves.

Il était catégorique. Seuls ses collaborateurs avaient assisté à l'opération et ils ne le démentiraient pas.

— Le débat réel est d'ordre spirituel, dit le rob. Il nous faut déterminer le moment précis auquel l'âme s'intègre au cadavre qui gît sous terre. Est-ce lorsqu'on l'exhume? Est-ce lorsqu'on entend pour la première fois le mort appeler à l'aide? Est-ce lorsqu'on enregistre le premier battement de cœur? Est-ce lorsque la totalité du tissu cérébral s'est reconstituée? L'opinion de l'Udi est la suivante : l'âme s'intègre au cadavre quand la régénération tissulaire est achevée, c'est-à-dire juste avant que se manifeste le début de l'activité cardiaque. (Il se tourna vers Sebastian.) Avant de procéder à l'exhumation de l'Anarque, avez-vous décelé une activité cardiaque?

— Oui. Irrégulière mais indiscutable.

— En ce cas, s'exclama triomphalement le rob, lorsque l'Anarque a été déterré, c'était une personne dotée d'une âme. En conséquence...

Le vidéophone sonna. Sebastian décrocha.

Cette fois, ce fut le visage parcheminé et tendu de Lindy qui se forma sur l'écran.

— Ils l'ont, fit-il. (Il passa une main tremblante dans ses cheveux.) Les agents de la Bibliothèque!

— Vous pouvez mettre fin à votre discussion théologique, annonça Sebastian au rob et à Giacometti.

Ses paroles étaient inutiles : le débat s'était déjà terminé.

Pour la première fois depuis un bon moment, le silence régnait dans la pièce.

13

L'homme est un animal, c'est son genre, mais l'homme est une espèce douée de raison, c'est la différence, et capable de rire, c'est sa propriété.

Boèce

Dans la petite chambre d'hôtel, l'agent Tinbane était installé de façon à pouvoir surveiller l'extérieur. Au cas où quelqu'un se montrerait. Sa femme Bethel, Sebastian Hermes, les commandos de la Bibliothèque... Il fallait qu'il soit prêt à tout et à n'importe quoi. Même une combinaison entre ces diverses forces ne l'eût pas surpris.

Pour le moment, il feuilletait la toute dernière édition du *Monday Herald* de Chicago, l'homéo le plus ignoble de toute la presse nord-américaine.

AU COURS D'UNE CRISE D'IVRESSE, IL DÉVORE SON BÉBÉ

— On ne sait jamais ce que vous réserve la vie, dit-il à Lotta. Que l'on soit un nouveau-né ou un ancien-né. Je parie que ce type n'avait jamais imaginé qu'il ferait la manchette du *Monday Herald*.

— Je ne comprends pas comment tu peux lire cela, fit nerveusement Lotta qui, assise sur une chaise à l'autre bout de la pièce, était en train de se coiffer.

— C'est que, en tant qu'officier de paix, je vois pas mal de choses de ce genre. Pas toujours aussi tragiques. Un fait divers comme celui-ci, un père qui dévore son enfant, est quand même rare.

Il examina les titres de la deuxième page.

LA BIBLIOTHÈQUE DE CALIFORNIE SE LIVRE A L'ASSASSINAT ET AU RAPT AU MÉPRIS DES LOIS ET EN TOUTE IMPUNITÉ

— Tiens, dit Tinbane. Il est peut-être question de nous. Il y a un article sur la Bibliothèque. A propos de ton enlèvement.

Intéressé, il lut l'article :

Combien de citoyens de Los Angeles ont-ils disparu derrière les sinistres murailles grises de ce bâtiment interdit? Officiellement, les pouvoirs publics se gardent de toute évaluation mais, en privé, on estime qu'il y a au moins trois disparitions inexpliquées chaque mois. Les mobiles que poursuit la Bibliothèque sont obscurs et on les suppose complexes. Le désir d'effacer par avance les écrits qui...

— Je n'en crois rien, dit Tinbane. Ils ne pourraient pas s'en tirer aussi simplement. Prends mon cas, par exemple : si quelque chose m'arrivait, mon patron, George Gore, volerait à mon secours. Et, si j'étais tué, il le leur ferait payer cher. (En pensant à Gore, il se rappela que Ray Roberts était attendu d'une minute à l'autre. Gore s'efforçait probablement de le contacter pour l'équipe de protection spéciale.) Je ferais mieux de lui vidéophoner, dit-il à Lotta. Tout cela m'est sorti de la tête.

Il utilisa le vidéophone dont était équipée la chambre.

— Nous avons reçu un message pour vous, lui annonça une standardiste quand il se fut identifié. Un informateur anonyme a signalé que les agents de la Bibliothèque sont à vos trousses. Cela vous dit-il quelque chose?

— Fichtre oui! (Il se tourna vers Lotta.) Les agents

de la Bibliothèque nous recherchent. (Il reprit :) Passez-moi Mr Gore.

— Il est à l'aéroport de Los Angeles pour superviser le dispositif de sécurité mis en place à l'intention de Ray Roberts.

— Dès son retour, dites-lui que si quelque chose m'arrive, ce sera du fait de la Bibliothèque. Si je disparais, qu'on dirige les recherches de ce côté. En particulier, si je suis tué, j'aurai été assassiné par les gens de la Bibliothèque.

Il raccrocha avec accablement.

— Penses-tu qu'ils pourront nous trouver? lui demanda Lotta.

— Non.

Après quelques secondes de réflexion, il fouilla les tiroirs jusqu'à ce qu'il fût tombé sur un annuaire qu'il feuilleta d'un air sombre. Il repéra le numéro personnel de Douglas Appleford. Il avait eu plusieurs fois l'occasion d'appeler celui-ci à son domicile et, en général, Appleford était chez lui.

Il composa le numéro. Le visage d'Appelford ne tarda pas à se matérialiser sur l'écran.

— Allô, fit-il.

— Excusez-moi de vous déranger à domicile, Mr Appleford, mais j'ai besoin de votre assistance immédiate. Pouvez-vous entrer en contact avec Mrs McGuire?

— Oui, en cas d'urgence.

— Je considère que c'est un cas d'urgence. (Il mit le bibliothécaire au courant de la situation.) Je suis vraiment dans le pétrin, comprenez-vous? Ils ont des raisons de m'en vouloir. S'ils me rejoignent à l'endroit où je suis, le sang coulera. Probablement le leur. Je suis en liaison avec l'état-major de la police. Si j'ai des ennuis je recevrai immédiatement du renfort. Gore, mon patron, est au courant et il m'épaule. Il y a au moins un aéro de patrouille qui survole le quartier en permanence. Je ne veux pas d'incidents.

Je suis en compagnie d'une dame et je souhaiterais lui épargner le spectacle de la violence — quoique, en ce qui me concerne personnellement, la violence me laisse indifférent. Après tout, c'est mon métier.

— Où êtes-vous au juste?

— Il faudrait que je sois fou pour vous le dire.

— Sans doute, acquiesça Appleford. (A son tour, il se mit à réfléchir, l'œil vague.) Je ne peux pas faire grand-chose pour vous, Joe. Ce n'est pas moi qui fixe la politique de la Bibliothèque : c'est du ressort des Oblits. Je pourrais dire un mot en votre faveur à Mrs McGuire lorsque je la verrai demain.

— Demain sera trop tard. C'est cette nuit que tout éclatera — et c'est un professionnel qui vous parle.

Pratiquement tous les effectifs de la police municipale étaient mobilisés pour assurer la protection de Ray Roberts. C'était le moment idéal pour que la Bibliothèque passe à l'action. Et il n'y avait pas de glisseurs de patrouille dans le ciel. Il n'y en aurait pas. Pas avant que Tinbane ait pu prévenir Gore, en tout cas.

— Je pourrais leur faire savoir que vous les attendez, proposa Appleford. Et, bien sûr, que vous êtes armé.

— Non. Ils enverraient simplement un commando plus important. Dites-leur de passer l'éponge. Que je regrette d'être entré dans la Bibliothèque revolver au poing pour libérer Mrs Hermes. Mais je n'avais pas le choix : ils la gardaient prisonnière.

— Oh! vraiment? s'exclama Appleford, mal à l'aise. Est-ce que les Oblits...

Tinbane l'interrompit : il avait pris une décision.

— Dites-leur que je me suis arrêté à l'arsenal de la police pour y prendre une arme qui éjecte un projectile de la taille d'une mine terrestre. Et c'est un engin à tir rapide, un de ces monstrueux petits Skoda légers. Etant officier de paix, je suis en droit de l'utiliser ouvertement. Je peux me servir de tout le matériel disponible. Les Oblits, eux, sont forcés de cacher leur jeu. Dites-leur que je le sais. Et que j'attends qu'ils se montrent. Ce sera un plaisir! Bonjour.

Il raccrocha.

— Tu as vraiment une arme pareille? lui demanda Lotta qui n'avait pas encore fini de se coiffer.

— Non, un simple revolver, répondit-il en tapotant l'étui fixé à sa ceinture. J'ai aussi un fusil réglementaire dans le glisseur. Je ferais peut-être aussi bien d'aller le chercher.

Il se dirigea vers la porte.

— Qui était cet informateur anonyme, à ton avis?

— Ton mari.

Il sortit, traversa la rue et prit son fusil dans le glisseur garé sur l'aire de stationnement.

La nuit était froide et déserte, sans aucune trace de vie ni d'activité. Nulle menace ne paraissait planer, pourtant. Tout le monde est à l'aéroport, songea-t-il. Je devrais y être, moi aussi. Gore va sûrement m'arracher les yeux pour ne pas m'être présenté à mon service. Mais ma carrière est vraiment le moindre de mes soucis.

Il regagna la chambre du motel et ferma la porte à double tour.

— As-tu vu quelqu'un? fit Lotta à voix basse.

— Non. Ni rien ni personne. Détends-toi.

Il s'assura que le chargeur de son fusil était plein.

— Tu devrais peut-être appeler Sebastian, suggéra la jeune femme.

— Pourquoi? répliqua-t-il avec irritation. J'ai eu son message. Non, je ne me sens aucune envie de lui parler directement. A cause de toi.

Il était gêné. Ce genre de situation était difficile à assumer. C'était la première fois de sa vie qu'il se cachait dans un motel avec la femme d'un autre.

— Tu n'as pas honte, non? interrogea Lotta.

Il fit un grand geste.

— C'est délicat. Je ne saurais pas quoi lui dire. (Il

la dévisagea.) Si tu veux, vidéophone-lui. J'écouterai.

— Je... je préfère lui écrire.

Elle avait déjà laborieusement commencé une lettre — un paragraphe et demi. Le feuillet gribouillé était posé sur le lit : Lotta l'avait abandonné pour le moment. De toute évidence, c'était là pour elle une tâche écrasante.

— Comme tu veux. Ecris-lui. Il recevra la lettre la semaine prochaine!

Elle regarda tout autour d'elle d'un air malheureux.

— Tu n'as rien à lire dans ton glisseur?

— Tiens... Lis ça.

Il lui lança le *Monday Herald.*

— Oh! non, s'exclama-t-elle en reculant. Jamais!

— Tu t'ennuies déjà en ma compagnie?

La mauvaise humeur de Tinbane ne s'atténuait pas.

— A cette heure-ci, je lis toujours quelque chose. (Lotta se mit à aller et venir dans la pièce, tripotant distraitement les objets. Elle découvrit enfin une Bible sur la table de chevet.) Voilà de la lecture, murmura-t-elle en se rasseyant. Je vais poser une question et ouvrir une page au hasard. C'est une des façons de se servir de la Bible. Je fais ça très souvent. (Elle se concentra.) Je vais lui demander si la Bibliothèque nous trouvera. (Ouvrant le livre et fermant les yeux, elle posa un doigt en haut de la page de gauche.) *Où donc s'en est allé ton bien-aimé, ô toi la plus blonde d'entre les femmes*? ânonna-t-elle. *Où ton bien-aimé s'est-il perdu?* (Elle leva la tête, le regard solennel.) Tu sais ce que ça veut dire? Qu'on va t'arracher à moi.

— Il s'agit peut-être de Sebastian? répondit Tinbane, mi-moqueur, mi-sérieux.

Lotta secoua la tête.

— Non. Je t'aime. C'est donc forcément toi. (Elle posa une nouvelle question :) Sommes-nous en sécurité ici, au motel, ou devrions-nous chercher refuge ailleurs? (Cette fois encore, elle ouvrit la Bible au hasard sans regarder.) Psaume 91, annonça-t-elle. *Celui qui habite le lieu secret du Très-Haut reposera à l'ombre du Tout-Puissant.* (Lotta réfléchit.) Je pense que c'est un lieu secret. Donc, nous y sommes aussi en sécurité que n'importe où. Mais ils finiront quand même par nous attraper. Il n'y a rien à faire.

— Si, nous pourrons tenter de nous échapper les armes à la main.

— La Bible dit que non. C'est sans espoir.

— Si j'avais adopté une telle attitude, il y a des années que je serais mort, dit Tinbane, amusé et pourtant révolté de la passivité de Lotta.

— Ce n'est pas une attitude de ma part. C'est...

— Mais si, c'est ta façon d'être. Tu donnes à ce passage l'interprétation que tu souhaites inconsciemment qu'il ait. A mon avis, un être humain, un homme, est maître de sa destinée. Il se peut que ce ne soit pas vrai pour les femmes.

— Je pense que, pour ce qui est de la Bibliothèque, ça ne fait pas de différence, dit-elle avec tristesse.

— Il y a une différence fondamentale, au contraire, entre la mentalité des hommes et celle des femmes, déclara Tinbane. Mieux encore : il existe une différence fondamentale entre les divers types de femmes. Compare-toi à Bethel, mon épouse, par exemple. Tu ne la connais pas mais la différence qui vous sépare toutes les deux est immense. Tiens... Rien que la façon dont tu donnes ton amour : tu l'offres inconditionnellement. L'homme — moi, en l'occurrence — n'a pas besoin d'avoir ou d'être quelque chose de particulier. Bethel, en revanche, exige qu'un certain nombre de critères soient respectés. Je ne sais pas, moi... La manière dont je m'habille, le nombre de fois où il faut que je l'emmène au palais du sogum (trois fois par semaine) ou...

Lotta l'interrompit pour dire d'une voix effrayée :

— J'entends quelque chose sur le toit.

— Ce sont des oiseaux.

— Non. C'est plus gros que des oiseaux.

Tinbane tendit l'oreille et, à son tour, il entendit comme un bruit de pas précipités. Des enfants.

— Ce sont des gosses, dit-il.

— Pourquoi? (A présent, Lotta contemplait fixement la fenêtre.) Ils regardent dans la chambre.

Joe se retourna vivement et vit un étroit visage collé contre la vitre.

— La Bibliothèque les emploie, laissa-t-il tomber d'une voix étranglée. Pour le rayon de littérature enfantine. (Il dégaina, s'approcha de la porte et posa la main sur le bouton.) Attends... Je vais m'en occuper.

Il ouvrit. Le coup passa au-dessus de la tête du petit garçon qui se trouvait derrière la porte. Tinbane avait visé trop haut. Comme pour tirer sur une grande personne. Des adultes qui étaient autrefois des agents au service de la Bibliothèque et qui ont régressé, songea-t-il en pointant à nouveau son arme. Pourrais-je tuer un enfant? Mais, n'importe comment, il réintégrera bientôt la matrice. Il ne lui reste plus guère de temps à vivre. Et Tinbane commença de faire feu sur les quatre silhouettes qui filaient à l'extérieur du motel...

Lotta se mit à piailler d'une fausse voix d'adulte qui l'exaspéra.

— Baisse-toi! hurla-t-il.

L'un des enfants braquait un tube dans sa direction. Tinbane reconnut l'arme : c'était un antique projecteur laser, un engin militaire qui n'était pas conçu pour de simples missions de maintien de l'ordre : la police elle-même n'était pas autorisée à l'utiliser.

— Lâche ça, ordonna-t-il à l'enfant en le menaçant de son revolver. Tu es en état d'arrestation. Tu n'as pas le droit d'avoir cette arme en ta possession.

Il se demanda si l'enfant savait faire fonctionner le laser. Il se demanda...

Le tube cracha un faisceau laser d'un rouge de ru-

bis — couleur qui avait jadis été choisie à dessein.
Et Tinbane mourut.

Lotta, tapie derrière le vaste lit, vit le rayon laser tuer Joe Tinbane. Il y avait maintenant une douzaine d'enfants silencieux que la joie transfigurait. Horribles petites larves!

— Je me rends, fit-elle d'une voix chevrotante qu'elle ne se connaissait pas. C'est d'accord? (Elle se leva maladroitement, trébuchant, et faillit s'écrouler sur le lit.) Je retourne à la Bibliothèque. C'est d'accord?

Elle attendit. Les lasers demeuraient inertes. Les enfants semblaient satisfaits : maintenant, ils s'entretenaient avec leurs supérieurs par le truchement de leurs interphones portatifs. Ils rendaient compte des événements et demandaient des instructions. Seigneur! songea Lotta en abaissant les yeux sur le corps de Joe Tinbane. Je savais bien qu'ils le feraient. Il était trop sûr de lui et être trop sûr de soi, c'est toujours signer son arrêt de mort. C'est cela qui l'a détruit.

— Mrs Hermes? s'enquit l'un des enfants sur un timbre flûté et strident.

— C'est moi.

A quoi bon jouer la comédie? Ils savaient qui elle était. Ils savaient qui était Joe Tinbane — l'homme qui avait livré l'assaut aux Oblits pour l'arracher à leurs mains.

Un adulte entra. C'était le propriétaire du motel, celui qui leur avait loué la chambre. Lotta comprit alors que l'homme était un informateur à la solde de la Bibliothèque. Il conféra un moment avec les enfants, puis leva la tête et fit signe à la jeune femme de s'approcher.

— Comment avez-vous pu l'abattre? murmura-t-elle avec stupéfaction, l'esprit engourdi.

Elle contourna le corps de Joe, s'efforçant de gagner du temps. Peut-être devrait-elle rester avec lui et se faire assassiner comme lui. Peut-être cela valait-il mieux que de retourner à la Bibliothèque.

— Il nous a attaqués, répondit l'homme. Une première fois à la Bibliothèque et maintenant ici. Il s'est vanté auprès de Mr Appleford d'être capable de nous mater. (L'homme tendit le menton vers un aérobus.) Voulez-vous monter, Mrs Hermes?

Sur le flanc du véhicule on pouvait lire les mots : BIBLIOTHÈQUE D'ACTUALITÉS POPULAIRES. C'était un appareil officiel.

Lotta monta à bord, les jambes vacillantes. Les enfants, en sueur et essoufflés, la suivirent et s'entassèrent dans l'habitacle, rayonnants d'excitation. Mais ils ne lui adressèrent pas la parole; ils bavardaient entre eux à voix basse, exultants. Qu'ils étaient heureux de pouvoir être encore utiles à la Bibliothèque même dans leur présent état de décroissance! Lotta les détestait.

14

Mais demain n'est pas encore atteint et hier est perdu. Et vous ne vivez pas plus dans cette vie d'un jour que dans ce moment fugace et transitoire.

Boèce

— On a l'impression sur place, disait le présentateur du journal télévisé, que tout Los Angeles s'est rassemblé pour voir ou applaudir le chef du culte udi, Sa Puissance Ray Roberts, qui est arrivé à l'aéroport un peu avant 19 heures. Il a été accueilli par le maire de la ville, Sam Parks, et par un représentant spécial du gouverneur, Jud Asman.

L'écran montrait une foule dense. Beaucoup de gens criaient en agitant les bras, d'autres portaient des pancartes proclamant toute une gamme de slogans variés, allant de GO HOME à BIENVENUE. D'une façon générale, la bonne humeur paraissait régner.

Grandiose événement dans notre médiocre et mesquine existence, se dit Sebastian, renfrogné.

— Sa Puissance, poursuivit le commentateur, se rendra avec une escorte motorisée au stade des Dodgers où, sous les projecteurs, Elle s'adressera à une multitude de spectateurs, ses supporters pour la plupart mais aussi bon nombre de curieux. C'est la première fois depuis dix ans qu'un chef religieux d'importance est l'hôte de la ville, ce qui nous ramène à l'heureuse époque d'antan où Los Angeles était l'une des métropoles religieuses du monde. (Le commentateur s'adressa à son faire-valoir :) Tu ne trouves pas, Chic, que l'atmosphère joyeuse et exubérante du stade nous rappelle les années 80, la période de Festus Crumb et d'Harold Agee?

— C'est exact, Don. A cette différence près que les foules qui acclamaient Festus Crumb et, dans une certaine mesure, Harold Agee, avaient quelque chose de plus militant. Les quatre millions de personnes qui se sont rassemblées au stade et à l'aéroport sont venues simplement pour regarder un personnage illustre, quelqu'un qui prononcera un discours théâtral et important. Ils l'ont vu à la télévision mais ce n'est quand même pas la même chose.

La caravane quittait maintenant l'aéroport. Il y avait des spectateurs massés tout le long du parcours. Les imbéciles! songea Sebastian. Ils contemplent le simulacre alors que le vrai guide est revenu parmi nous. Même s'il est l'otage de la Bibliothèque.

— Naturellement, quand on voit Ray Roberts, poursuivit Chic, on ne peut s'empêcher de penser à son prédécesseur, l'Anarque Peak.

— N'y a-t-il pas des rumeurs relatives à la résurrection de l'Anarque, Chic? demanda Don. Est-il vrai que beaucoup de gens croient que c'est principalement pour rendre visite à l'Anarque récemment revenu parmi nous et, peut-être, pour le convaincre de regagner la Libre Municipalité Noire que Ray Roberts a fait le voyage?

— Ce sont en effet des bruits qui courent. On se demande aussi s'il serait conforme aux intérêts de l'Udi — ou, plutôt, si Ray Roberts considère que ce serait dans les intérêts de l'Udi — que l'Anarque réapparaisse précisément maintenant. Certains estiment que Roberts pourrait essayer de retarder le retour de l'Anarque à supposer que, comme bien des gens ont l'air de le penser, cet événement se produise.

Il y eut un bref silence tandis que l'écran montrait la caravane motorisée. Don réapparut.

— En attendant que Ray Roberts arrive au stade, je vous propose un bref résumé des informations locales. Un agent de la police de Los Angeles a été trouvé assassiné au motel Bonnes Vacances, à San Fernando. Les enquêteurs émettent l'hypothèse qu'il pourrait s'agir d'un crime commis par des fanatiques religieux. Des clients du motel ont affirmé avoir vu au début de la soirée une femme en compagnie de l'agent Joe Tinbane dans un palais du sogum voisin mais, si cette femme existe, elle a disparu. Lors du bulletin d'informations de 23 heures, nous vous donnerons d'autres détails sur cette affaire. Vous pourrez également entendre une interview du propriétaire du motel. Dans le Nord, les inondations...

Sebastian éteignit le poste.

— Seigneur! fit-il à l'adresse du rob qui était redevenu Carl Junior. Ils ont enlevé Lotta et assassiné Tinbane.

Sa mise en garde avait été inutile : le policier n'en avait pas eu connaissance. La situation est sans issue, songea-t-il en s'asseyant. Il se prit la tête entre les mains et se perdit dans la contemplation du plancher. Je ne peux rien faire. Rien. S'ils ont réussi à éliminer un professionnel comme Tinbane, ils n'auront pas de difficultés à me liquider, moi.

Le rob prit la parole :

— Il semble à peu près impossible de pénétrer à l'intérieur de la Bibliothèque. Nous avons essayé de piéger la section B à l'aide de robs miniaturisés et cette tentative a échoué. Nous ne savons pas quoi faire d'autre. Si nous avions quelqu'un sur place qui sympathise avec nous... (Carl Junior réfléchit.) Nous avions espéré que Douglas Appleford se montrerait coopératif. Il nous faisait l'effet d'être le plus raisonnable de tous les bibliothécaires mais nous avons été déçus dans notre espoir : c'est lui qui a contrecarré la tentative dont je viens de vous parler. (Le rob ajouta :) Remettez la télévision en marche, s'il vous plaît. Je désirerais suivre le défilé.

— Faites-le vous-même.

Sebastian n'avait pas assez d'énergie pour se relever. Le rob tourna le bouton.

— ... et également beaucoup de Blancs, disait Don. Ainsi, comme Sa Puissance l'avait promis, c'est un rassemblement biracial encore que, ainsi que nous le notions il y a quelques instants, le nombre des Noirs dépasse celui des Blancs de... j'évalue le rapport à cinq contre un. Quelle est ton estimation, Chic?

— Je crois que c'est à peu près cela. Oui... cinq personnes de couleur pour un Blanc...

— Il faut que nous trouvions des complicités au sein du personnel de la Bibliothèque, dit Giacometti en tirant sur sa lèvre inférieure. Sinon, l'Anarque ne réapparaîtra plus jamais.

— Et Lotta, murmura Sebastian. (Elle non plus ne réapparaîtrait pas.)

— C'est infiniment moins important bien que, sur le plan subjectif, cela vous paraisse sans aucun doute capital, fit le rob qui se tourna vers Giacometti. Est-ce que les gens de Rome pourraient nous fabriquer de faux documents permettant à l'un de nos agents de pénétrer dans la Bibliothèque? Je crois savoir que vous êtes passés maîtres dans l'art de la contrefaçon.

— C'est une réputation surfaite, répondit Giacometti, sardonique.

— Si nous avions le temps, reprit pensivement Carl Junior, nous pourrions confectionner un simulacre robotique à la ressemblance de... mettons d'Ann Fisher. Mais cela prendrait des semaines. Si nous mettions nos ressources en commun, Mr Giacometti, nous serions peut-être à même de nous introduire dans la Bibliothèque.

— Mes commettants ne travaillent pas dans ces conditions.

Il n'y avait pas à discuter. Le ton de Giacometti était catégorique et définitif.

Sebastian s'adressa au rob :

— Demandez à Ray Roberts ce que je peux faire pour pénétrer dans le bâtiment.

— Pour le moment, Sa Puissance...

— Demandez-lui !

— Comme vous voudrez. (Carl Junior eut un geste d'assentiment et resta silencieux pendant plusieurs minutes. Sebastian et Giacometti attendaient. Enfin, le rob dit d'une voix assurée :) Vous vous rendrez à la section B et vous demanderez Mr Douglas Appleford. Vous a-t-il déjà vu, Mr Hermes ?

— Non.

— Vous lui direz que vous venez de la part d'une certaine Miss Charise McFadden. Vous vous appellerez Lance Arbuthnot. Vous avez écrit une étude délirante sur les origines psychogéniques de la mort par météorites. Vous êtes un excentrique. Originellement, vous apparteniez à la L.M.N. mais vous en avez été expulsé à cause de vos théories. Mr Appleford vous attend. Charise McFadden l'a déjà sondé. Elle lui a parlé de vous et de votre thèse absurde. Il ne sera pas enchanté de votre visite mais vous recevoir fait partie de son travail.

— J'avoue ne pas voir où cela me conduira.

— Vous aurez ainsi une couverture et un prétexte. Votre présence, vos allées et venues dans la Bibliothèque seront explicables. Les inventeurs farfelus ont coutume de faire le siège de la section B et Appleford en a l'habitude. (Il se tourna vers Giacometti.) Vos amis et vous-même accepterez vous de collaborer avec nous pour préparer à l'intention de Mr Hermes le nécessaire de survie qui lui sera indispensable quand il sera sur place? Cela requiert la mise en œuvre de nos ressources communes.

Après avoir médité, Giacometti hocha la tête.

— Je pense que nous pourrons vous prêter assistance, pour autant que cela n'implique la destruction d'aucune vie humaine.

— L'action de Mr Hermes sera strictement défensive. Nous ne songeons à aucun plan d'agression. Ce serait en vain qu'un homme seul tenterait de passer à l'attaque contre la Bibliothèque. L'échec serait inévitable.

— Et si le vrai Lance Arbuthnot se présentait? objecta Sebastian.

— Lance Arbuthnot n'existe pas, répondit laconiquement le rob. Miss McFadden est une udite. Son intervention auprès de Mr Appleford a été, dès le début, une manœuvre d'approche. En réalité, c'est Ray Roberts, dont l'esprit est fertile, qui a eu cette idée. Nous avons nous-mêmes préparé cette thèse démentielle sur les facteurs psychosomatiques de la mort météorique. Le document vous sera livré demain à la première heure. Par un messager spécial envoyé par les udites.

Le rob rayonnait.

Don continuait son commentaire télévisé :

— Compte tenu des conditions météorologiques, la foule qui se presse au stade des Dodgers est considérable. Sa Puissance Ray Roberts est attendue d'un instant à l'autre. (Les hurlements du public, qui n'étaient jusque-là qu'un bruit de fond, éclatèrent soudain, assourdissants.) Mr Roberts émerge de la porte réservée aux visiteurs, s'écria Don. Est-ce que la caméra peut nous donner un gros plan?

L'opérateur actionna le zoom et l'on vit sur l'écran quatre silhouettes qui se dirigeaient vers la tribune improvisée dressée au milieu du stade.

— Je vous demanderai d'observer un silence absolu pendant l'allocution de Roberts, dit le rob.

— Que se passe-t-il, Don? demanda Chic.

— On dirait que Ray Roberts bénit l'assistance. Il agite les mains comme s'il aspergeait d'eau bénite la tête des gens. Oui... C'est la bénédiction... Tout le monde s'agenouille.

La foule continuait de s'époumoner.

— Nous ne pouvons rien faire ce soir, dit Sebastian au rob. Impossible de pénétrer dans la Bibliothèque.

— Vous avez raison. Il faut attendre demain. Attendre l'ouverture.

Carl Junior posa un doigt sur ses lèvres pour réclamer le silence. Ray Roberts, debout devant le micro, contempla l'assemblée.

Sa Puissance était plutôt frêle, remarqua Sebastian. Une poitrine d'oiseau, des membres maigrichons... et des mains extraordinairement vigoureuses. Son regard était lumineux et pénétrant. Ses yeux luisants balayaient l'auditoire. Roberts portait une simple robe noire et était coiffé d'une calote. Il avait un anneau au doigt. Un anneau aux reflets aveuglants. L'anneau de suzeraineté, se dit Sebastian, se remémorant Tolkien. Un anneau fulgurant dans les ténèbres au Pays de Mordor, le Royaume des Ombres. Le symbole du pouvoir terrestre. Semblable à l'anneau maudit fondu dans l'or du Rhin. Peut-être le fait que la Bibliothèque s'était emparée de l'Anarque était-il le signe manifeste de la malédiction.

Ray Roberts leva les deux bras.

— *Sum tu,* commença-t-il. Je suis toi et tu es moi. Les distinctions entre nous sont illusoires. Qu'est-ce que cela signifie? (Sa voix s'éleva soudain. Roberts semblait fixer un point situé à l'infini.) Le Noir ne peut pas être inférieur à l'homme blanc pour la raison très simple qu'il est lui-même l'homme blanc. Jadis, quand l'homme blanc s'en prenait au Noir, il se détruisait lui-même. Aujourd'hui, lorsqu'un citoyen de la Libre Municipalité Noire moleste un Blanc, il se moleste lui-même. Je vous le dis : n'arrachez pas l'oreille du centurion romain; elle tombera d'elle-même.

Des hurlements d'enthousiasme montèrent de la foule.

Sebastian passa dans la cuisine, alluma un mégot de cigare auquel il insuffla rapidement de la fumée, avec rage. Le cigare grandit. Bob Lindy réussira peut-être à me faire entrer cette nuit même dans la Bibliothèque, songea-t-il. Il est ingénieur. Rien de ce qui est mécanique ou électrique ne lui est étranger. Lindy ou Buckley : R. C. est si débrouillard qu'il peut s'introduire n'importe où quand il le désire. C'est à mes collaborateurs, pas aux udites, que je devrais faire appel. Même si les udites ont un plan tout prêt.

— Cela me rappelle, clamait Ray Roberts, la vieille dame qui venait de renaître et dont la grande terreur était, quand on l'exhumait, d'être mal habillée. (Eclats de rire du public.) Mais les névroses, poursuivit Roberts d'un air sombre, peuvent détruire une personne comme elles peuvent détruire une nation. L'Allemagne nazie avait la peur panique d'un second front et...

Sebastian cessa de prêter attention au bourdonnement de la voix de Roberts.

Je devrais peut-être me rendre aux raisons de ce rob et attendre demain. Joe Tinbane a employé la violence pour récupérer Lotta : à quoi cela lui a-t-il servi? Il est mort et Lotta est à nouveau prisonnière de la Bibliothèque. Le résultat est négatif.

Il faut une tactique bien étudiée pour entrer dans la place — et c'est là un domaine familier aux udites. Ils ont raison. Je dois employer la ruse et non la force.

Mais, lorsque je serai dans la Bibliothèque, ne perdrai-je pas la tête? Quand je me trouverai en face d'eux, la tension sera gigantesque. Et il faudra que je bavarde avec Appleford, que je discute d'un pseudo-manuscrit, fruit d'un cerveau dérangé.

Il regagna le living.

— Je ne pourrai pas! s'écria-t-il, interrompant la bruyante tirade de Ray Roberts.

Le rob porta la main à son oreille, l'air mécontent.

— J'y vais tout de suite! tonitrua Sebastian.

Mais Carl Junior ne faisait pas attention à lui. La tête penchée en arrière, il buvait à nouveau les paroles qui tombaient du haut-parleur.

Giacometti se leva, prit Sebastian par le bras et le poussa vers la cuisine.

— Dans ce cas précis, les udites ont raison. Il faut agir lentement, par petites étapes. Nous devons être patients — particulièrement vous. Vous risquez de vous faire tuer comme ce policier. Il est indispensable d'utiliser la méthode... (Il fit un grand geste)... la méthode indirecte. Et de manœuvrer avec doigté. Comprenez-vous?

Il dévisagea Sebastian.

— Je n'attendrai pas demain. J'y vais tout de suite.

— Vous irez peut-être mais vous n'en reviendrez pas.

Sebastian inhala les dernières bouffées de fumée nécessaires à reconstituer entièrement son cigare et dit :

— Bonjour. A plus tard. Je sors.

— N'essayez pas de pénétrer dans la Bibliothèque. Ne...

Le vacarme de la télévision noya les dernières paroles du délégué de Rome. Sebastian referma la porte derrière lui. Que c'était bon, le silence qui régnait dans le hall!

Des heures durant — du moins, il en avait l'impression — Sebastian erra par les rues obscures, les mains dans les poches. Des boutiques... des maisons... Le temps passait et l'obscurité s'épaississait. Il leva les yeux vers un immeuble résidentiel. Pas une lumière. Pas un passant sur le trottoir. Il était entièrement seul.

Soudain, il se trouva en face de trois udites, deux hommes et une jeune femme. Chacun arborait le badge *sum tu.* La femme l'affichait à la pointe extrême de son sein droit comme un téton de métal étincelant.

— *Vale amice,* s'écria le trio en chœur. Que penses-tu du discours de Sa Puissance?

— Remarquable, répondit Sebastian. (Il chercha à se rappeler les paroles de Roberts. Il ne se souvenait que d'une seule phrase.) J'ai beaucoup apprécié l'allusion à l'oreille du centurion romain. Cela m'a ému.

— Nous avons de l'esprit de sogum, lui dit le plus grand des deux hommes. Veux-tu te joindre à nous? Même si tu n'appartiens pas à notre fraternité, nous pouvons célébrer l'événement ensemble.

Impossible de refuser.

— Excellente idée, répondit Sebastian.

Il y avait des années qu'il n'avait pas absorbé d'esprit de sogum. Cela ressemblait vaguement aux mixtures alcoolisées que l'on vendait autrefois chez les marchands de spiritueux et dans les bars. Il y avait bien longtemps! C'était avant l'Effet Hobart.

Tous les quatre s'entassèrent dans un glisseur et la flasque munie d'un long tube ne tarda pas à circuler. L'atmosphère devenait de plus en plus cordiale.

— Qu'est-ce que vous faites dans les rues à une heure pareille? lui demanda la fille. Vous cherchez une femme?

— Oui, répondit Sebastian, la langue déliée par l'esprit de sogum.

Il avait l'impression d'être avec des amis. Et c'était sans doute vrai.

— Dans ce cas, nous pourrions aller...

Hermes l'interrompit.

— Non. Ce n'est pas ce que vous pensez. Je suis à la recherche de ma propre femme. Je sais d'ailleurs où elle est. Mais je ne peux pas aller la délivrer.

— Eh bien, nous la délivrerons, s'exclama avec enthousiasme le plus petit des deux hommes. Où est-elle?

— A la Bibliothèque.

— Mangeaille! s'écrièrent les trois udites avec ivresse. Allons-y.

Et celui qui était au volant mit le moteur en marche.

— La Bibliothèque est fermée à l'heure qu'il est, leur fit observer Sebastian, ce qui refroidit — provisoirement — l'enthousiasme du trio.

Après avoir palabré avec ses compagnons, l'un des udites résuma la conclusion à laquelle tous trois étaient parvenus :

— Il y a une boîte aux lettres de nuit. Elle est destinée aux livres dont le délai d'oblitération est dépassé. Là, on ne vous pose pas de questions. Cela pourrait-il nous servir à entrer dans la place?

— La fente est trop petite, répondit Sebastian.

Nouvelle douche sur le renouveau d'enthousiasme des trois jeunes gens!

— Il vous faudra attendre demain, dit la fille. A moins que vous ne vouliez faire appel à la police mais, d'après ce que je sais, la police se garde de mettre son nez dans les affaires de la Bibliothèque.

— Sauf que la Bibliothèque a assassiné un policier il y a quelques heures, rétorqua Sebastian.

Mais comment le prouver? N'avait-il pas entendu à la télévision que l'on attribuait le meurtre à des « fanatiques religieux »?

— Vous pourriez peut-être demander à Ray Roberts d'inclure votre femme dans une de ses prières, suggéra la femme avec espoir.

— Moi, laissa tomber le plus grand des deux hommes, je persiste à penser qu'on devrait aller quelque part et faire une orgie tous les quatre.

Sebastian les remercia, descendit du glisseur et s'en fut.

Le véhicule le suivit. Quand il arriva à sa hauteur, l'un des udites baissa la vitre et lui cria :

— Si vous avez l'intention de passer à l'attaque, on vous donnera un coup de main. Les gens de la Bibliothèque ne nous font pas peur!

— Et comment, qu'ils ne nous font pas peur! renchérit la fille d'une voix argentine.

— Non, fit Sebastian.

Il fallait qu'il agisse seul. Si bien intentionnés qu'ils fussent, les trois udites ne lui seraient d'aucun secours.

— Rentre chez toi, vieux, supplia le porte-parole du trio. Ce soir, tu ne peux rien faire. Essaye demain.

Ils avaient raison. Sebastian hocha la tête.

— D'accord, murmura-t-il.

A présent, il se rendait compte qu'il était épuisé. Dès qu'il eut renoncé en esprit, son corps suivit le mouvement. Il agita le bras pour dire bonjour — ou, plutôt *salve* — à ses interlocuteurs et continua sa route vers le premier carrefour éclairé, dans l'espoir de trouver un aérotaxi.

Il ne s'était jamais senti aussi déprimé.

15

Le savoir de Dieu, transcendant également tous les mouvements du temps, demeure en la simplicité de Sa Présence.

Boèce

Quand, une demi-heure plus tard, Sebastian rentra chez lui, il trouva, Dieu merci, le conapt vide. Giacometti et Carl Junior, le robot, étaient enfin partis. Tous les cendriers débordaient de cigarettes entières. Il les rangea en paquets puis, abattu, alla se coucher. Au moins l'atmosphère était-elle purifiée et rafraîchie grâce à la défumation de tant de cigarettes.

Sans transition, il fut réveillé par un coup frappé à la porte. Il se leva, hébété, constata qu'il était tout habillé et se dirigea vers l'entrée d'une démarche mal assurée. Il n'y avait personne : il avait mis trop longtemps. Mais un colis soigneusement enveloppé dans du papier bleu était posé sur le seuil. C'était la prétendue thèse de Lance Arbuthnot. Seigneur! soupira intérieurement Sebastian. Il avait mal à la tête et tout son corps était douloureux. Il leva les yeux vers la pendule accrochée au mur de la cuisine. 9 heures. La Bibliothèque était déjà ouverte.

Il s'installa dans le living et ouvrit le paquet d'une

main qui tremblait. Des centaines de pages dactylographiées et minutieusement annotées à la plume. C'était un travail remarquablement convaincant. Sebastian était impressionné par le savoir-faire des udites. Il feuilleta le manuscrit et s'aperçut que le texte avait quand même un sens, une logique poussée à l'extrême. Cela passerait.

Avant même d'avoir ingéré si peu que ce soit de sogum, avant même de s'être empoilé le visage comme tous les matins, il téléphona à la Bibliothèque et demanda Douglas Appleford.

Le visage d'un petit fonctionnaire pompeux et falot se forma sur l'écran.

— Appleford à l'appareil.

— Je suis Lance Arbuthnot. Miss McFadden vous a parlé de moi.

— Ah! oui, fit Appleford en secouant la tête d'un air écœuré. J'attendais votre appel. Vous êtes l'homme des météores?

Sebastian agita le manuscrit devant l'écran.

— Puis-je vous apporter ma thèse dans la matinée?

— Entendu. Je m'arrangerai pour vous recevoir entre deux visites. Mettons à 10 heures.

— Eh bien, à tout de suite.

Sebastian raccrocha. Désormais, il avait librement accès à toutes les sections de la Bibliothèque, à l'exception de la section A qui occupait l'étage supérieur. Les udites étaient des gens expérimentés. Quand on bénéficiait de leur concours, cela changeait tout.

Le vidéophone sonna. C'était Sa Puissance Ray Roberts qui appelait.

— Au revoir, Mr Hermes, dit Roberts d'une voix sentencieuse. En raison de l'importance que revêt votre intervention directe à la Bibliothèque, je crois bon d'avoir une conversation personnelle avec vous. Pour être sûr qu'il n'y a pas de malentendu. Vous avez reçu le manuscrit Arbuthnot?

— Oui. Je pense que cela fera l'affaire.

— Pour les gens de la Bibliothèque, votre présence là-bas ne doit pas excéder quelques minutes. Douglas Appleford reçoit votre manuscrit, vous remercie et le classe. C'est l'affaire de dix minutes au maximum. Evidemment, ce laps de temps est trop court. Il vous faudra vous perdre dans le dédale des bureaux et des salles de lecture pendant une bonne partie de la journée. Pour ce faire, vous aurez besoin d'un prétexte.

— Je pourrais raconter...

Sa Puissance interrompit Sebastian :

— Ecoutez-moi bien, Mr Hermes. Le prétexte que vous utiliserez a été mis au point par avance. Il y a longtemps de cela. Nos plans sont à long terme. Lorsque vous serez dans le bureau de Mr Appleford et que vous aurez encore le manuscrit en main, vous le feuilletterez rapidement et vous tomberez par le plus grand des hasards sur la page 173. Vous vous apercevrez alors qu'il s'est glissé dans le texte une erreur d'importance et vous demanderez à Appleford l'autorisation de vous rendre dans une salle de lecture, dont l'accès est normalement interdit, pour faire les corrections à la main qui s'imposent. Vous lui remettrez le manuscrit ensuite, lui affirmerez-vous. Ce travail, ajouterez-vous, vous prendra entre quinze et quarante-cinq minutes.

— Je vois, dit Sebastian.

— Les salles de lecture — zone interdite, je vous le répète — ne sont pas surveillées car elles ne contiennent rien d'autre que des tables de bois. Donc, personne ne vous verra quitter celle où vous serez entré. Toutefois, si vous êtes intercepté, vous prétendrez que vous vous êtes perdu en essayant de retrouver le chemin du bureau d'Appleford. Pour nous, il est capital de déterminer avec le maximum de probabilité l'endroit où se trouve l'Anarque. D'après nos analyses, nous estimons pouvoir le localiser au dernier étage de la Bibliothèque. Au dernier ou à l'avant-dernier, peut-être. Voilà donc les deux niveaux que vous devrez visiter. Bien entendu, ce sont là les étages auxquels il est le plus difficile d'accéder. Les employés de la Bibliothèque qui y travaillent portent un brassard imprégné d'une teinture spéciale donnant la réponse voulue au faisceau explorateur d'un miniradar. Il s'agit d'une teinture d'un bleu lumineux, très visible pour que les gardes puissent voir de loin et au premier coup d'œil qu'ils ont affaire à quelqu'un qui a le droit de se trouver là. Le papier dans lequel était enveloppé le manuscrit qui vous a été remis a été spécialement traité. Vous y découperez un brassard en suivant le pointillé prévu à cet effet et vous le glisserez dans votre poche avant de partir. Dès que vous aurez quitté le bureau d'Appleford, vous le mettrez à votre bras gauche.

— Le bras gauche, répéta Sebastian.

Il se sentait vide et avait la tête qui lui tournait. Il avait besoin de sogum, d'une douche froide et de changer de vêtements.

— Vous trouverez dans le réfrigérateur où vous entreposez la nourriture que vous dégorgez la trousse de survivance que le robot Carl Junior et Mr Giacometti ont préparée ensemble à votre intention. (Roberts aménagea une pause avant de poursuivre :) Son importance est capitale pour vous, Mr Hermes. Encore une chose... Vous aimez votre femme et elle vous est précieuse mais, sous l'angle historique, elle ne compte pas. Seul compte l'Anarque. Je vous prie de vous efforcer de comprendre cette distinction, de comprendre l'insignifiance de vos désirs personnels et la valeur presque infinie que représente l'Anarque Peak. Votre instinct vous poussera à vous mettre en quête de votre épouse. Vous aurez donc à lutter pour contrôler consciemment cette impulsion. Est-ce que je me fais bien comprendre ?

— Je veux retrouver Lotta, laissa tomber Sebastian entre ses dents serrées.

— Que vous le vouliez, c'est possible. Mais ce n'est

pas le motif de votre présence à la Bibliothèque. Ce n'est pas pour vous permettre de récupérer Mrs Hermes que nous vous fournissons tout ce matériel. A mon sens... (Ray Roberts se pencha sur l'écran de sorte que ses yeux s'élargirent, hypnotiques. Silencieux et passif, Sebastian écoutait comme un poulet en face d'un serpent.) A mon sens, ils relâcheront votre femme saine et sauve lorsque l'Anarque sera entre nos mains. En vérité, elle ne les intéresse pas.

— Oh! mais si. Elle les intéresse parce qu'ils veulent se venger de moi. A cause de ce que j'ai fait à Ann Fisher. (Sebastian était rebelle à la logique de Ray Roberts sur ce point précis. Il devinait que l'argument n'était que de façade.) Vous ne connaissez pas Ann Fisher. Elle est vindicative et son dépit joue un rôle majeur dans...

— Je l'ai rencontrée à plusieurs reprises, répliqua Ray Roberts. Elle a représenté le Conseil des Oblits auprès de notre gouvernement... en tant que ministre sans portefeuille, si vous voulez. De temps en temps, son influence s'exerce puissamment au sein des organes directeurs de la Bibliothèque et, régulièrement, elle perd toute autorité, victime de sa propre fourberie. C'est peut-être ce qui s'est passé avec l'affaire Tinbane. Nous avons laissé entendre à la police que ce sont les agents de la Bibliothèque et non des « fanatiques religieux » qui ont commis ce meurtre. (La fureur fit grimacer le visage de Roberts.) La police et la presse rejettent traditionnellement sur les udites le crime et la violence.

— Pensez-vous que Lotta se trouve aussi aux derniers étages?

— Très vraisemblablement. (Sa Puissance scruta les traits de Sebastian.) Je vois que malgré mes exhortations vous avez l'intention de consacrer la majeure partie du bref laps de temps qui vous sera imparti à vous mettre en quête de votre femme. (Il eut un geste résigné. De compréhension, pas de blâme.) Soït, Hermes. Maintenant, examinez votre nécessaire de survivance et allez à votre rendez-vous. Je suis heureux d'avoir pu m'entretenir avec vous. J'espère que nous aurons bientôt une nouvelle conversation... Peut-être aujourd'hui même, dans la soirée. Bonjour.

— Bonjour, dit à son tour Sebastian en raccrochant.

Il se précipita vers le réfrigérateur rempli de victuailles prêtes à partir pour le supermarché et examina le contenu du petit carton blanc que lui avaient laissé Giacometti et le robot. A sa grande déception, il n'y trouva que trois objets : une grenade vaporisante de L.S.D. sous haute pression. Un antidote au L.S.D. à absorber par voie buccale — à base de phénothiazine, sans doute — enfermé dans une capsule plastique qu'il devrait garder dans la bouche pendant qu'il explorerait la Bibliothèque. Quant au troisième article, il lui fallut plusieurs minutes pour l'identifier. Il s'agissait d'une faible dose d'un liquide pâle et visqueux logée dans une seringue à injection intraveineuse, le tout enveloppé dans un papier portant des instructions imprimées.

La lecture de ce mode d'emploi apprit à Sebastian que cette substance l'affranchirait pendant un moment de l'Effet Hobart.

Il serait alors stationnaire, il n'avancerait ni ne reculerait dans le temps. Et, paradoxalement, pendant une période finie : pas plus de six minutes en termes de durée réelle. Mais, subjectivement, ces six minutes seraient pour lui aussi longues que plusieurs heures.

Il découvrit que cette substance venait de Rome. Il se rappela qu'elle avait jadis été utilisée avec un succès relatif pour les méditations spirituelles prolongées. Aujourd'hui, elle était officiellement interdite et nul ne pouvait s'en procurer. Pourtant, il en avait un échantillon en main.

Rome ne négligeait rien pour mener à bonne fin ses

recherches spirituelles incessantes, même dans le domaine utilitaire et pratique.

C'était tout simple : lorsqu'il aurait attaqué au L.S.D. les gardes de la Bibliothèque après s'être fait l'injection, ses adversaires seraient immobiles alors que lui serait en mouvement. Et, conformément au vœu exprimé par Giacometti, l'intégrité physique de tout le monde serait préservée.

Pendant une période subjective comprise entre une et trois heures, il serait probablement libre d'aller où il le voudrait, de faire ce qu'il voudrait aux derniers étages de la Bibliothèque. Cette trousse de survivance, si simple qu'elle fût, lui paraissait remarquablement bien conçue.

Sebastian prit une douche rapide, enfila des vêtements correctement salis, s'empoila, absorba du sogum, dégurgita des victuailles variées dans les plats rituels, puis, le manuscrit sous le bras, sortit du conapt et se dirigea vers son glisseur qu'il avait garé la veille au bord du trottoir. La peur lui nouait la gorge. C'est ma seule chance, songeait-il. Et la dernière. Ma seule chance de libérer Lotta. Et, si possible, de libérer en même temps l'Anarque. Si cette ultime tentative échoue, je ne la reverrai plus. Plus jamais.

Quelques instants plus tard le glisseur s'éleva dans le ciel lumineux.

16

Ces pensées, je les roulais dans mon triste cœur, alourdi d'inquiétudes dévorantes, de peur de mourir avant de trouver la vérité.

saint Augustin

— Un certain Mr Arbuthnot vous demande, monsieur, annonça la secrétaire de Douglas Appleford dans l'interphone.

Appleford poussa un grognement. Une fois encore, il allait avoir sur les épaules le fardeau que l'enthousiaste Charise McFadden s'entêtait à lui faire porter.

— Faites entrer.

Il repoussa son fauteuil, croisa les mains et attendit.

Un homme d'un certain âge, imposant et coquettement vêtu, entra.

— Lance Arbuthnot, murmura-t-il.

Son regard qui balayait la pièce était un regard inquiet de bête prise au piège.

— Montrez, fit Appleford sans autre préambule.

Arbuthnot, qui tremblait, s'assit devant le bureau et lui tendit l'énorme manuscrit dactylographié aux coins écornés.

— L'œuvre de toute une vie, soupira-t-il.

— Ainsi, vous soutenez que si une personne est tuée par la chute d'un météore, c'est parce qu'elle haïssait sa grand-mère? commença Appleford d'une voix gaillarde. Etrange théorie. En tout cas, je vois que vous êtes suffisamment réaliste pour souhaiter qu'elle soit annihilée.

Il feuilleta hâtivement le manuscrit, lisant une phrase ici et là, au hasard. Des formules lourdes, du jargon, des images tirées par les cheveux, des affirmations fantaisistes... Tout cela lui était familier. Des textes de ce genre, la Bibliothèque en recevait dix par jour. C'était le train-train quotidien de la section B.

— Pouvez-vous me le prêter un instant? demanda Arbuthnot d'une voix rauque. Pour un dernier coup d'œil avant de vous l'abandonner définitivement.

Appleford laissa tomber l'épais manuscrit sur son bureau. Lance s'en empara, le contempla, puis se mit à en tourner les pages. Soudain, il s'immobilisa et entreprit de relire un passage particulier en remuant les lèvres.

— Que se passe-t-il? s'enquit Appleford.

— Je... Il me semble qu'il s'est glissé une erreur importante... Là, page 173. Il faut que je la corrige avant que vous passiez à l'oblitération.

Appleford appela sa secrétaire par l'interphone :

— Miss Thomsen, voudriez-vous conduire Mr Arbuthnot dans l'une des salles de lecture des étages interdits pour qu'il puisse travailler sans être dérangé? (Il leva les yeux vers Arbuthnot.) Quand me rapporterez-vous votre texte?

— Cela me prendra quinze ou vingt minutes. Moins d'une heure, en tout cas. (Arbuthnot se leva, son précieux manuscrit sous le bras.) Est-ce que vous accepterez de l'oblitérer?

— Comptez sur moi. Faites vos corrections et revenez me voir.

Appleford se mit debout. Après une hésitation, son visiteur sortit, l'air important.

Le bibliothécaire revint à son travail. Il avait déjà presque oublié Lance Arbuthnot, inventeur farfelu.

Sebastian Hermes était seul dans la salle de lecture. D'une main qui tremblait, il sortit de sa poche le brassard qu'il fixa à sa manche, ouvrit sa trousse de survivance et glissa dans sa bouche la capsule anti-L.S.D. en prenant soin de ne pas la mordre. Il saisit maladroitement la grenade de la main gauche. Qu'est-ce que je fais avec ça? songeait-il. Je n'y arriverai jamais. Tinbane, lui, aurait su quoi faire. Il était entraîné.

Laborieusement, presque incapable de remuer la main, il s'injecta la dose de liquide pâle et visqueux. Voilà! Le premier pas était franchi. Il était dans la place. Et il y resterait subjectivement pendant plusieurs heures.

Il ouvrit la porte et jeta un coup d'œil dans le hall. Personne en vue. Il avança. Apercevant un écriteau indiquant l'emplacement de l'escalier, il s'engagea dans cette direction.

Aucun problème : il n'y avait pas âme qui vive. Mais quand il ouvrit la porte donnant sur le palier de l'étage supérieur, il se trouva face à face avec un garde de la Bibliothèque en uniforme qui, le regard glacé, s'approcha de lui d'un pas lent. Sebastian l'évita sans difficulté : il fit un crochet et s'élança au pas de course dans le corridor.

Ann Fisher sortit d'une porte latérale, les bras chargés de papiers. Comme le garde, elle se déplaçait au ralenti. En le voyant, elle tourna la tête. Sebastian avait l'impression que le mouvement durait de longues minutes. Progressivement, Ann Fisher ouvrit la bouche et son expression finit par exprimer la stupéfaction.

— Que... faites... vous...? commença-t-elle.

Mais Sebastian ne pouvait attendre la fin de cette phrase infiniment étirée. Quelque chose avait mal tourné. Il n'aurait jamais dû rencontrer Ann Fisher — en tout cas, pas si tôt. Passant devant elle, il poursuivit sa course, conscient que, en dépit des échelles de temps différentes, il était resté assez longtemps immobile pour qu'elle pût le reconnaître. Je n'aurais pas dû m'arrêter, se dit-il. J'aurais dû rester constamment en accéléré. Mais il était trop tard et les regrets étaient vains, désormais.

L'alarme allait être donnée. Compte tenu de la disjonction temporelle, il faudrait plusieurs minutes pour qu'Ann lançât l'alerte. Mais la sonnette finirait par retenir, c'était inévitable.

Deux gardes armés étaient debout, rigides, devant une porte. Sebastian se rua sur eux aussi vite que possible. Les sentinelles parurent vaguement s'apercevoir de quelque chose. Leur tête pivota, comme mue par une mécanique — mais Sebastian avait déjà tourné la poignée.

La sonnette d'alarme vibra — *din* — *din* — *din*. Un intervalle mesurable séparait chaque vibrato du timbre. On dirait un magnétophone qui ne tourne pas à la bonne vitesse, pensa Sebastian. Il ouvrit la porte.

Dans ce bureau, il y avait quatre Oblits, reconnaissables à la néo-toge qu'ils portaient. L'Anarque Peak était assis sur une chaise au milieu de la pièce.

Sebastian arrêta sa décision sur-le-champ.

— Vous ne m'intéressez pas. Je veux ma femme. Où est Lotta?

Personne ne l'entendit. Pour les gens qui étaient là, ses paroles n'étaient qu'une sonorité confuse. Il battit en retraite sans plus se préoccuper de l'Anarque, petite silhouette ratatinée et desséchée. Il passa à nouveau devant les sentinelles qui avaient fait volte-face pour le suivre, se contorsionnant pour échapper aux bras qui se tendaient pesamment vers lui, et entra comme une trombe dans le bureau voisin.

Rien d'autre qu'une table solitaire et des classeurs.

Dans le troisième bureau, quelqu'un qu'il ne connaissait pas était en train de vidéophoner; Sebastian ne s'attarda pas.

La quatrième pièce était un entrepôt où régnait un froid mortel.

Il faut que je monte à l'étage supérieur... Il repéra la flèche indiquant l'escalier et se précipita dans cette direction.

A l'étage supérieur, il croisa un grand nombre d'hommes et de femmes qui, comme lui-même, portaient tous un brassard d'un bleu lumineux. Il fendit la foule qui se pressait dans le corridor et ouvrit une porte au hasard.

Il entendit derrière lui le déclic d'un fusil que l'on arme et pivota sur ses talons : effectivement, un fusil se braquait sur lui.

Il lança gauchement sa grenade L.S.D. et mordit en même temps la capsule contenant l'antidote.

Le fusil s'immobilisa et échappa aux mains du garde qui s'accroupit, levant les bras comme pour se protéger d'un assaillant. Hallucinations...

Tel un nuage de fumée, le L.S.D. ondoyait dans le corridor qu'il envahissait. Sebastian plongea dans la nappe gazeuse, bousculant au passage des formes qui se déplaçaient au ralenti, et essaya les portes les unes après les autres. Partout, des bibliothécaires au travail. Ici et là, l'insigne d'un membre du Conseil des Oblits. La hiérarchie de la Bibliothèque se désagrégeait du fait de sa présence et à cause de ce qu'il avait apporté avec lui. Mais il ne vit Lotta nulle part.

A la fin, il tomba sur une vieille dame d'aspect fragile, seule dans un bureau. C'était une oblitératrice. Elle le regarda en ouvrant de grands yeux. Parlant avec lenteur pour se faire comprendre, il lui demanda :

— Où... est... Mrs... Hermes?... A... quel... étage...?

Et, menaçant, il s'avança.

Mais le L.S.D. avait déjà atteint la vieille femme qui se laissa glisser sur le sol et se prosterna, une expression de terreur respectueuse peinte sur les traits. Sebastian se pencha sur elle, l'empoigna par l'épaule et répéta sa question.

— Au... rez-de-chaussée... finit-elle par répondre avec une lenteur qui était un véritable supplice pour Sebastian.

Il l'abandonna et rebroussa chemin. Le hall était plein de monde et plein de bruit mais chacun s'était retranché dans un petit monde à lui : il n'y avait aucune communauté d'action, aucune coordination des efforts. Aussi gagna-t-il l'ascenseur sans difficulté : personne ne prêtait attention à lui.

Il appuya sur le bouton. Un laps de temps incroyablement long s'écoula avant l'arrivée de la cabine.

Elle était bourrée de gardes sur le pied de guerre. Tous portaient des masques. Ils dévisagèrent Sebastian qui battit en retraite avec une rapidité pour eux fulgurante. Au bout d'un moment, l'un d'eux réussit à tirer.

Il rata son coup. Cependant, il s'était montré capable de faire feu dans la direction approximative de Sebastian. Et le L.S.D. n'affecterait pas ces hommes.

Je ne pourrai pas retrouver Lotta. Impossible d'entrer dans l'ascenseur tant qu'il n'est pas vide. *Ray Roberts avait raison!* J'aurais dû m'occuper de l'Anarque et oublier Lotta. Il eut une pensée ironique : les morts vivront et les vivants mourront. Je suis à leur merci. Contrairement à Joe Tinbane, je n'ai libéré personne — même temporairement. Les choses se seraient peut-être passées autrement si je n'étais pas tombé sur Ann Fisher.

En raison de la drogue qu'il s'était administrée, il avait l'étrange impression d'être en dehors du temps. C'était presque un sentiment d'immortalité. Mais qui ne s'accompagnait d'aucune sensation de force ou de majestueuse puissance : il se sentait faible, fatigué et désespéré. Ainsi, Ann Fisher obtient ce qu'elle voulait. L'une après l'autre, ses prophéties se réalisent. Je suis le dernier et, comme Joe Tinbane, comme l'Anarque, comme Lotta, je vais subir le sort qui m'a été fixé.

J'ai tout gâché. En quelques minutes à peine. Oui, si Joe Tinbane avait été à ma place, ç'aurait été différent, j'en suis sûr.

Il ne pouvait se débarrasser de cette pensée obsédante et la conscience qu'il avait de sa propre infériorité l'accablait. Il se comparait à Joe, mettant en regard ses déficiences et les prouesses de Tinbane. Et pourtant, soupira-t-il, ils ont eu raison de lui. Joe est mort.

Et moi, je serai bientôt mort à mon tour.

En agissant ensemble, Joe et moi, nous aurions peut-être réussi à faire sortir Lotta. Nous l'aimions tous les deux. En unissant nos efforts, cela aurait pu marcher. Mais en opérant en ordre dispersé, chacun de son côté, nous sommes voués à la mort. S'il avait reçu mon message, s'il m'avait appelé du motel, s'il...

Je suis vieux et débile. On aurait dû me laisser dans la tombe. Qu'en a-t-on retiré? Rien. Du vide. La mort... La moisissure et le froid du tombeau sont encore collés à moi et font avorter toutes mes entreprises. J'ai l'impression de mourir à nouveau. Ou plutôt je n'ai jamais cessé d'être mort.

S'ils me tuent, cela n'aura pas d'importance car cela ne me changera pas. Mais Lotta est différente de moi. Comme l'était Tinbane.

Même s'il m'est impossible de m'échapper, même si je n'arrive à sauver personne, pas même moi, peut-être... peut-être pourrais-je encore tuer Ann Fisher. Cela en vaudrait la peine. En souvenir de Joe Tinbane.

17

Mais comment mesurons-nous le temps présent, voyant qu'il n'a point d'espace? On le mesure tandis qu'il passe mais lorsqu'il aura passé il ne sera point mesuré car il n'y aura rien qui puisse être mesuré.

saint Augustin

Arrachant son fusil à l'un des gardes qui se mouvaient au ralenti, Sebastian Hermes bondit en direction de l'escalier. Il entendit des échos de voix et descendit les marches quatre à quatre sans rencontrer la moindre opposition.

Le corridor de l'étage inférieur était, lui aussi, peuplé d'une foule d'hommes pétrifiés et lourdement armés. Sebastian repéra, tout au fond, la silhouette d'Ann Fisher et s'élança vers la jeune femme, esquivant sans peine ceux qui cherchaient à l'intercepter avec des gestes languissants. Quand il fut en face d'elle, elle blêmit à nouveau.

D'une voix lente adaptée à l'échelle temporelle d'Ann Fisher, il dit :

— Je... ne... peux... pas... sortir... Je... vais... donc... vous... tuer.

Et il leva son arme.

— Attendez, répondit-elle. Je... vous... propose... un... marché. (Elle plissait les yeux comme si elle le distinguait mal.) Si... vous... me... laissez... la... vie... sauve..., vous... pourrez... partir... avec... Lotta.

Etait-elle sincère? Il en doutait.

— Avez... vous... qualité... pour... donner... des... ordres... en... ce... sens...? demanda-t-il.

— Oui, répondit-elle en hochant la tête.

— Mais je vous garderai en otage jusqu'à ce que nous ayons quitté le bâtiment, elle et moi.

— Pardon? (Tendue, elle s'efforçait de suivre son débit trop rapide.) Entendu, fit-elle finalement, ayant de toute évidence déchiffré les paroles de Sebastian.

Elle paraissait étrangement, incroyablement résignée.

— Vous avez peur, dit-il.

— Bien sûr! (Chose curieuse, son rythme verbal était à nouveau normal. Sans doute l'effet de la drogue que Sebastian s'était injectée avait-il commencé à se dissiper.) Vous surgissez comme un fou, vous vous précipitez dans tous les sens en lançant des grenades et en menaçant les gens. Mon seul désir est que vous disparaissiez de la Bibliothèque et les moyens m'importent peu. (Elle pencha la tête et dit dans le micro fixé sur sa poitrine :) Faites monter Lotta Hermes dans un des glisseurs garés sur le toit. Je l'y rejoindrai.

— Vous avez donc tant d'autorité? s'exclama Sebastian, étonné.

— Mon père est vice-président du Conseil des Oblits. Et vous connaissez ma mère. Nous montons sur le toit? (A présent, elle était plus calme et elle avait recouvré une bonne partie de son habituel sang-froid.) Je ne tiens pas à me faire tuer par un dément. Je vous connais, ne l'oubliez pas. Je redoutais précisément, figurez-vous, que vous ne vous lanciez dans une telle entreprise. En principe, je n'aurais pas dû être à la Bibliothèque mais dans les circonstances présentes et eu égard à la complexité de la situation...

Il la coupa.

— En avant! Montons!

Et, lui enfonçant le canon de son fusil dans les reins, il la poussa vers l'ascenseur le plus proche.

Ann fronça les sourcils.

— Ne vous emballez pas. Je m'en tiens strictement aux termes de notre accord. Lotta sera là-haut. Si vous perdez la tête et si vous tirez, elle risque d'en subir les conséquences et je suppose que vous n'avez pas envie qu'elle meure.

— En effet.

Elle avait raison : il fallait qu'il reprenne sa maîtrise de soi. La cabine arriva. D'un signe, Ann Fisher ordonna aux gardes qui s'y trouvaient de sortir.

— Disparaissez, leur ordonna-t-elle avec brusquerie. Les fusils! s'exclama-t-elle, méprisante, en entrant dans l'ascenseur avec Sebastian. Et quand on pense à ceux qui s'en servent! Des frustrés qui ont besoin d'une compensation. Regardez-vous, maintenant que vous en avez un entre les mains : d'un seul coup, vous n'avez plus peur de rien parce que vous voilà capable de contraindre n'importe qui à faire ce que vous voulez. *Vox Dei :* c'est ainsi que les commandos udites appellent les fusils. La voix de Dieu. (Elle réfléchit et reprit :) Sans doute avons-nous commis une erreur en capturant à nouveau votre femme. C'était tenter le diable.

— L'assassinat de Tinbane a été un acte odieux. De la cruauté gratuite. Qu'est-ce qu'il vous avait fait?

— Ce que vous avez fait vous-même. Il a surgi, revolver au poing, et l'a vidé sur quelques vieux Oblits inoffensifs et désarmés.

— Et vous voulez vous venger! J'imagine que vous me poursuivrez, moi aussi, pour me punir. Et que vous finirez par me liquider à mon tour.

— Nous verrons, répondit tranquillement Ann Fisher. Il faudra que le Conseil en débatte. Peut-être se prononcera-t-il en faveur de cette solution. A moins qu'il ne préfère s'en remettre à moi.

Elle le regarda dans les yeux.

— La Bibliothèque honore la violence.

— Oh! oui. Absolument. En fait, la violence nous fait très peur car nous savons ce qu'elle peut obtenir. Nous ne l'utilisons pas de gaieté de cœur mais par souci d'efficacité. Songez à ce que vous avez accompli vous-même aujourd'hui. (L'ascenseur s'immobilisa et les portes s'ouvrirent silencieusement.) Où avez-vous trouvé ce fusil? demanda Ann avec curiosité. Il ressemble aux nôtres.

— C'est l'un des vôtres. Je suis venu sans armes.

— Les fusils ignorent la loyauté, dit-elle sur un ton résigné. Ils ne sont pas comme les chiens. (Tous deux posèrent le pied sur le toit.) La voici, fit Ann en plissant les yeux. Allons-y.

Elle s'élança à vive allure et Sebastian dut presser le pas pour la suivre. Les gardes qui avaient amené Lotta s'éclipsèrent furtivement. Sebastian ne fit pas attention à eux : il ne songeait qu'à Ann Fisher et à sa femme.

Dès qu'ils furent arrivés devant l'aéroglisseur, Lotta demanda :

— As-tu fait sortir l'Anarque, Sebastian? J'ai surpris ce qu'ils disaient. Il est également prisonnier.

— Ce n'est pas prévu au contrat, jeta vivement Ann Fisher.

Stoïque, Sebastian la fit s'installer sur le siège avant, s'assit au volant et tendit son arme à Lotta.

— Tu tiendras Miss Fisher en joue.

— Mais, je... commença Lotta d'une voix hésitante.

Il l'interrompit :

— Ta vie et la mienne dépendent de ce fusil. Tu te rappelles ce qu'ils ont fait à Joe Tinbane? La décision est venue de cette femme. C'est elle qui a donné l'ordre de le tuer. Alors? Tu la tiendras en joue?

— Oui, répondit Lotta dans un souffle.

Le canon du fusil se braqua sur Ann. Le rappel du meurtre de Tinbane était un argument convaincant.

— Mais l'Anarque? demanda à nouveau Lotta.

— Je ne peux pas le libérer. (Sebastian avait presque crié ces mots.) Je ne peux pas faire de miracle. Que nous arrivions à nous en sortir tous les deux sains et saufs, c'est déjà une chance invraisemblable. Alors, vas-tu me ficher la paix?

Lotta acquiesça docilement.

Il lança le moteur et l'appareil s'éleva. Bientôt, il se perdit au milieu de la circulation aérienne.

Sebastian se posa un instant sur le toit d'un édifice public du bas de la ville pour faire descendre Ann Fisher après lui avoir confisqué le micro portatif fixé à son corsage. Puis le glisseur reprit son vol.

— Merci d'être venu me chercher, murmura Lotta après un moment de silence.

— J'ai eu de la chance, répondit-il avec laconisme.

Il ne lui dit pas qu'il avait capitulé, que sa seule intention avait été de détruire Ann Fisher, que la récupération de sa femme avait pratiquement été, en fait, un accident. Un accident, néanmoins, dont il se réjouissait.

— La télévision a annoncé la mort de Tinbane. C'est comme ça que nous l'avons appris. Et il a été précisé qu'il était en compagnie d'une femme dont on n'a plus retrouvé la trace après le crime.

— Je ne me remettrai jamais de sa mort, fit Lotta d'une voix faible.

— Je m'en doute. Il te faudra longtemps.

— Ils l'ont tué sous mes yeux. J'ai tout vu. Tout! Des enfants de la Bibliothèque... C'était grotesque, comme un rêve. Il a tiré mais il avait l'habitude de viser haut sur des cibles de taille adulte. Les projectiles sont passés au-dessus de la tête des enfants.

Lotta se tut.

— En tout cas, tu es sortie de la Bibliothèque, reprit-il d'une voix bourrue dans l'espoir de la réconforter. Définitivement, cette fois.

— Les udites t'en voudront-ils de ne pas avoir libéré l'Anarque? Quel dommage! Il est si important alors que je suis si insignifiante. Je trouve cela injuste.

— Pour moi, tu as de l'importance.

— Comment t'es-tu procuré les engins dont tu t'es servi? La bombe au L.S.D. et l'accélérateur temporel? Je les ai entendus en parler. Cela a été une surprise totale pour eux. Tu n'étais pas censé posséder du L.S.D. et...

Il l'interrompit sèchement :

— Le matériel m'a été fourni par les udites. Ils m'ont équipé et ont tout organisé pour que j'aie un prétexte justifiant ma présence à la section B.

— Ils ne seront pas contents. S'ils ont fait ça, c'était dans l'espoir que tu sauverais l'Anarque, n'est-ce pas?

Il ne répondit pas. Il concentrait toute son attention sur le pilotage et s'assurait que personne ne le suivait.

— Tu n'as pas besoin de parler, enchaîna Lotta. Je peux deviner. Les udites ne disposent-ils pas des Fils de la Puissance, ces commandos de tueurs? J'ai lu quelque chose à leur propos. Existent-ils réellement?

— Oui, ils existent... Enfin... je le suppose.

— Peut-être que Mr Roberts les enverra contre la Bibliothèque et pas contre toi. C'est ce qu'il aurait dû faire. Ce n'était pas à toi de libérer l'Anarque. Tu n'es pas un commando.

— C'est moi qui ai voulu y aller.

— A cause de moi? (Sebastian sentait physiquement l'intensité du regard de Lotta.) Parce que tu n'étais pas venu me rechercher la première fois? Tu as changé d'avis? C'est bien ça?

— J'ai essayé.

Cela correspondait en gros à la réalité.
— M'aimes-tu?
— Oui.
Il l'aimait beaucoup. Plus qu'il ne l'avait jamais aimée, il s'en rendait soudain compte.
— Est-ce que tu m'en veux? A propos de Joe Tinbane?
— Le motel? Non. (Après tout, ce qui s'était passé était de sa faute à lui. Et il y avait eu sa petite escapade avec Ann Fisher.) Je regrette que Joe ait été tué.
— Je ne m'en consolerai jamais.
C'était comme une promesse.
— Que t'ont-ils fait à la Bibliothèque? demanda-t-il en se préparant au pire.
— Rien. Ils avaient décidé de me faire traiter par un psychiatre qu'ils détiennent et qui m'aurait fait je ne sais trop quoi au cerveau. Et cette femme, Miss ou Mrs Fisher, est venue. Elle m'a parlé un moment.
— De quoi?
— De toi, répondit Lotta de sa petite voix. Elle prétendait que vous aviez eu des rapports intimes, tous les deux. Que... vous aviez couché ensemble. Des choses de ce genre. Mais, ajouta-t-elle, naturellement, je ne l'ai pas écoutée.
— Tu as bien fait.
Sebastian sentait le poids du mensonge sur ses épaules. D'abord, il fallait mentir à sa femme. Puis à Ray Roberts. Trouver une histoire à raconter aux udites. Il devrait se concilier tout le monde. Voilà où j'en suis, maintenant!
— Même si ce que cette femme disait se révélait vrai, cela ne me tracasserait pas, continua Lotta. Après tout, qu'est-ce que j'ai fait, moi? Le motel, je veux dire. Je ne t'en voudrais pas. Je ne pourrais pas.
— Eh bien, ce n'est pas vrai, se contenta de répondre Sebastian.
— Elle est très séduisante avec ses cheveux noirs et ses yeux bleus. Beaucoup plus séduisante que moi.

— Je la déteste.
— A cause de Joe?
— A cause de Joe et pour d'autres raisons.
Il ne s'expliqua pas davantage.
— Où allons-nous, maintenant, Sebastian?
— On rentre à la maison.
— Est-ce que tu appelleras les udites pour leur dire...
— Ils m'appelleront, répliqua-t-il avec une résignation stoïque.

18

Et j'irai aussi par-delà le pouvoir de ma nature, m'élevant graduellement jusqu'à Celui qui m'a créé. Et j'atteindrai les champs et les palais spacieux de ma mémoire.

saint Augustin

Dès qu'il fut dans son conapt, Sebastian appela le vitarium afin de s'assurer qu'il était toujours en activité. Ce fut Cheryl Vale qui répondit.

— Ici le vitarium Hermes, fit-elle d'une voix allègre.

— Aujourd'hui, je ne viendrai pas. Est-ce que tout le monde est là?

— Oui, sauf vous. Oh! Mr Hermes... Bob Lindy veut vous parler. Il tient à vous expliquer comment la Bibliothèque lui a arraché l'Anarque. Avez-vous le temps?...

— Nous verrons ça plus tard. Ça peut attendre. Bonjour.

Il raccrocha rageusement.

— Je viens de penser à quelque chose, fit Lotta, assise sur le divan en face de lui et dont le visage trahissait l'agitation. Si la Bibliothèque a jugé bon de se venger de Joe Tinbane à cause de ce qu'il a fait, elle prendra la même attitude à notre égard.

— J'y ai pensé aussi.

— Dans ce cas, les Fils de la Puissance... J'ai peur...

— Oui, s'exclama-t-il sur un ton brusque.

Tous... Les gens de Rome, la Bibliothèque, les udites — il avait réussi à se mettre tout le monde à dos. Tout le monde y compris la police de Los Angeles qui pouvait supposer qu'il avait tué Joe Tinbane parce que celui-ci s'était caché dans un motel avec sa propre femme. C'était un mobile.

— Y a-t-il quelqu'un vers qui tu pourrais te tourner?

— Non. Personne. (Epouvantable quand on y réfléchissait! Il rectifia :) Personne sauf toi.

Somme toute, Lotta était de retour. Et c'était déjà beaucoup.

Mais pas assez. Elle poursuivit :

— Et si nous nous cachions tous les deux? Si nous nous réfugiions quelque part? Ce qu'ils ont fait à Joe Tinbane... Cela reste si présent dans mon esprit! Ça s'est passé sous mes yeux et je ne peux pas l'oublier. Je me souviens de leurs pieds qui trottinaient sur le toit, je revois le visage de l'enfant qui nous épiait par la fenêtre. Joe était armé et il savait qu'ils viendraient — mais ça n'a rien changé. Je me demande si nous ne devrions pas quitter Los Angeles. Même les Etats-Unis de l'Ouest. Quitter la Terre, peut-être.

— Tu veux émigrer sur Mars? lui demanda-t-il d'une voix sombre.

— Là-bas, les udites sont sans pouvoir. La seule autorité qui existe sur Mars est celle de l'O.N.U. et, à ce que l'on dit, elle y gère des colonies sous globe. Tout est sous son contrôle et elle réclame toujours des volontaires. Il y a de la publicité à la télévision tous les soirs.

— C'est un voyage sans retour. Quand on a émigré, on ne revient pas. Les gens sont prévenus avant de signer le contrat. C'est un aller simple.

— Je sais mais, au moins, nous resterions vivants. La nuit, on n'entendrait plus de bruit sur le toit ni derrière la porte. Franchement, Sebastian, je crois que tu aurais dû faire évader l'Anarque. Alors, les udites auraient été de ton côté. Mais de cette façon...

— J'ai essayé, répéta-t-il machinalement. Tu as entendu Ann Fisher. Il n'était pas possible de conclure réellement un marché avec elle. J'ai pris ce que j'ai pu — toi, en l'occurrence — et je suis parti comme un bolide. Il faudra bien que Ray Roberts se fasse une raison : c'est la vérité.

Pourtant, tout au fond de lui-même, il savait qu'il n'avait pas vraiment cherché à libérer l'Anarque. Il avait seulement pensé à Lotta. Les craintes de Ray Roberts s'étaient révélées fondées. A peine Sebastian était-il entré dans la Bibliothèque que tous les discours sur la valeur « historique » de son action s'étaient évaporés, dissipés avec la fumée de la grenade L.S.D.

— Je serais très heureuse d'aller sur Mars, murmura Lotta. Nous en avons déjà parlé, tu te rappelles? Il paraît que c'est fascinant, là-bas. On éprouve un sentiment de grandeur cosmique... L'homme sur une autre planète. On prétend que c'est une expérience qu'il faut avoir faite pour la comprendre.

— Je n'ai qu'un seul talent : le flair.

— Tu veux dire... détecter les morts qui sont sur le point de renaître?

— Tu sais bien que je ne sais rien faire d'autre. (Sa voix était grinçante. Il leva le bras.) Quel intérêt y aurait-il à se rendre sur Mars? Là-bas, l'Effet Hobart est faible, presque inexistant.

Ce qui représentait un autre inconvénient : sur

Mars, Sebastian vieillirait à nouveau et le processus de la sénescence se révélerait rapidement fatal pour lui; quelques années seulement le sépareraient de la maladie et de la mort.

Naturellement, ce serait différent pour Lotta. Elle pouvait encore vivre des dizaines d'années en temps normal. Plus longtemps encore qu'en temps inversé.

Mais en quoi est-ce un drame de remourir bientôt? se dit-il. Je suis déjà passé une fois par là et ce n'est pas tellement atroce. En un certain sens, j'apprécierais de retrouver le grand, l'éternel repos. Etre déchargé de tous les fardeaux...

— C'est vrai, il n'y a pas de ressuscités sur Mars, reconnut Lotta. J'avais oublié.

— Il faudrait que je trouve un emploi de travailleur manuel ou un poste dans un bureau.

— Non, je pense que ton expérience de chef d'entreprise et tes dons d'organisation seraient un atout précieux. Tu passerais sans aucun doute des tests d'aptitude. Alors, tes multiples dons se manifesteront.

— Tu as l'optimisme de la jeunesse, soupira-t-il. (Et moi, ajouta-t-il intérieurement, le pessimisme de l'âge mûr.) Attendons que Ray Roberts se soit manifesté. Peut-être parviendrai-je à lui raconter une histoire à laquelle il croira. Je veux dire, rectifia-t-il, que j'arriverai peut-être à lui faire comprendre la situation dans laquelle je me suis trouvé. Et, comme tu le disais, il se peut que les commandos udites réussissent à récupérer l'Anarque. C'est là une mission qui leur convient. Moi, je n'étais pas fait pour cela. J'insisterai aussi sur ce point.

— Je te souhaite bonne chance, dit Lotta d'une voix désenchantée.

Une heure ne s'était pas écoulée que Ray Roberts appela.

— Je vois que vous êtes de retour, dit-il en examinant Sebastian d'un œil à la fois sarcastique et critique. Comment avez-vous réussi à vous en sortir?

— Pas tellement bien, répondit Sebastian avec circonspection.

Il fallait mener le jeu prudemment. Aucun faux pas n'était permis.

— La Bibliothèque détient toujours l'Anarque.

— Je suis parvenu jusqu'à lui mais je n'ai pas pu...

— Et votre femme?

— Je l'ai ramenée, répondit Sebastian. Fortuitement. Les autorités de la Bibliothèque ont décidé de la relâcher. Je ne l'ai pas demandé. Je vous répète : l'initiative est venue de la Bibliothèque elle-même.

— Une manœuvre transactionnelle : Lotta vous a été remise à condition que vous vidiez les lieux. L'affaire a été traitée à l'amiable.

— Non.

— C'est pourtant l'impression que cela donne, fit Roberts dont le regard scrutateur fouillait Sebastian. (Il était impassible; son visage sombre et intelligent demeurait indéchiffrable.) Ils vous ont acheté. (Sa voix s'était faite plus aiguë.) Ils n'auraient pas agi de la sorte si vous n'aviez pas été en mesure de faire sortir l'Anarque.

— La décision est venue d'Ann Fisher, rétorqua Sebastian. J'avais l'intention de la tuer. Elle m'a proposé un marché pour avoir la vie sauve. Je l'ai emmenée avec moi. J'ai même...

Roberts l'interrompit :

— Il ne vous est pas venu à l'esprit que c'était précisément pour cette raison qu'ils s'étaient emparés de votre femme? Pour disposer d'un otage afin de vous neutraliser?

Sebastian répliqua avec obstination :

— J'avais le choix entre...

— Ils ont sondé votre personnalité, laissa tomber Ray Roberts sur un ton lourd de mépris. Ils ont des psychanalystes. Ils savaient quel serait le marché que vous accepteriez de conclure. Ann Fisher n'a pas peur de la mort. Elle vous a joué la comédie. Elle ne s'est pas dérobée pour avoir la vie sauve : elle a réussi à vous éloigner de l'Anarque. Si elle avait vraiment eu peur de vous, elle n'aurait pas flâné dans les environs.

— Vous avez peut-être raison, admit Sebastian à contrecœur.

— Vous avez quand même vu l'Anarque. Pouvez-vous me garantir qu'il est vivant?

— Oui.

Il était en sueur. Ses aisselles, son dos étaient trempés.

— Et les Oblits l'interrogeaient?

— Il y avait des Oblits avec lui, en effet.

— Savez-vous que vous avez modifié le cours de l'Histoire humaine? Ou, plus exactement, vous n'êtes pas parvenu à le modifier. Vous aviez une chance de le faire et cette chance est désormais perdue. Vous auriez pu rester à jamais dans le souvenir des hommes comme celui qui aurait rendu à la vie, puis sauvé l'Anarque. Votre nom serait resté éternellement vivant et les bases d'une religion entièrement nouvelle auraient été établies. La certitude aurait remplacé la simple foi et des Evangiles sans précédent auraient surgi.

Il n'y avait pas la moindre trace de colère dans la voix de Ray Roberts. Il parlait calmement, se bornant à énoncer des faits. Des faits que Sebastian était incapable de réfuter.

— Dis-lui que tu essaieras à nouveau, lui souffla Lotta, en lui serrant l'épaule pour l'encourager.

— Je retournerai à la Bibliothèque, murmura Sebastian.

— Si nous vous y avons envoyé, c'était pour respecter le compromis auquel nous étions parvenus avec Giacometti qui nous avait demandé d'éviter le recours à la violence. A présent, les accords que nous avons passés sont annulés. Nous sommes désormais libres de faire appel à nos hommes. Mais... (Roberts fit une pause.) C'est probablement un cadavre qu'ils trouveront. La Bibliothèque identifiera les Fils de la Puissance dès qu'ils auront mis le pied dans le bâtiment. C'est ce que Giacometti m'a fait remarquer hier. Pourtant, nous n'avons pas d'autre solution. Il n'y a pas de négociations possibles. Rien, aucune promesse ne pourra convaincre la Bibliothèque de relâcher l'Anarque. C'est une situation tout à fait différente de celle dans laquelle se trouvait Mrs Hermes.

— Eh bien, dit Sebastian, je suis heureux d'avoir pu m'entretenir avec vous. Merci pour...

L'écran devint opaque. Ray Roberts avait raccroché. Sans prendre congé.

Sebastian resta longtemps immobile, le récepteur à la main. Lentement, il le replaça sur son support. Il avait l'impression d'avoir cinquante ans de plus... Et cent ans de fatigue en supplément.

— Tu sais, dit-il à Lotta, quand on se réveille dans son cercueil, on commence par éprouver une étrange lassitude. On a l'esprit vide, on est physiquement exténué. Puis des pensées vous viennent : des choses que l'on veut dire, des actes que l'on veut accomplir. On a envie de crier, de se battre pour sortir. Mais le corps ne réagit toujours pas. On est incapable de parler, incapable de bouger. Cela dure... (Il se livra à un bref calcul) environ quarante-huit heures.

— Est-ce vraiment épouvantable?

— C'est l'expérience la plus atroce que j'aie jamais connue. C'est encore plus effrayant que de mourir.

Et ce que je suis en train de ressentir, songea-t-il.

— Veux-tu que je t'apporte quelque chose? Un peu de sogum chaud?

— Non, merci.

Il se leva et se dirigea à pas lents vers la fenêtre donnant sur la rue. Il a raison, pensait-il. Je n'ai pas réussi à modifier l'Histoire humaine. J'ai considéré mon existence personnelle comme plus importante que celle de tous les autres humains, des udites en particulier. J'ai détruit les fondements d'une théologie universelle entièrement nouvelle qui s'ébauchait. Ray Roberts a raison!

— Tu n'as vraiment besoin de rien? lui demanda Lotta à mi-voix.

— Ça va aller, répondit-il en contemplant la rue, les gens, les véhicules semblables à des boîtes de sardines. Ce qu'il y a de terrible quand on est au fond de son cercueil, c'est que l'esprit est vivant et que le corps ne l'est pas. Et l'on a conscience de cette dualité. Lorsqu'on est réellement mort, ce sentiment n'existe pas. On est alors totalement détaché de son enveloppe charnelle. Mais cela... (Il eut un geste spasmodique.) Un esprit vivant lié à un cadavre. Enfermé dans un cadavre. Et le fait que le corps finira par s'animer ne change rien à l'affaire : on a l'impression d'une attente éternelle.

— Mais tu sais que ça ne t'arrivera plus. Désormais, c'est fini.

— Je m'en souviens. Cette expérience demeure en moi. (Du poing, il se tapa le front.) Elle est là!

C'est à cela que je pense lorsque je suis véritablement très effrayé, se dit-il. Cela remonte à la surface et me regarde dans les yeux. C'est le symptôme de ma terreur.

— Je vais m'occuper de tout, fit Lotta qui lisait plus ou moins dans son esprit, qui réussissait plus ou moins à comprendre. Je vais prendre toutes les dispositions pour notre émigration sur Mars. Va t'étendre. Pendant que tu te reposeras, je vais commencer à donner quelques coups de vidéophone.

— Mais tu détestes cet instrument. Le vidéophone est ta bête noire.

— Pour une fois, je me ferai une raison.

Et, doucement, elle le poussa vers la chambre.

19

Mais en ces choses, il n'est point de lieu de repos. Elles ne demeurent point, elles s'enfuient. Et qui peut les suivre avec les sens de la chair?

saint Augustin

Dans son sommeil, Sebastian rêva du tombeau. Il gisait à nouveau dans l'étui de plastique qui l'enserrait de toutes parts, le cercueil plongé dans les ténèbres. Inlassablement, il appelait : « Je me nomme Sebastian Hermes et je veux sortir! Est-ce que quelqu'un m'entend? » Et, dans son rêve, il écoutait. Alors, pour la seconde fois au cours de son existence, il entendit, très loin, les pas lourds de quelqu'un qui se dirigeait vers sa tombe.

— Faites-moi sortir! s'écriait-il d'une voix rauque.

Il se débattait comme un insecte qui se noie au fond de l'étouffant étui. Désespérément.

Quelqu'un creusait, maintenant. Il sentait le choc de la pioche.

— Donnez-moi de l'air! essaya-t-il de hurler, mais il ne pouvait plus respirer, c'était l'asphyxie. Vite!

Faute d'air, ses appels ne portaient pas. Il était las, comprimé, écrasé sous un vide énorme. La pression s'accentuait et, silencieusement, ses côtes cédaient. Il sentait ses os craquer les uns après les autres.

— Si vous me sortez de là, essayait-il de dire, je retournerai à la Bibliothèque pour ramener l'Anarque. D'accord?

Il écoutait. On continuait de creuser. Des chocs sourds, méthodiques.

— Je vous le promets. Acceptez-vous?

Le fer de la pioche heurta le couvercle du cercueil.

Je reconnais que j'aurais pu le faire évader, songeait-il, mais j'ai préféré sauver ma femme plutôt que lui. Ce ne sont pas eux qui m'en ont empêché : je m'en suis abstenu de mon propre gré. Mais je ne recommencerai pas, je le promets. Il tendait l'oreille. A l'aide d'un tournevis, on commençait à s'attaquer au couvercle, le seul obstacle qui le séparait encore de la lumière et de l'air. La prochaine fois, ce ne sera plus pareil. D'accord?

Le couvercle fut arraché avec un grand bruit. Sebastien fut inondé de lumière et, levant les yeux, il vit un visage penché au-dessus du sien.

Un visage noir et ratatiné. Celui de l'Anarque.

— J'ai entendu vos appels, fit l'Anarque. J'ai abandonné ce que je faisais pour venir à votre aide. Que puis-je faire pour vous? Voulez-vous savoir en quelle année nous sommes? L'an 4 avant Jésus-Christ.

— Pourquoi? demanda Sebastian. Qu'est-ce que cela signifie?

Il avait le sentiment qu'il s'agissait d'un présage de mauvais augure.

— Vous êtes le sauveur de l'humanité, répondit l'Anarque. Elle sera rachetée grâce à vous. Vous êtes l'être le plus important qui soit jamais né sur Terre.

— Que dois-je faire pour racheter l'humanité?

— Mourir à nouveau.

A ce moment le rêve commença à se dissiper à la manière d'un spectre qui se défait et Sebastian se réveilla. Il était dans son lit, Lotta à ses côtés. Il savait qu'il avait rêvé et le rêve déjà se désagrégeait; il n'en restait plus qu'un résidu dans sa mémoire.

C'est un message, se dit-il en se retournant. Il s'assit, repoussa les couvertures et se leva. Il resta debout un moment, mal assuré sur ses jambes, plongé dans un abîme de réflexions. Il s'efforçait de reconstituer le mieux possible le songe qui l'avait visité.

Que faut-il que je fasse? Qu'est-ce que l'Anarque voulait me dire? Que je dois mourir? Tout ce qui lui restait de son rêve, c'était le sentiment d'être pris au piège, impuissant, et d'être coupable, infiniment coupable, d'avoir abandonné l'Anarque dans la Bibliothèque. Tout cela, il en avait clairement conscience.

Il gagna la cuisine d'une démarche vacillante. Trois hommes vêtus de soie noire étaient assis devant la table. Trois Fils de la Puissance. Ils avaient l'air las et irascible. Devant eux était posée une liasse de feuillets manuscrits et graisseux.

— Voici l'homme qui a abandonné l'Anarque à la Bibliothèque, fit l'un d'eux en désignant Sebastian du doigt. Alors qu'il aurait pu le faire sortir.

Des émotions complexes se lisaient sur les traits des Fils de la Puissance qui le contemplaient.

Leur porte-parole enchaîna :

— Nous allons livrer l'assaut à la Bibliothèque ce soir. Ce sera une opération brutale. Nous aurons un canon et nous tirerons des obus nucléaires jusqu'à ce qu'elle s'écroule. Nous ne réussirons peut-être pas à leur arracher l'Anarque : du moins, nous ne les raterons pas, eux.

La voix de l'homme, lourde de mépris, était agressive et rageuse.

— Ne pensez-vous pas qu'il vous serait possible de forcer l'entrée et de vous replier ensuite? s'enquit Sebastian.

Ce plan rudimentaire l'effarait. C'était du nihilisme : leur but n'était pas de sauver l'Anarque mais de détruire la Bibliothèque. Ils passaient résolument à côté de la question.

— Il existe une chance infime, concéda l'homme en noir. C'est la raison pour laquelle nous voulons avoir un entretien avec vous. Il faut que nous sachions exactement où vous avez trouvé l'Anarque et comment il est gardé. Combien d'hommes? Quel armement? Naturellement, les choses auront changé lorsque nous arriverons, mais peut-être pourrez-vous nous donner un ou deux renseignements utiles.

Il se tut, les yeux fixés sur Sebastian, et attendit.

Lotta entra dans la cuisine, la mine ensommeillée.

— Est-ce qu'ils vont nous tuer? demanda-t-elle en glissant le bras sous celui de son mari.

— Apparemment pas, répondit Sebastian en lui tapotant la main pour l'apaiser. Je me souviens seulement des gardes armés, reprit-il. Je ne me rappelle pas dans quel bureau il était. Tout ce que je sais, c'est que c'était à l'avant-dernier étage. Il me semble qu'il s'agissait d'une pièce ordinaire, identique aux autres. Elle avait probablement été choisie au hasard.

Le Fils de la Puissance lui posa alors une question surprenante :

— Depuis, avez-vous rêvé de l'Anarque? On dit que, dans sa vie antérieure, il communiquait parfois en songe avec ses fidèles.

— Oui, fit Sebastian sur ses gardes. J'ai rêvé de lui. Il m'a dit que je devais faire quelque chose. Que nous étions en l'an 4 avant Jésus-Christ et que, si je faisais cette chose, je serais le sauveur de l'humanité.

— Cela ne nous avance guère, murmura l'autre.

— Pourtant, c'est vrai en un sens, fit l'un des hommes qui n'avait encore rien dit. S'il l'avait ramené, il aurait été le sauveur de l'humanité. Voilà ce que l'Anarque voulait qu'il fasse. Pas besoin de l'écouter raconter ses rêves pour le savoir!

Il griffonna quelque chose sur un papier, l'air furieux.

— Vous avez manqué la chance qui s'offrait à vous, Mr Hermes, reprit le premier Fils de la Puissance. La chance la plus fantastique de votre vie.

— Je le sais, répliqua Sebastian, impassible.

— On devrait peut-être le tuer, dit le troisième Fils de la Puissance. Les tuer tous les deux. Tout de suite. Sans attendre le raid contre la Bibliothèque.

Le cœur de Sebastian cessa de battre. Son corps se recroquevillait comme dans la mort. Mais il ne dit rien. Simplement, il étreignit Lotta avec force.

— On ne le tuera pas tant qu'il pourra être utile, laissa tomber le porte-parole d'une voix dépourvue d'émotion. (Il dévisagea Sebastian.) Avez-vous remarqué des armes plus dangereuses que les projecteurs laser et les fusils automatiques?

Sebastian secoua la tête avec raideur.

— Non.

— Il n'y avait pas de champ de force, pas de moyens de protection modernes assurant la défense des étages supérieurs — les étages névralgiques?

— Je n'ai vu que des armes portatives.

— Comment sont alertés les gardes? Par radio?

— Oui.

— Ils n'ont pas essayé de vous arrêter à l'aide de gaz paralysant le système nerveux?

— C'est moi qui me suis servi de gaz. Des gaz qui m'ont été fournis par Sa Puissance et par les représentants de Rome.

— Oui, nous savons de quoi vous étiez équipé. (Le Fils de la Puissance jouait avec son crayon. Il se concentrait. Il passa sa langue sur le coin de ses lèvres.) Avaient-ils des masques à gaz?

— Quelques-uns en avaient.

— Donc, ils disposent de certains types de gaz... en cas d'attaque ouverte. Et quand nos premiers obus s'abattront sur l'édifice, il se pourrait que nous ayons en face de nous quelque chose de plus efficace que de simples armes portatives. (Il scruta Sebastian.) Je crois ce que vous m'avez dit... Mais je suis sûr qu'ils ont de meilleurs moyens de défense. Ils n'ont pas vraiment essayé de vous arrêter. Si vous aviez été plusieurs, vous auriez enlevé l'Anarque. (Il consulta ses deux compagnons du regard.) La Bibliothèque est toujours une énigme, continua-t-il. Deux fois en l'espace de quarante-huit heures, un homme y est entré et en a fait sortir Lotta Hermes. Or, l'Anarque est là-bas. A notre disposition. Comme si un coup de main rapidement mené avait des chances de réussir. A mon avis, il est déjà mort et Hermes n'a vu qu'un simulacre robot préparé à l'avance.

— Mais ce rêve! s'écria l'un de ses compagnons. Il implique que l'Anarque est encore en vie. Quoique, peut-être, il ne se trouve pas dans l'enceinte de la Bibliothèque.

Lotta s'arracha à l'étreinte de son mari et s'assit devant la table, face aux Fils de la Puissance.

— Les udites n'ont-ils jamais pu... (Elle fit un geste d'impuissance, ignorant le mot qui convenait.) Enfin... introduire l'un d'entre vous parmi le personnel. Pour espionner.

— La Bibliothèque a des moyens de sondage quasi télépathiques. Nous avons essayé à plusieurs reprises. Chaque fois, notre homme a été éliminé. Nous n'avons retrouvé qu'un cadavre.

— Vous pourriez prétendre que vous êtes l'auteur d'un livre, suggéra Sebastian.

— Plus question après vous, répliqua le porte-parole d'une voix tranchante. Ce rôle vous a été confié à cause de l'intervention des gens de Rome. Cela ne nous a pas plu à nous, les Fils de la Puissance. Votre échec a peut-être déconcerté Ray Roberts, Hermes, mais pas nous. Nous avons un immense respect pour les ressources et l'ingéniosité de la Bibliothèque. A notre avis, vous n'aviez pas l'ombre de l'ombre d'une chance de réussir.

— Je n'ai même pas essayé, rétorqua sèchement Sebastian.

— Ce n'est pas une raison. Surtout si ce que vous avez vu n'était qu'un simulacre. Ou s'ils avaient des armes plus perfectionnées prêtes à entrer en action s'il se révélait que votre tentative avait quelque chance d'aboutir. Ont-ils accepté avec empressement le marché : vous laisser sortir avec votre femme sans l'Anarque?

— C'est d'eux qu'est venue l'initiative.

— C'est un piège destiné à nous inciter à lancer un raid suicide, à sacrifier le corps tout entier des Fils de la Puissance. Il est probable que l'Anarque a été mis à l'abri dans une succursale de la Bibliothèque. Il en existe plus de quatre-vingts sur l'ensemble du territoire. Ou dans la résidence personnelle d'un Oblit? Qui sait? Hermes, connaissez-vous quelqu'un de haut placé dans la hiérarchie de la Bibliothèque? Un Oblit? Un bibliothécaire? Personnellement, j'entends.

— Je connais Ann Fisher.

L'homme en noir hocha la tête.

— Oui... La fille de la conservatrice. La connaissez-vous intimement? Répondez avec précision : cela peut avoir une importance vitale.

Un autre Fils de la Puissance intervint :

— Pour le moment, faites comme si votre femme n'était pas là. Il y a priorité.

— Nous avons couché ensemble, dit Sebastian.

Lotta avala sa salive.

— Alors, ce qu'elle m'a dit était vrai!

— Nous sommes deux dans le même cas, répliqua Sebastian.

— Tu as sans doute raison, murmura Lotta avec accablement. (Elle enfouit sa figure entre ses mains, se frotta le front, puis, levant la tête, regarda Sebastian.) Peux-tu me dire pourquoi tu...

Le porte-parole du groupe la coupa :

— Vous avez le reste de votre existence pour en

discuter. Hermes, pensez-vous être capable de persuader Ann Fisher de sortir de la Bibliothèque sur un prétexte quelconque pour que nous puissions la soumettre à nos propres sondages télépathiques?

— Oui.

— Que lui diras-tu? s'écria Lotta. Que tu as encore envie d'elle?

— Je lui dirai que les Fils de la Puissance ont reçu l'ordre de nous tuer. Et que je veux négocier avec elle pour que la Bibliothèque nous accorde l'asile à tous les deux.

Le porte-parole tendit le bras vers le vidéophone.

— Allez-y.

Sebastian se leva.

— Elle a un conapt personnel hors de la Bibliothèque. Elle m'y a amené. C'est probablement là qu'elle me fixera rendez-vous, pas chez moi.

— Aucune importance. L'essentiel, c'est qu'on puisse parvenir jusqu'à elle et lui fixer une sonde.

Sebastian s'assit et composa le numéro de la Bibliothèque.

— Allô... Ici la Bibliothèque, ne tarda pas à répondre le standard.

Sebastian déplaça l'appareil pour que les quatre personnes installées dans la cuisine fussent hors du champ de la caméra.

— Je voudrais parler à Miss Ann Fisher.

— De la part de qui?

— De Mr Hermes.

Il attendit. L'écran était devenu opaque. Brusquement, il y eut un grésillement et il se ralluma.

Le joli visage d'Ann Fisher se matérialisa.

— Au revoir, Sebastian, fit-elle d'une voix tranquille.

— Je suis condamné à mort, répondit-il.

— Par les Fils de la Puissance?

— Oui.

— Eh bien, Sebastian, répliqua-t-elle, je crois vraiment que vous avez tout fait pour cela. (Son timbre était haut et clair.) Vous êtes resté prisonnier de votre loyauté. Vous vous êtes introduit par la force dans la Bibliothèque. Mais au lieu d'essayer de vous emparer de l'Anarque — et le matériel dont vous disposiez vous avait été fourni par les udites; nous n'avons pas été dupes — au lieu de faire cela...

Il l'interrompit pour dire d'une voix étranglée :

— Il faut que je vous rencontre.

— Je ne puis vous être d'aucun secours. (Elle s'exprimait sans passion, avec un rien d'ironie. La situation dans laquelle se trouvait Sebastian n'ébranlait pas sa maîtrise de soi.) Après ce que vous avez fait à...

— Je demande asile à la Bibliothèque pour Lotta et pour moi.

— Vraiment? (Les fins sourcils d'Ann s'arquèrent.) Je pourrai poser la question au Conseil. Il y a eu quelques rares précédents. Mais ne vous illusionnez pas trop. Je doute que, dans votre cas, la réponse soit affirmative.

Lotta surgit derrière Sebastian et prit le récepteur.

— Mon mari a d'excellents dons d'organisateur, Miss Fisher, dit-elle. Je suis certaine que vous pourriez tirer parti de ses qualités. Nous avions envisagé de nous rendre à l'O.N.U. pour tenter d'émigrer sur Mars mais les Fils de la Puissance sont trop près. Ils nous tueraient avant que nous ayons passé les examens médicaux et obtenu nos passeports.

— Ont-ils pris contact avec vous?

Ann paraissait soudain plus intéressée. Sebastian reprit l'appareil.

— Oui.

— Savez-vous s'ils ont des plans concernant l'Anarque?

La question était sèche et brutalement posée.

— Ils n'ont dit qu'une seule chose, répondit Sebastian avec prudence.

— Ah? Quoi donc?

— Je vous l'apprendrai quand nous nous rencontrerons. Où vous voudrez. Chez moi ou chez vous.

Ann Fisher hésita. Enfin, après avoir réfléchi, elle reprit la parole :

— Rendez-vous dans deux heures chez moi. Vous rappelez-vous l'adresse?

— Non.

Il tendit la main et l'un des Fils de la Puissance lui présenta précipitamment un crayon et un bloc.

Ann lui donna l'adresse et raccrocha. Au bout de quelques secondes, Sebastian se leva avec raideur. Les trois hommes en noir le regardaient en silence.

— C'est arrangé, fit-il. (Et quelle que soit la tournure que prendront les choses, qu'ils récupèrent ou non l'Anarque, j'en serai soulagé, songea-t-il. Il remit au porte-parole la feuille de papier sur laquelle il avait noté l'adresse d'Ann Fisher.) Que suis-je censé faire? Dois-je me rendre là-bas armé?

Le porte-parole examina le feuillet.

— La porte d'entrée est probablement munie d'un système d'espionnage standard. Si vous avez des armes, elles seront détectées... Allez simplement là-bas et bavardez avec elle. Nous lancerons une grenade à gaz ou quelque chose de ce genre-là par la fenêtre. Ne vous préoccupez pas de ça : c'est nous que cela regarde. (Il parut méditer.) Peut-être un aiguillon thermotropique. Cela vous mettra hors de combat tous les deux mais vous vous réveillerez au bout d'un certain temps. Nous vous ramènerons ici avec elle.

Lotta intervint :

— Si mon mari coopère avec vous de cette façon, vous ne nous tuerez pas?

— Si Hermes nous met en mesure, par son action, de récupérer l'Anarque, nous commuerons la sentence de mort prononcée par Ray Roberts.

Sebastian frissonna.

— C'est donc un verdict officiel?

Le porte-parole hocha la tête.

— Oui. La décision a été prise lors d'une réunion des anciens de l'Udi. Sa Puissance a tenu, en dépit du pèlerinage qu'elle effectue actuellement, à participer aux délibérations.

Lotta se tourna vers Sebastian.

— Crois-tu vraiment que Miss Fisher quittera la Bibliothèque?

— Elle viendra au rendez-vous, répondit-il.

Mais les Fils de la Puissance mettront-ils la main sur elle? C'était une autre affaire. Sebastian éprouvait un profond respect pour l'intelligence d'Ann Fisher. Elle se préparait sans doute à quelque chose de ce genre. Après tout, elle n'ignorait pas les sentiments qu'il nourrissait envers elle.

Sebastian était persuadé que les Fils de la Puissance ne feraient pas subir d'interrogatoire à Ann. Ils la tueraient d'une façon que personne n'était capable de deviner. Peut-être le tueraient-ils également. Mais la mort éventuelle d'Ann Fisher le consolait. Cette sinistre éventualité l'attirait. Je ne pourrais jamais lui donner la mort, pensait-il. C'est au-dessus de mes forces. Je ne suis pas constitué pour accomplir un acte pareil. En revanche, tuer est la vocation des Fils de la Puissance.

Il se sentait revigoré. Il avait dirigé les assassins au service de l'Udi sur Ann Fisher : c'était un magnifique exploit!

Il les avait dirigés sur Ann Fisher en les détournant de Lotta et de lui!

20

Ainsi donc, quand ils se lèvent et tendent vers l'être, plus vite ils croissent pour pouvoir être et plus ils se hâtent vers le non-être.

saint Augustin

Deux heures plus tard, Sebastian, assis dans son glisseur qu'il avait posé sur le toit de l'immeuble où résidait Ann Fisher, méditait sur sa vie, sur ce qu'il avait essayé de faire pendant sa vie.

Fermant les yeux, il tenta d'imaginer l'Anarque, s'efforçant de retrouver le rêve tronqué qui l'avait visité quelques heures auparavant. L'Anarque lui avait dit qu'il lui fallait faire quelque chose et il essayait d'obliger le rêve à recommencer à partir de ce point. Il revoyait le visage desséché et racorni, les yeux noirs chargés d'une sagesse à la fois spirituelle et terrestre. Vous devez mourir à nouveau. Etait-ce cela? Mourir ou vivre? Sebastian hésitait. Le rêve se refusait à reprendre son cours. Il renonça. Se redressant, il ouvrit la portière de l'aéroglisseur.

L'Anarque, vêtu d'une tunique de coton blanc, se tenait debout à côté du véhicule, attendant qu'il en sorte.

— Mon Dieu! murmura Sebastian.

L'Anarque sourit.

— Je regrette que l'échange que j'ai eu avec vous ait été interrompu. A présent, nous pouvons reprendre la conversation.

— Vous... vous êtes sorti de la Bibliothèque?

— Je suis toujours prisonnier. Ce que vous voyez n'est rien de plus qu'une sorte d'hallucination. La capsule d'antidote au L.S.D. que vous aviez en bouche n'a pas réussi à neutraliser totalement le gaz. Cette vision de moi est le résidu de l'action de ce gaz. (Le sourire de l'Anarque s'élargit.) Me croyez-vous, Sebastian?

— Il se peut que j'aie été atteint par les gaz. Un petit peu...

Mais l'Anarque paraissait bien réel. Il tendit le bras et sa main traversa le corps de Thomas Peak.

— Vous voyez? fit l'Anarque. Je peux m'évader mentalement de la Bibliothèque. Je peux apparaître dans les rêves des gens et dans les visions produites par les drogues. Mais, physiquement, je suis toujours là-bas et ils peuvent me tuer quand ils le désireront.

— En ont-ils l'intention? demanda Sebastian d'une voix rauque.

L'Anarque hocha la tête.

— Oui. Parce que je ne rétracterai pas ma doctrine, que je ne renoncerai pas au savoir qui est le mien. Je suis incapable d'oublier ce que j'ai appris dans la mort. Vous ne pouvez pas davantage retrancher de votre esprit l'horreur que vous avez ressentie en vous retrouvant enterré. Il y a des souvenirs qui subsistent toute l'existence.

— Que puis-je faire?

— Bien peu. Les Fils de la Puissance avaient raison quand ils disaient que vous n'aviez aucune chance de me faire sortir de la Bibliothèque. J'étais... piégé. Il y avait une bombe à fragmentation : si vous aviez voulu m'aider à me mettre debout, elle nous aurait tués tous les deux.

— Dites-vous seulement cela pour apaiser mes remords?

— Je vous le dis parce que c'est la vérité.

— Et maintenant? Je ferai tout ce que vous voudrez. Tout ce qui sera en mon pouvoir.

— Vous avez rendez-vous avec Miss Fisher.

— Oui. Les Fils de la Puissance sont à l'affût. Moi aussi, je suis un piège amorcé, tout comme vous. Un piège qui lui est destiné.

— Laissez-la partir.

— Pourquoi?

— Elle a le droit de vivre. (L'Anarque était serein. Il sourit à nouveau.) Nul ne peut me sauver. Même si les Fils de la Puissance font sauter la Bibliothèque tout entière.

— Nous pouvons quand même éliminer Ann Fisher.

— Peut-être l'élimineront-ils quand ils anéantiront la Bibliothèque. Mais cela ne change rien.

— Ils pourront l'éliminer, sans doute. Mais, en procédant selon le plan prévu, c'est *moi* qui l'éliminerai.

— En réalité, vous ne la haïssez pas. Bien au contraire : vous êtes profondément, violemment amoureux d'elle. C'est pour cela que vous désirez tellement la voir détruite. Une part énorme de vos émotions s'est cristallisée sur elle. La tuer ne vous rapprocherait pas de Lotta. Quand Ann Fisher se posera sur ce toit, il faudra que vous l'avertissiez de ne pas rentrer chez elle. Comprenez-vous?

— Non, répondit Sebastian.

— Ecoutez-moi... Il faut que vous lui disiez de ne pas retourner à la Bibliothèque. Il faut que vous la mettiez en garde contre l'assaut que les Fils de la Puissance méditent de lancer contre l'édifice. Qu'elle organise l'évacuation de la Bibliothèque. L'attaque est fixée à 18 heures. Tout au moins, c'est l'heure qui est actuellement envisagée. Je crois possible que les Fils de la Puissance passent à l'attaque. Comme vous le pensez vous-même, tuer est leur vocation.

Sebastian tressaillit. L'Anarque lisait dans ses pensées et cela lui était extrêmement désagréable.

— Je ne crois pas qu'Ann Fisher ait tant d'importance, fit-il sur un ton haché. C'est vous qui êtes important — vous et votre sécurité. Les udites ont absolument raison : cela vaut la peine de pulvériser la Bibliothèque s'il existe la moindre chance...

— Mais il n'y en a pas. Pas l'ombre d'une chance.

— Alors, vos doctrines, le savoir d'outre-tombe que vous avez ramené après avoir eu l'expérience de la réalité ultime, tout cela disparaîtra. Tout cela sera effacé par les Oblits.

Sebastian avait le sentiment que son sursaut était dérisoire.

— Présentement, je suis en communication avec Mr Roberts sous les espèces d'une vision. Je l'inspire jusqu'à une certaine limite. En conséquence, des fragments considérables de mon savoir nouveau parviendront à la connaissance du monde par son canal. En outre, il y a tout ce que j'ai dicté à votre secrétaire, Miss Vale.

L'Anarque ne paraissait aucunement troublé. Une aura de sainte résignation semblait émaner de lui.

— Suis-je vraiment amoureux d'Ann Fisher? demanda Sebastian.

L'Anarque ne répondit pas.

— Votre Puissance... le supplia-t-il.

L'Anarque leva les bras vers le ciel. En même temps, sa silhouette se brouilla. Sebastian commença de distinguer des glisseurs à travers son corps et, graduellement, la forme de l'Anarque se dissipa.

Un aéroglisseur surgit, entamant sa procédure d'atterrissage.

C'est elle, se dit Sebastian. Il ne pouvait s'agir de personne d'autre que d'Ann Fisher.

Quand il atteignit le véhicule, Ann Fisher se détachait laborieusement de son harnais de sécurité.

— Au revoir, lui dit-il.

— Au revoir, répondit-elle d'une voix préoccupée. Sacrée ceinture! J'ai toujours des ennuis avec elle! (Puis son regard bleu et pénétrant se posa sur Sebastian.) Vous avez un drôle d'air. Comme si vous aviez quelque chose à me dire et que vous étiez incapable de vous y résoudre.

— Pouvons-nous parler ici?

— Sur la terrasse? (Ses sourcils se froncèrent.) Expliquez-vous.

— J'ai eu une vision de l'Anarque.

— Non? Il s'est projeté? Que méditent les Fils de la Puissance? Dites-le-moi ici si vous voulez mais dépêchez-vous! (Son regard luisait d'impatience.) Quand même, il y a quelque chose de bizarre en vous. Vous est-il réellement apparu? C'est de la superstition... Il est enfermé à la Bibliothèque en compagnie d'une demi-douzaine d'Oblits. Les udites vous ont travaillé. Ils sont persuadés qu'il peut se manifester partout où il le veut.

— Relâchez-le, dit Sebastian.

— Un cinglé pareil? Il minerait tout l'édifice social. Ce babouin revenu d'entre les morts pour dégoiser les Saintes Ecritures! Dommage que vous n'ayez pas entendu comme moi les histoires qu'il raconte!

— Que dit-il?

— Je ne suis pas venue ici pour discuter de ça. Expliquez-moi les projets de ces fanatiques d'udites si vous les connaissez.

Sebastian s'assit à côté d'elle dans le glisseur.

— Je considère que l'Anarque est l'égal de Gandhi, murmura-t-il.

Ann soupira.

— Soit! Il dit que la mort n'existe pas. Qu'elle est une illusion. Que le temps aussi est une illusion. Que l'instant qui naît ne s'enfuit pas. D'ailleurs — selon lui — l'instant présent ne naît pas : il a toujours été. L'univers est constitué d'une série d'anneaux de réalité concentriques; plus l'anneau est grand, plus il participe de la réalité absolue. Finalement, ces anneaux rejoignent Dieu, source de toutes choses, et plus ils s'approchent de lui, plus ils gagnent en réalité. C'est le principe de l'émanation, je crois bien. Le mal est tout simplement une réalité moindre, un anneau plus éloigné de Dieu. Il n'est pas la manifestation d'une divinité maléfique mais l'absence de la réalité absolue. Et l'on aboutit au dualisme : le mal n'existe pas, Satan non plus. Le mal est une illusion comme le déclin dû au vieillissement en est une. Et l'Anarque ne cessait de citer des extraits des vieux philosophes médiévaux : saint Augustin, Erigène, Boèce, saint Thomas d'Aquin. C'était la première fois qu'il les comprenait, disait-il. Bon... Cela vous suffit-il?

— Vous ne vous souvenez de rien d'autre?

— Pourquoi vous transmettrais-je ses dogmes? Notre fonction est de les effacer, pas de les répandre en contrebande. (Elle prit un mégot dans le cendrier de bord, l'alluma et l'insuffla à petits coups rapides.) Voyons voir. (Elle ferma les yeux.) L'*eidos* est la forme. La réalité absolue, comme la catégorie de Platon. Elle existe : Platon avait raison. L'*eidos* s'imprime sur la matière passive. La matière n'est pas le mal : simplement, elle est inerte — comme l'argile. Il y a également un anti-*eidos*, un facteur destructeur de la forme. C'est ce que les gens connaissent sous le nom de « mal » : la corruption de la forme. Mais l'anti-*eidos* est un *eidolon*, une illusion : une fois apposée, la forme est éternelle. Elle subit tout bonnement une évolution constante qui nous empêche de la percevoir. C'est ainsi que l'enfant disparaît dans l'homme ou, comme c'est désormais le cas, que l'homme décroît et se résorbe dans l'enfant. Il semble qu'il disparaisse mais, en fait, il est toujours là; l'universel, la catégorie, la forme perdurent. C'est un problème de perception : notre perception est limitée parce que nous n'avons que des aperçus fragmentaires de la réalité. Voir la monadologie de Leibnitz. Vous comprenez?

— Oui, fit-il en hochant la tête.

— Il n'y a rien de nouveau dans tout cela. Ce n'est qu'un réchauffé de Plotin, de Platon, de Kant, de Leibnitz et de Spinoza.

— Nous n'attendions pas forcément quelque chose de nouveau. Nous ne savions pas à quoi cela ressemblerait lorsque cela arriverait.

— Vous êtes passé par la mort. N'avez-vous pas connu tout cela?

— La mort est semblable à la vie : chacun a une expérience différente de celle des autres.

— Oui... comme les monades de Leibnitz. (Elle rangea la cigarette reconstituée dans son emballage avec les autres.) Alors? Etes-vous enfin satisfait?

— Et vous voulez effacer cette doctrine.

— Si elle est vraie, nous serons bien incapables de la détruire. Donc, vous n'avez aucune raison de pousser les hauts cris.

— Les Fils de la Puissance vous ont tendu un piège dans lequel vous tomberez si vous rentrez chez vous.

Une flamme fulgura dans les prunelles d'Ann.

— C'est pour ça que vous m'avez demandé un rendez-vous?

— Oui.

— Et vous avez changé d'avis?

Sebastian acquiesça en silence.

Ann lui serra le genou.

— Je vous en suis reconnaissante. Parfait... Je retourne à la Bibliothèque.

— Faites-la évacuer. Totalement. Avant 18 heures.

— Ils méditent de la bombarder avec du matériel lourd fourni par la L.M.N.?

— Ils disposent d'un canon atomique tirant des obus nucléaires. Ils savent qu'il ne leur est pas possible de récupérer l'Anarque et ils ont décidé de raser la Bibliothèque.

— C'est toujours l'esprit de vengeance qui les anime. Comme au temps de l'assassinat de Malcolm X.

Sebastian fit à nouveau un signe d'assentiment.

— Et vous, quelle est votre réaction personnelle?

— J'ai capitulé, répondit simplement Hermes.

— Ils vont être fous de rage maintenant que vous m'avez avertie. Déjà, vous n'étiez pas tellement en odeur de sainteté...

— Je sais.

Il y avait déjà pensé. Pendant son dialogue avec l'Anarque. En réalité, il n'avait pas cessé d'y penser depuis.

— Pouvez-vous vous réfugier quelque part avec Lotta?

— Nous irons peut-être sur Mars.

Une seconde fois, elle lui pressa le genou.

— Je vous suis reconnaissante, répéta-t-elle. Et je vous souhaite bonne chance. Mais, maintenant, séparons-nous. Je commence à être terriblement inquiète et je voudrais m'en aller pendant qu'il en est encore temps.

Il descendit du glisseur et referma la portière. Ann lança aussitôt le moteur et le véhicule aérien décolla rapidement pour se perdre dans la circulation. Sebastian le suivit des yeux jusqu'à ce qu'il eût disparu.

Deux Fils de la Puissance vêtus de soie noire, l'arme au poing, jaillirent de l'ascenseur

— Que s'est-il passé? demanda l'un d'eux. Pourquoi n'êtes-vous pas descendus tous les deux?

Sebastian avait la réponse sur le bout des lèvres :

Je ne sais pas. Mais au lieu de cela, il laissa tomber :

— Je l'ai avertie.

L'un des hommes en noir leva son pistolet.

— Plus tard, s'écria son compagnon. Nous pourrons peut-être encore la rattraper. Dépêchons-nous.

Ils se précipitèrent vers leur glisseur sans plus songer à Sebastian. Quand il n'y eut plus personne, il alla s'installer dans son appareil. Longtemps, il resta immobile. Il ne pensait même pas. Son cerveau était vide.

Enfin, il décrocha le vidéophone et composa le numéro du conapt.

— Allô, fit Lotta dans un souffle. (Ses yeux s'agrandirent quand elle reconnut son mari.) C'est fini? lui demanda-t-elle.

— J'ai prévenu Ann.

— *Pourquoi?*

— Je suis amoureux d'elle. C'est évident. Tout ce que j'ai fait le démontre.

— Est-ce que les Fils de la Puissance sont... mécontents?

— Oui, se contenta-t-il de répondre.

— Tu l'aimes vraiment? Tant que cela?

— C'est l'Anarque qui m'a dicté ma conduite. J'ai eu une vision de lui.

— C'est ridicule! (Selon son habitude, Lotta commençait à pleurer. Les larmes ruisselaient le long de ses joues sans qu'elle fît mine de les réprimer.) Je ne te crois pas. Les visions, il y a longtemps que ça n'existe plus.

— Pourquoi pleures-tu? Parce que j'aime Ann Fisher? Ou parce que les udites vont à nouveau nous pourchasser?

— Je... je ne sais pas.

Elle sanglotait frénétiquement.

— Je rentre à la maison. Je ne veux pas dire que je

ne t'aime pas. Je t'aime d'une autre façon. Avec Ann, c'est comme une aimantation. Je ne devrais pas y céder mais c'est ainsi. Le temps aidant, je me libérerai d'elle. C'est une sorte de névrose, une obsession. Une maladie.

— Tu es un salaud, hoqueta Lotta.

— Tu as raison. En tout cas, c'est l'Anarque qui m'a ouvert les yeux. Est-ce que je peux rentrer à la maison ou veux-tu que je...

— Oui, rentre, répondit Lotta en essuyant ses larmes d'un revers de main. Nous prendrons une décision. Bonjour.

Et elle raccrocha.

Sebastian démarra et le glisseur prit son essor.

Lotta l'attendait sur le toit.

— J'ai réfléchi, commença-t-elle dès que son mari eut mis pied à terre. Je me rends compte que je n'ai pas le droit de te faire de reproches après ce qui s'est passé entre Joe Tinbane et moi. (Avec hésitation, elle tendit les bras vers lui. Il la serra étroitement contre sa poitrine.) Je crois que tu avais raison en disant que c'est une espèce de maladie, reprit-elle, la joue sur l'épaule de son mari. C'est ainsi que nous devons considérer les choses, toi et moi. Et tu guériras. De même que je guérirai de Joe.

Ils se dirigèrent vers l'ascenseur.

— Après notre conversation, reprit Lotta, j'ai vidéophoné à la délégation de l'O.N.U. Ils m'ont promis de nous envoyer aujourd'hui même les papiers d'émigration.

— Parfait.

— Ce sera un voyage passionnant. Crois-tu que nous le ferons?

— Je ne vois vraiment pas quelle autre solution il pourrait y avoir, répondit-il en toute franchise.

Une fois chez eux, ils s'immobilisèrent l'un en face de l'autre.

— Je suis fatigué, dit Sebastian en frottant ses yeux douloureux.

— Au moins, nous n'avons plus rien à craindre des agents de la Bibliothèque, n'est-ce pas? Ils te sont sans doute reconnaissants de l'avoir aidée à s'en tirer. C'est inimaginable!

— Effectivement, la Bibliothèque n'a plus de rancune contre nous.

— Sebastian, est-ce que tu me trouves insipide?

— Non. Pas du tout.

— C'est que cette Fisher est tellement... dynamique! Tellement active...

— La seule chose à faire est de nous cacher jusqu'à ce que tous nos papiers soient en ordre et que nous puissions nous embarquer à destination de Mars. As-tu une idée de cachette?

Pour le moment, il était incapable de réfléchir. De combien de temps disposaient-ils? Peut-être pas plus de quelques minutes. Les Fils de la Puissance pouvaient réapparaître d'une seconde à l'autre.

— Le vitarium? suggéra Lotta.

— Surtout pas! C'est d'abord là qu'ils iront. Avant de venir ici.

— Alors... Une chambre d'hôtel choisie au hasard?

— Pourquoi pas? murmura Sebastian après avoir pesé le pour et le contre.

— As-tu vraiment eu une vision de l'Anarque?

— J'en ai eu l'impression. Peut-être avais-je trop absorbé de L.S.D. — c'est lui-même qui me l'a dit. Et peut-être que c'était simplement une partie de mon cerveau qui parlait.

Il ne le saurait sans doute jamais. Et cela n'avait probablement pas d'importance.

— Avoir une vision religieuse, comme j'aimerais ça! Mais je croyais qu'on ne voyait que les morts, pas les vivants.

— Si cela se trouve, ils l'ont déjà tué.

Oui... l'Anarque était sans doute mort à l'heure qu'il était. C'est cela! *Sum tu,* songea-t-il — ç'avaient été les paroles de Ray Roberts. Je suis toi de sorte que quand tu meurs, je meurs. Et tant que je suis vivant, tu continues de vivre. En moi. En nous tous.

21

Tu as appelé, Tu as crié, Tu as fracassé ma surdité. Tu as fulguré, Tu as étincelé et Tu as dispersé ma cécité... Tu m'as touché et j'ai brûlé pour Ta paix.

saint Augustin

Sebastian et Lotta, l'air morne, regardaient l'écran de la télévision.

— Toute la journée, claironnait le commentateur, une foule d'udites, les partisans de Sa Puissance Ray Roberts, n'a cessé de grossir dans le quartier de la Bibliothèque. Une foule agitée qui avançait et reculait. La colère couvait. La police municipale, qui la surveillait sans chercher à intervenir, a exprimé un peu avant 17 heures sa crainte de voir se déclencher l'assaut contre l'édifice. Nous avons interrogé il y a une heure un grand nombre de personnes à qui nous avons demandé pourquoi elles étaient venues et ce qu'elles se proposaient de faire.

L'écran montra plusieurs plans de foule. Des gens, en majorité des hommes, qui faisaient de grands gestes et qui poussaient des cris.

— Voici la réponse que nous a donnée Mr Leopold Haskins lorsque nous avons voulu savoir pourquoi il participait à la manifestation devant la Bibliothèque.

Mr Leopold Haskins était un Noir corpulent qui approchait de la quarantaine. Il avait l'air renfrogné.

— Eh bien, si je suis là, dit-il d'une voix bougonne, c'est parce que l'Anarque est prisonnier.

— L'Anarque Thomas Peak est détenu à la Bibliothèque? fit le reporter en brandissant son micro.

— Oui. Il est bouclé à l'intérieur. On a entendu dire ce matin, sur le coup de 10 heures, non seulement qu'il était entre leurs mains mais qu'ils voulaient l'éliminer.

— L'assassiner?

— Oui, c'est ce qu'on a entendu dire.

— Et, à supposer que ce soit vrai, qu'envisagez-vous de faire?

— Envahir la Bibliothèque. C'est ça qu'on envisage. (Haskins jeta autour de lui un regard embarrassé.) On nous a demandé de venir pour l'en sortir si c'était possible. C'est pourquoi je suis ici. Pour empêcher la Bibliothèque de le tuer.

— Pensez-vous que la police tentera de vous interdire de passer à l'action?

Leopold Haskins respira profondément.

— Non. La police de Los Angeles déteste la Bibliothèque autant que nous.

— Pourquoi donc?

— Elle sait que c'est la Bibliothèque qui a tué l'agent Tinbane, hier.

— On nous a dit...

Haskins coupa net le reporter.

— Je sais ce qu'on vous a dit, s'exclama-t-il d'une voix vibrante de surexcitation. Mais ce ne sont pas de prétendus « fanatiques religieux » qui ont fait le coup. La police sait qui c'est et nous aussi.

La caméra fit un panoramique et cadra un autre Noir, très maigre, vêtu d'une chemise blanche et d'un pantalon sombre. Il paraissait mal à l'aise.

— Voulez-vous nous dire votre nom? fit le reporter en tendant son micro.

— Jonah Sawyer, répondit l'interpellé sur un ton grinçant.

— Pourquoi êtes-vous ici, monsieur?

— Pourquoi? Parce que la Bibliothèque ne veut pas entendre raison et refuse de libérer l'Anarque.

— Et c'est pour le libérer que tout ce monde s'est rassemblé?

Sawyer hocha la tête avec véhémence.

— Oui, c'est pour le libérer qu'on est là.

— Et que vous proposez-vous de faire exactement? Les udites ont-ils un plan précis?

— C'est-à-dire qu'on a notre organisation, le corps d'élite des Fils de la Puissance, et ce sont eux qui prennent les choses en main. Ils nous ont demandé de nous rassembler ici aujourd'hui. Naturellement, je ne sais pas au juste quels sont leurs projets mais...

— Mais vous pensez qu'ils peuvent réussir?

— Oui, je le crois.

— Je vous remercie beaucoup, Mr Sawyer, fit le reporter dont l'image fit place à celle d'un second personnage : un journaliste assis devant un bureau, une pile de dépêches devant lui. Un peu avant 18 heures, dit-il en direct, la foule qui entourait la Bibliothèque, évaluée à plusieurs milliers de personnes, a commencé de manifester une extrême fébrilité, comme si elle sentait que quelque chose allait se passer. Et elle ne se trompait pas. Un canon est soudain apparu, surgi du néant, aurait-on pu croire, qui s'est mis à tirer sporadiquement, arrosant d'obus le vaste bâtiment de pierres grises. Les coups étaient mal ajustés. Alors, un vent de folie est passé sur la foule. (L'écran montra le vent de folie : les gens qui piétinaient et qui hurlaient, l'extase peinte sur le visage.) Quelque temps auparavant, j'avais interviewé Michael Harrington, chef de la police de Los Angeles. Je voulais savoir si, oui ou non, la Bibliothèque avait demandé l'appui des forces de police de la ville. Voici quelle a été la réponse d'Harrington.

Sur l'écran se dessina la silhouette d'un homme au cou de taureau, au visage grêlé, qui avait des yeux de poisson. Harrington était en uniforme. Il eut un coup d'œil furtif, s'humecta les lèvres et dit d'une voix sonore et autoritaire comme s'il faisait une déclaration officielle :

— La Bibliothèque n'a pas fait appel à nous. Nous avons tenté à diverses reprises d'entrer en liaison avec elle mais, d'après ce que nous avons cru comprendre, vers 16 h 30 tout le personnel a évacué l'édifice. A l'heure actuelle, il est vide. (Harrington rumina un instant et poursuivit :) Ce rassemblement de nature à troubler l'ordre public est illégal. J'ai entendu dire, quoique la chose n'ait pas été confirmée à ma connaissance, qu'un groupe activiste des udites projette d'utiliser un canon atomique pour éventrer la Bibliothèque afin que cette foule puisse envahir le bâtiment et libérer son ancien dirigeant, l'Anarque Thomas Peak, qui, prétend-on, y est tenu prisonnier.

— L'Anarque Peak se trouve-t-il vraiment dans la Bibliothèque?

— Ce n'est pas exclu mais nous ne pouvons l'affirmer avec certitude. (Sa voix se perdit comme s'il songeait à autre chose. Sans cesse, il regardait quelque chose ou quelqu'un du coin de l'œil.) Non, nous ne pouvons pas répondre formellement à cette question.

— A supposer que l'Anarque soit là comme les udites ont l'air de le croire, cela justifierait-il à votre avis un assaut contre la Bibliothèque? Et il semble que cet assaut soit imminent. Considéreriez-vous au contraire...

— Ce rassemblement est illégal et nous avons déjà fait plusieurs arrestations. Pour le moment, nous tentons de persuader les manifestants de se disperser.

A nouveau, le commentateur réapparut derrière son bureau.

— Contrairement à ce qu'espérait le chef Harrington, la foule ne s'est pas dispersée. D'après ce que nous signalent nos correspondants sur place, nous le répétons, le canon atomique auquel faisait allusion le responsable de la police est entré en action. Et nous croyons savoir que la Bibliothèque a d'ores et déjà subi des dégâts considérables. Nous interromprons nos programmes de la soirée pour vous tenir informés du déroulement de cette bataille entre les adeptes de l'Udi représentés par une foule houleuse, une foule en colère, et la...

Sebastian éteignit le poste.

— C'est une bonne chose, murmura pensivement Lotta. La Bibliothèque est morte. J'en suis heureuse.

— Pas du tout. Ils la rebâtiront. Tout le personnel et tous les Oblits se sont mis à l'abri. Ils viennent de le dire. Ne te fais pas d'illusion.

Il se leva du divan sur lequel il était assis et se mit à faire les cent pas dans la pièce.

— Nous aurons probablement un sursis, lui fit remarquer Lotta. Les Fils de la Puissance sont tous mobilisés. Ils sont sans doute tellement occupés, qu'ils nous ont oubliés.

— Quand ce sera fini, ils se souviendront de nous. Lorsqu'ils en auront terminé avec la Bibliothèque...

Je me demande si, par miracle, ils pourront parvenir jusqu'à l'Anarque avant que celui-ci soit tué, songea-t-il. Seigneur! Je me demande... En tout cas, c'est théoriquement possible.

Mais, au fond de lui-même, Sebastian savait que les choses ne se passeraient pas ainsi. On ne reverrait jamais plus l'Anarque vivant. Il le savait, l'Anarque le savait, les udites le savaient. Surtout les udites. Et Ray Roberts

— Remets les informations, lui demanda nerveusement Lotta.

Il tourna le bouton.

Et se trouva face à face avec Mavis McGuire.

— Au début de la journée, disait la conservatrice d'une voix sévère et glacée, nous avons convoqué les représentants de la presse et leur avons lu une déclaration que je vous répéterai, si vous le voulez bien. Est-ce que quelqu'un... merci. (Elle jeta un coup d'œil sur la feuille de papier qu'on venait de lui tendre et se mit à lire :) Du fait de la présence à Los Angeles de Mr Ray Roberts, un souffle de violence délibérée a attisé le fanatisme religieux. Que la Bibliothèque Populaire d'Actualités soit l'objectif de choix désigné à ce débordement de violence ne nous surprend pas, dans la mesure où la Bibliothèque se bat pour assurer le maintien des institutions matérielles et spirituelles de la société contemporaine, institutions que la secte des udites a intérêt à renverser. En ce qui concerne la protection de la police, nous accueillerons avec reconnaissance toute l'aide que le chef Harrington sera susceptible de nous apporter, mais les incidents de ce genre remontent aux émeutes de Watts en 1965 et leur réapparition constante...

— Oh! mon Dieu! s'exclama Lotta en se bouchant les oreilles. (Elle adressa à Sebastian un regard terrorisé.) Cette voix! Cette voix odieuse qui me parle et qui... qui...

Elle frissonna.

— Nous avons également interrogé Miss Ann Fisher, la fille de la conservatrice de la Bibliothèque, annonça le commentateur. Vous allez maintenant entendre la déclaration de Miss Fisher.

Ann avait été interviewée chez elle. Elle faisait face aux caméras, parfaitement calme et détendue. Elle était ravissante et semblait inaccessible à toute cette agitation.

— ... a été préparé depuis longtemps, semble-t-il. Ce projet de raid contre la Bibliothèque, si vous voulez mon avis, date de plusieurs mois et c'est l'explication de la visite de Ray Roberts.

— Vous croyez donc que cette attaque contre la Bibliothèque...

— ... est et a été l'objectif clé de l'Udi pour cette année. C'est tout simplement une question de calendrier.

— L'assaut n'est donc pas spontané?

— Oh! certainement pas! Tout indique qu'il a été minutieusement organisé — et longtemps à l'avance. La présence de cette pièce d'artillerie en est la preuve.

— La Bibliothèque a-t-elle cherché à entrer directement en communication avec Sa Puissance Ray Roberts? Avez-vous essayé de lui donner l'assurance que vous ne déteniez pas l'Anarque?

— Ray Roberts s'est arrangé pour qu'il soit impossible de le toucher, répondit placidement Ann.

— Ainsi, vos efforts...

— ... n'avaient aucune chance d'aboutir.

— Vous estimez donc que les udites parviendront à leurs fins et détruiront la Bibliothèque?

Ann haussa les épaules.

— La police ne fait rien pour les arrêter. Comme d'habitude! Et nous ne sommes pas armés, nous.

— Pourquoi pensez-vous qu'elle ne fera rien pour les arrêter?

— La police a peur. Elle a peur depuis le début, depuis les émeutes de Watts. Une populace hurlante contrôle Los Angeles — et contrôle, en fait, presque tout le territoire des Etats-Unis de l'Ouest — depuis des lustres. Je suis étonnée que l'événement ne se soit pas produit plus tôt.

— Mais vous reconstruirez la Bibliothèque, après?

— Nous édifierons sur l'emplacement de l'ancienne Bibliothèque un ensemble beaucoup plus vaste et beaucoup plus moderne. Les plans sont prêts. Un des meilleurs bureaux d'études est d'ores et déjà à l'œuvre. Les travaux commenceront la semaine prochaine.

— La semaine prochaine? A vous entendre, on croirait que la Bibliothèque avait deviné ce déchaînement de violence populaire.

— Je vous le répète : je suis étonnée qu'il ne se soit pas produit plus tôt.

— Miss Fisher, avez-vous personnellement peur des Fils de la Puissance, comme ils se nomment eux-mêmes?

— Pas du tout. Enfin... peut-être un peu.

Son sourire découvrit une rangée de dents parfaites et régulières.

— Je vous remercie, Miss Fisher.

Une fois encore, le commentateur réapparut derrière son bureau, arborant à l'intention des téléspectateurs l'expression soucieuse qui convenait :

— Los Angeles livré à la violence : une menace qui hante la ville depuis les émeutes de Watts en 1965, comme le rappelait Miss Fisher. Un monument vénérable, qui est également une institution, livré aux vandales... Quant au sort de l'Anarque Peak — en admettant qu'il soit effectivement revenu à la vie — c'est toujours un mystère. (Le journaliste feuilleta les dépêches. Il releva la tête.) L'Anarque se trouve-t-il dans l'enceinte de la Bibliothèque? s'exclama-t-il avec emphase. Et s'il s'y trouve...

— J'en ai assez entendu comme ça, dit Lotta qui se leva pour éteindre le poste.

— Ils devraient t'interviewer, fit Sebastian. Tu pourrais les renseigner sur les vénérables méthodes de la Bibliothèque!

— Je ne pourrais pas affronter une caméra, répondit-elle avec effroi. Je serais incapable de prononcer un mot.

— Je plaisantais, la rassura-t-il.

— Pourquoi n'appelles-tu pas les homéos et les stations de télévision, Sebastian? Tu as vu l'Anarque là-bas, tu l'as vu de tes yeux. Tu pourrais soutenir les udites.

Il soupesa la proposition.

— Je le ferai peut-être... Demain ou après-demain. Cette affaire restera d'actualité pendant un certain temps. (Et il songeait à part soi : je le ferai si je suis encore en vie.) Et, pendant que j'y serai, je pourrai aussi raconter une ou deux choses à propos des Fils de la Puissance. Je crains que ce que j'ai à dire ne soit contradictoire.

Cela renverrait tout le monde dos à dos. Aussi est-il préférable que je n'intervienne pas.

— Allons-nous-en, Sebastian. Ne restons pas ici. Je... je ne supporte pas d'attendre sans rien faire.

— Où veux-tu aller? s'écria-t-il avec brusquerie. Dans un motel? Cela n'a pas tellement réussi à Joe Tinbane!

— Peut-être que les Fils de la Puissance ne sont pas aussi rusés que la Bibliothèque.

— Ils se valent tous.

— Est-ce que tu m'aimes... encore? murmura timidement Lotta.

— Oui.

— Je croyais que l'amour triomphait de tout. J'ai l'impression que ce n'est pas vrai.

Elle fit quelques pas, puis se dirigea vers la cuisine. Et poussa un hurlement.

D'un bond, Sebastian fut à côté d'elle. Il empoigna une pelle à feu, repoussa Lotta pour lui faire un rempart de son corps et leva l'instrument.

L'Anarque Peak était au fond de la cuisine, petite silhouette flétrie et desséchée, serrant autour de son corps sa tunique de coton fatiguée. Un halo de douleur semblait émaner de lui. Il était tassé sur lui-même mais n'était point vaincu. Il leva la main droite en guise de salut.

Ils l'ont tué, se dit Sebastian, le cœur serré. C'est pour cela qu'il ne parle pas.

— Est-ce que tu le vois? fit Lotta dans un souffle.

— Oui. (Sebastian hocha la tête et baissa la pelle à feu. Cela n'avait donc pas été le L.S.D. : la vision qu'il avait eue sur le toit d'Ann Fisher n'avait pas été une hallucination mais une projection authentique.) Pouvez-vous nous parler? demanda-t-il à l'Anarque. J'aimerais tant!

L'Anarque répondit d'une voix semblable au bruissement sec d'une feuille oubliée par l'hiver.

— Un Fils de la Puissance qui était en conférence avec Ray Roberts est en route. Il se dirige ici. Cet homme est considéré comme un assassin d'élite.

Dans le silence qui suivit ces mots, Lotta se mit à sangloter selon son habitude.

— Que pouvons-nous faire, Votre Puissance? demanda Sebastian avec désespoir.

— Les trois Fils de la Puissance qui étaient chez vous il y a quelques heures ont placé sur votre personne un appareillage qui leur indique en permanence l'endroit où vous vous trouvez. Où que vous puissiez aller, ils sauront où vous êtes.

Sebastian tâta fébrilement son vêtement à la recherche de l'engin.

— Il s'agit d'une teinture électroniquement active et indélébile, reprit l'Anarque. Il vous sera impossible de vous en débarrasser car elle adhère à votre peau.

— Nous voulions nous rendre sur Mars, parvint à balbutier Lotta.

— Vous avez encore des chances d'y aller. J'ai l'intention d'être ici quand le Fils de la Puissance arrivera... si j'y parviens. Je suis très affaibli. C'est difficile... Je ne sais pas.

Une souffrance déchirante se lisait sur les traits de l'Anarque.

— Ils vous ont assassiné, dit Sebastian.

— Ils m'ont injecté une substance toxique de nature organique qui accélère mon état de détérioration générale. Mais il faudra plusieurs minutes. L'action de ce produit est lente.

Les salauds! jura intérieurement Sebastian.

L'Anarque poursuivit :

— Je suis couché dans une pièce étroite et obscure d'une succursale de la Bibliothèque. J'ignore laquelle. Il n'y a plus personne avec moi. Après m'avoir administré le poison, ils sont partis.

— Ils ne voulaient pas voir cela.

— Je suis très fatigué. Je ne me suis jamais senti aussi fatigué pendant toute ma vie. Lorsque je me suis réveillé dans mon cercueil, j'étais incapable de bouger et cela me remplissait d'effroi. A présent, c'est encore pire. Mais ce sera bientôt fini.

— Dans de pareilles circonstances, je suis touché que vous preniez la peine de songer à nous.

— Vous m'avez ranimé, répondit faiblement l'Anarque. Jamais je ne l'oublierai. Je me rappelle les conversations que nous avons eues. Elles m'ont fait grand plaisir. Même votre vendeur... Je me souviens de lui.

— Pouvons-nous faire quelque chose pour vous?

— Continuez de me parler. Je ne veux pas m'endormir. *Ce sont les vies, les vies, les vies qui meurent.* (L'Anarque médita un instant et reprit :) *Tissu après tissu, il acquiert une âme comme, feuille après feuille, la rose devient la rose. L'un après l'autre pourrissent les tissus et, comme le soleil quitte les bulles qui éclatent, il s'en va.*

— Le croyez-vous encore? s'enquit Sebastian.

Il n'y eut pas de réponse. L'Anarque frissonna et ramena plus étroitement autour de son corps décharné sa tunique de coton.

— Il est mort, fit Lotta d'une voix chevrotante.

Pas encore, songea Sebastian. Encore deux minutes. Encore une.

Les vestiges de l'Anarque parurent dériver. Et ils disparurent.

— Oui, ils l'ont tué, soupira Sebastian.

Il est parti. Et, cette fois, il ne reviendra plus. C'est fini. Irrémédiablement.

Lotta leva les yeux vers Sebastian.

— A présent, fit-elle dans un souffle, il ne peut plus nous aider.

— Cela n'a peut-être pas d'importance.

Les vies meurent. Il le faut. Y compris les nôtres. Y compris la sienne. Et l'assassin qui est en marche finira lui aussi par disparaître. Lentement, au fil des années, ou subitement, d'un seul coup.

Un coup fut frappé à la porte d'entrée.

Assurant la pelle dans sa main, Sebastian alla ouvrir.

L'homme vêtu de soie noire, l'homme au regard froid qui se tenait sur le seuil jeta quelque chose dans le salon. Sebastian frappa, empoigna l'assassin par le col et le traîna jusque dans la chambre.

Et la chambre explosa.

Sebastian se sentit soulevé comme par une tornade. Il fut projeté contre le mur opposé de la pièce. La chambre était pleine de fumée. Il gisait, appuyé à une porte fracassée, écrasé sous le poids du terroriste. Des éclats de bois étaient fichés dans le dos de ce dernier.

Le Fils de la Puissance était mort.

— Lotta, appela Sebastian en repoussant le corps inerte. (Des flammes léchaient les murs, consumant les tentures, les meubles. Le plancher brûlait lui aussi.) Lotta, répéta-t-il en tendant les bras en aveugle.

Il la trouva dans la cuisine. Il n'eut pas besoin de la soulever pour se rendre compte qu'elle était morte. Les fragments de la bombe lui avaient criblé le corps, la tête.

Les flammes crépitaient et l'air devenait opaque. Sebastian prit Lotta dans ses bras et quitta l'appartement avec son fardeau. Il y avait des gens dans le hall. Il entendait des voix, il sentait des mains qui le tiraient. Il les repoussa.

Il constata que son visage ruisselait de sang. Il ne l'essuya pas. Il allait en direction de l'ascenseur. Quelqu'un appuya sur le bouton. Il entra dans la cabine.

— Laissez-nous la conduire à l'hôpital, disaient les voix. Et vous êtes sérieusement touché. Regardez votre épaule.

De la main gauche — la droite était paralysée — il chercha le boîtier de commande et appuya sur le bouton du haut.

Maintenant, il traversait le toit en quête de son glisseur. Quand il l'eut repéré, il installa Lotta à l'arrière du véhicule et referma la porte. Après être resté quelques secondes immobile, il s'assit au volant.

Le véhicule s'éleva dans le crépuscule. Où allait-il? Sebastian ne le savait pas. Il pivotait. L'ombre s'épaississait et il avait l'impression que la nuit tombait sur lui, tombait sur la terre entière.

Sa torche électrique fouillait la nuit. Quand il vit au milieu des arbres des pierres tombales et des couronnes flétries, il sut qu'il était dans un cimetière. Lequel? Il l'ignorait. C'était un vieux cimetière. Petit. Pourquoi était-il là? Pour Lotta? Il regarda autour de lui. Mais le glisseur et Lotta avaient disparu : il s'était trop éloigné. Cela n'avait pas d'importance. Il continua d'avancer.

L'étroit faisceau lumineux se plaqua enfin sur une haute grille de fer. Il ne pouvait aller plus loin. Alors, il fit demi-tour et revint sur ses pas, suivant le pinceau de sa lampe comme s'il était vivant.

Une tombe ouverte. Il s'immobilisa. Mrs Tilly M. Benton, songea-t-il. Elle avait reposé là. Et, tout à côté, se dressait le monument sculpté sous lequel avait dormi l'Anarque Peak. C'était le cimetière de Forest Knolls. Pourquoi Sebastian était-il venu jusqu'ici? Il s'assit sur l'herbe humide. La nuit était froide et il sentait le froid à l'intérieur de lui. Un froid plus froid que celui de la nuit. Un froid semblable à celui du tombeau.

Il braqua sa torche sur le monument de l'Anarque et lut l'épitaphe sans comprendre : *Sic igitur magni quoque circum moenia mondi expugnata dabunt labem putresque ruinas.* Qu'est-ce que cela voulait dire? Il ne parvenait pas à s'en souvenir. Ces mots avaient-ils un sens? Peut-être pas. Le pinceau de lumière jaune s'écarta du mausolée.

Il resta longtemps assis, tendant l'oreille, sans penser. Il n'avait rien à penser. Rien à faire. Finalement, la torche s'éteignit; l'éventail de lumière se réduisit à une simple tache qui pâlit et s'évanouit. Il posa le cylindre de métal et de verre, toucha son épaule blessée. Cela lui fit mal. Pourquoi? Cela n'avait pas plus de signification que l'inscription latine.

Le silence.

C'est alors qu'il entendit les voix. Des voix venant d'un grand nombre de tombes. La vie renaissait chez les gisants, il la sentait. Les uns étaient tout proches, d'autres étaient lointains et indistincts. Mais tous convergeaient vers lui. Il les entendait qui se rapprochaient. La rumeur des voix devint murmure.

Ils sont sous moi, se dit-il. Il y en avait un qui était tout près. Il pouvait presque discerner ses paroles.

— Je m'appelle Earl B. Quinn, fit la voix grinçante. Je suis enfermé là-dessous et je veux sortir.

Il ne bougea pas.

— Est-ce que quelqu'un peut m'entendre? appela la voix angoissée. Je vous en prie! Ecoutez-moi. Je veux sortir... J'étouffe.

— Je ne peux pas vous dégager, répondit-il enfin.

— Ne pouvez-vous pas creuser? demanda la voix avec fébrilité. Je sais que je suis près de la surface. Je vous entends très nettement. S'il vous plaît, commencez de creuser ou appelez quelqu'un. J'ai des parents... Ils m'exhumeront. Je vous en supplie!

Sebastian s'éloigna de la tombe. S'éloigna de la voix pressante. Mais la rumeur des autres voix l'entourait.

Plus tard, beaucoup plus tard, les phares d'un aéroglisseur déchirèrent la nuit. Dans un rugissement de moteur, le véhicule se posa sur le parking du cimetière. Il y eut des bruits de pas, puis un gros projecteur s'alluma dont le faisceau se mit à osciller. Comme un pendule. Comme le balancier d'une horloge. Sebastian attendit, immobile, mais la lumière finit par l'atteindre.

— J'étais sûr que vous seriez là, dit Bob Lindy.

— Lotta est...

— J'ai trouvé votre glisseur. (Lindy s'accroupit et l'éclaira.) Et vous êtes grièvement blessé. Vous êtes couvert de sang. Venez... Je vais vous conduire à l'hôpital.

— Non, répondit Sebastian. Non, je ne veux pas.

— Pourquoi? Même si elle n'est plus là, il faut que vous...

— Ils veulent sortir. Tous.

— Les ressuscités? (Lindy le prit par la taille et l'aida à se mettre debout.) Plus tard. Etes-vous capable de marcher? Oui... vous avez marché. Vos souliers sont pleins de boue. Et vos vêtements sont déchirés. Mais c'est peut-être l'explosion.

— Dégagez Earl Quinn. C'est le plus proche. Il ne peut pas respirer. (Sebastian tendit le doigt vers une pierre tombale.) Il est là.

— Vous allez mourir si je ne vous conduis pas à l'hôpital. Essayez de marcher, bon Dieu! Je vous soutiendrai. Mon glisseur n'est pas loin.

— Alertez la police. Que l'agent de ronde dans le secteur vienne forer un conduit de ventilation d'urgence. Qu'il insuffle de l'air jusqu'à ce que nous revenions pour procéder à l'exhumation.

— Entendu, Sebastian.

Ils atteignirent le glisseur. Bob Lindy ouvrit laborieusement la portière et, avec effort, fit monter Sebastian à bord.

L'aéroglisseur décolla et Bob Lindy alluma les phares.

— Ils ont besoin d'assistance, dit Sebastian. Il n'y en a pas qu'un seul. Je les entendais tous.

Tous... Ensemble... Il n'en avait jamais entendu autant à la fois.

— Chacun à son tour, murmura Lindy. En premier lieu, nous nous occuperons de Quinn. Bon... J'appelle la police.

Il décrocha le vidéophone de bord tandis que le glisseur filait silencieusement en direction de l'hôpital.

J'ai Lu l'histoire

Dos vert bronze

CARS Guy des
Les reines de cœur (1783★★★)
Le destin de quatre reines exceptionnelles de Roumanie.

CARS Jean des
Haussmann, la gloire du Second Empire (1055★★★★)
La prodigieuse aventure de l'homme qui a transformé Paris.
Louis II de Bavière (1633★★★)
Une biographie passionnante de ce prince fou, génial et pervers.
Elisabeth d'Autriche ou la Fatalité (1692★★★★)
Le destin extraordinaire de Sissi.

CASTELOT André
Les battements de cœur de l'histoire (1620★★★★)
La politique et l'histoire confrontées au cœur et à l'amour.

CASTILLO Michel del
Les Louves de l'Escurial (1725★★★★)
A la cour d'Espagne, horreur, fanatisme mais aussi tendresse.

CASTRIES duc de
La Pompadour (1651★★★★)
Les vingt ans de règne d'une femme d'exception.

CHARDIGNY Louis
Les maréchaux de Napoléon (1621★★★★)
Des hommes hors du commun à une époque exceptionnelle.

DECAUX Alain
Les grands mystères du passé (1724★★★★)
Les énigmes historiques les plus célèbres.

DÉON Michel
Louis XIV par lui-même (1693★★★)
Un grand roi raconté par lui-même.

EXMELIN A.O.
Histoire des Frères de la côte (1695★★★★)
En 1668, Exmelin devient le médecin des flibustiers des Antilles.

JACOB Yves
Mandrin, le voleur d'impôts (1694★★★)
L'histoire vraie d'un personnage célèbre.

KENDALL Paul Murray
Mon frère Chilpéric (1786★★★★)
Le récit passionnant d'une des périodes les plus sombres de l'histoire de l'Europe.

MERMAZ Louis
Madame de Maintenon (1785★★)
Le destin hors du commun de la veuve Scarron qui devint l'épouse de Louis XIV.

MORAND Paul
La dame blanche des Habsbourg (1619★★★)
Tous les drames de la cour d'Autriche, toutes les amours.

MOYNE Christiane

Louise de La Vallière (1726★★★)
Le jeune Louis XIV et sa touchante maîtresse.

STEINBECK John

Le roi Arthur et ses preux chevaliers (1784★★★★)
Steinbeck fait revivre l'épopée des Chevaliers de la Table Ronde.

TROYAT Henri

Catherine la Grande (1618★★★★★)
Petite princesse allemande, elle a voulu incarner la Russie.

Pierre le Grand (1723★★★★)
Génial, fou, bouffon, fascinant, tel fut ce tsar.

Nouveautés J'ai Lu l'histoire

Guy des Cars
Les reines de cœur (1783★★★)

John Steinbeck
Le Roi Arthur et ses preux chevaliers (1784★★★★)

Louis Mermaz
Madame de Maintenon (1785★★)

Paul Murray Kendall
Mon frère Chilpéric (1786★★★★)

Achevé d'imprimer sur les presses de l'imprimerie Brodard et Taupin
58, rue Jean Bleuzen, Vanves. Usine de La Flèche,
le 15 février 1985
1598-5 Dépôt légal février 1985. ISBN : 2 - 277 - 11613 - 0
1er dépôt légal dans la collection : juin 1975
Imprimé en France

613
★★★

Editions J'ai Lu
27, rue Cassette, 75006 Paris
diffusion France et étranger : Flammarion